KB266872

33.55
진실 청구

33.55
진실 청구

| 안우진 장편소설 |

덬봄

사라진 이름들,

지워진 땅,

남겨진 자의 싸움.

제주 4·3의 그림자 아래

한 남자는 조상의 이름으로

진실을 청구한다.

침묵을 강요받은 세대의 역사를 넘어

정의를 다시 묻는다.

'진실을 청구한다는 것은
곧 책임을 시작하는 일이다.'

《33.55 진실 청구》는 한 마을, 한 가정의 기억을 빌려 한 시대의 양심을 복원하려는 기록이다. 일제강점기, 제주 4·3, 6·25, 시린 바람의 기억이 아려온다. 긴 터널의 침묵 속에서 진실은 늘 '말해지지 않은 이야기'로 남아 있었다. 위도상 33.55도 지역에 살고 있는 나는 그 침묵을 깨는 것이 자기 세대의 책임이라 믿었다.

제주의 한 귀퉁이 부락인 '어등마을'에서 살아남은 한 가족의 고통. 그 역사는 제주가 겪은 고통이며, 지역의 비극이 아니라 국가적 참극을 비추는 거울이었다. 억울하게 사라진 이름들, 부당하게 빼앗긴 땅들, 그리고 세대를 넘어 이어진 진실을 좇는 미완성의 과제들은 여전히 풀어야 할 숙제다. 이 소설은 그 숙제를 외면하지 않는 작은 시도이길 바랐다.

나는 비극의 현장에 있었던 가족의 아픔을, 과거의 기억 속에 묻지 않고 기록으로 남기고 싶었다. 난관에 부딪칠 때마다 정의와 진실을 향한 몸부림을 잠재우려 했지만, 어느 순간부터 감당하기 힘든 무거운 짐을 온전히 내려놓아야겠다는 중압감에 시달렸다. 그 짐이 바로 이 기록의 면면이다.

소설 속 인물들은 여전히 기억의 법정에 서 있다. 그들이 청구하는 것은 재산이 아니라 정의이며, 소유권이 아니라 인간의 도리다. 그들을 생각하며 문학의 언어로 '정의의 행정'을 준비하고 싶었다. 민우의 고향 땅에서 시작된 이야기는 결국 '대한민국이라는 공동체는 어디로 가야 하는가'의 질문으로 끝난다. 진실을 바로 세우는 일은 과거를 파헤치는 작업이 아니라 미래를 곧게 세우는 행정과 같다.

이 작품을 쓰며 수많은 증언과 기록을 만났다. "말해줘서 고맙다. 누군가는 이 이야기를 기록해야 한다." 그 한마디를 잊을 수 없다. 그 고마움이 부끄러움이었고, 부끄러움이 용기가 되었다.
'역사의 기록은 이긴 자들이 몫'이라며 사람들은 승자의 기록을 진실이라고 믿기 쉽다. 그러나 역사는 왜곡되는 경우도 허다하다. 승자들이 이해득실을 따져 유리한 쪽으로 기록을 남기기 때문이다. 그만큼 역사적 사실 그대로를 알린다는 것은 어려운 작업이다. 그렇더라도 우리는 그 진실을 좇아야 한다.

작가로서 본격적으로 가시밭에 들어서기로 했다. 오늘의 현실이 내일의 왜곡된 기록으로 남지 않길 바라는 마음에서다. 객관적 시각으로 역사적 사실을 살펴보고, 있는 그대로를 표현해야 하는 것이 나의 소명이라 생각했다.

일제강점기, 4·3, 6·25로 억울하게 돌아가신 영령들은 특별조치법에 의해 무권리자에게 토지를 넘겨주었다. 무권리자에게 넘겨진 토지의 원인무효소송을 수차례 진행했던 민우는 계속된 소송의 패소로 정신적 피로가 쌓여 잠시 풀지 못한 숙제로 남겨 두기로 했다. 그 과정에서 겪어야 했던 자신과 가족이 받아야 했던 주변의 질타, 놀림, 인권 유린 행위들은 견디기 어려운 수모였다.

누군가는 남겨진 숙제를 풀어야 한다. 해결의 주체는 개인일 수도 있고 국가일 수도 있다. 그게 누구더라도 상식적이고 합리적으로 해결되어야만 국가가 어려운 시기에 닥쳤을 때 자기의 이권만 챙기는 모순적이고 악덕한 세력의 등장을 예방할 수 있다. '죽은 자는 말이 없다. 아무것도 할 수 없다.' 그러므로 4·3에 돌아가신 분의 사후 행위는 원천무효임을 입법화해야 한다. 그래야 4·3의 영령들이 명예를 회복할 수 있다. 이를 실현하고자 노력하는 것은 후손들과 사회구성원들의 몫이다.

'진실은 기억을 넘어 제도의 언어로 완성되어야 한다.' 정치가 언어의 책임이라면, 문학은 그 언어를 맑게 닦는 일이다. '청구'라는 단어 속에는 진실과 도리, 미래행정이 가져야 할 윤리를 담고 있다.

제주에서는 매년 3월이면 3·1절, 4월이면 4·3 추모제, 6월이면 6·25 기념행사가 열린다. 가족을 잃은 유족들은 슬픔과 고난의 세월을 이겨내고 스스로를 달래며 한 맺힌 울음을 토해낸다. 특히 4·3은 아직도 진행형이다. 다른 한쪽은 4·3사건의 발단 원인은 아랑곳하지 않은 채 '제주 4·3사건은 대한민국 건국을 반대하여 김일성과 남로당이 일으킨 공산폭동이다'라고 외쳐댄다. 피를 토할 노릇이다. 용납할 수 없는 말이다. 누구든지 4·3의 객관적 진실을 말할 수 있어야 하고, 끝까지 진실을 파헤쳐야 한다.

역사에 묻힌 정의와 진실을 파헤치는 이 소설이 질곡의 긴 터널을 침묵하며 꿋꿋하게 견뎌 오신 아버님에게 위로가 될 수 있기를 기대해 본다. 아울러 발간까지 늘 내 편이 되어 용기를 심어준 아내 금희숙 시인과 원고를 읽고 마음으로 공감해 준 윤석재 님, 내 일처럼 도움을 주신 더봄출판사 김덕문 대표에게 감사의 마음을 전한다.

2026년 새봄, 늦은 밤

안우진

침묵은 사라져도
기록은 남는다

『33.55 진실 청구』는 한 세대가 감당해야 했던 침묵의 기록이며, 역사가 개인의 생애 속에서 어떻게 다시 태어나는가를 보여주는 작품이다. 이 소설은 거대한 비극을 사실로만 재현하지 않는다. 작가는 그 비극의 중심에서 '살아남은 자의 윤리'를 탐구하며, 진실을 복원하는 일이 곧 인간의 품격을 지키는 일임을 증명한다.

주인공 안민우는 아버지의 이름으로, 그러나 결국 자신의 이름으로 진실을 청구한다. 그 여정은 한 개인의 복수나 회한과는 차원이 다른 '세대를 관통하는 책임의 이야기'다.

안민우가 마주한 것은 기록의 결락缺落이 아니라 진실을 외면해 온 사회의 오랜 무관심이었다. 그럼에도 그는 끝내 포기하지 않는다. 그 끈질긴 걸음 하나하나가 이 작품의 서사이자, 오늘의 우리에게 남겨진 과제다.

『33.55 진실 청구』가 특별한 이유는 일제 강점기 이후 4·3과 6·25를 배경으로 하는 '시대 소설'의 외피를 두르고 있지만 정작 그 핵심은 한 인간의 내면에서 일어나는 윤리적 각성에 있기 때문이다.

작가는 법정과 행정 서류의 건조한 세계를 통과하는 고통을 견디는 호흡의 틈새마다 사람의 체온을 불어넣는다. 피해자와 가해자, 후손과 행정, 이상과 현실의 경계가 뒤섞인 곳에서 문학만이 건져낼 수 있는 '말의 진실'을 포착한다.

문체는 절제되어 있으나 감정의 깊이는 얕지 않다. 제주어의 숨결이 살아 있는 대사들은 인물의 삶을 공간과 맞닿게 하며, 회상과 현재를 오가는 구성은 기록문학과 서정문학의 경계를 넘나든다. 이 절제된 문장은 곧 작가의 태도이자 신념이다.

'진실은 소리치지 않아도 존재한다'는 믿음. 그 굳건한 믿음이 이 작품을 끝까지 지탱한다.

『33.55 진실 청구』는 우리 문학이 아직 다하지 못한 일을 묻는다. 진실을 밝히는 것이 단지 과거의 복원이 아니라, 현재를 더 정직하게 살아내기 위한 윤리적 행위임을 보여준다. 따라서 이 작품은 단순한 고발문학에 머물지 않는다. 진실의 문제를 인간의 문제로 끌어내린 인문적 문학, 그리고 시대의 상처를 언어로 봉합하려는 윤리적 서사다.

이 소설의 감동은 비극에 근원한다기보다는 오히려 비극을 버텨낸 사람들의 침묵과 끈질김에서 연유한다. 안동근과 안문오, 안민우의 조손 삼대를 비롯한 주변 인물들은 각기 다른 시간 속에 있지만 모두 진실이라는 한 방향으로 향한다. 그들의 걸음은 결국 우리 시대가 어디로 가야 하는지를 보여준다.

작가는 그 길을 따라가되, 결코 서두르지 않는다. 그 느린 서술의 리듬이야말로 역사를 존중하는 문학의 호흡이다. 『33.55 진실 청구』를 덮은 뒤에도 문장 사이사이에 스며든 인내와 자책, 다짐의 목소리는 오래 남는다. 그 목소리는 작가의 것이기도 하고, 우리 모두의 것이기도 하다.
진실을 묻는다는 것은 결국 '우리는 지금 어떤 세상에 살고 있는가'를 묻는 일임을 이 소설은 조용히 일깨운다.

문학은 역사를 대신하지 않지만 언제나 역사가 외면한 진실을 가장 오래 기억한다. 『33.55 진실 청구』는 바로 그 기억의 자리에 서 있다. 제주라는 작은 섬의 이야기를 담은 이 작품은 결국 역사에 부끄럽지 않기 위해 써 내려간 한 가족의 연대기이다.

김덕문_더봄출판 대표

차례

묵언의 전언

바람이 불었다.

붉은 동백꽃이 바람에 흩어지며 저마다 다른 이름의 유언을 남겼다.

누군가는 아들에게, 누군가는 동생에게, 또 누군가는 세상에 태어나

지도 못한 아이에게 말을 걸었다.

"아들아, 뒤돌아보지 말앙 동산으로 도루라. 도루라.

너는 꼭 살아야 데메이. 아방 걱정 말앙. 살아그네 가족덜 살피라."

"동생아, 먼저 간다. 형이 못 이룬 꿈은 네가 이뤄다오.

형수를 부탁한다. 어머니도."

"아이고, 어떵허코 어떵허코⋯⋯. 동생아, 배 속의 애기는 세상 보지

도 못허영 죽었져. 아이고, 나 팔자여. 아방도 죽엉 어신 다섯 살 순이, 같은 피여…… 잘 살펴도라이.”

“아들아, 살아줭 고맙다. 어멍은 아멩허도 갈 길, 먼저 감시메 요망지게 살라이.”

그 목소리들은 피멍이 된 바람결에 섞여 사라졌다.
4·3의 광풍이 휩쓸고 지나간 숲속, 피어보지도 못한 꽃들이 메마른 흙을 붉게 적셨다.
남은 자들은 입을 다물었다.
돌을 깨는 망치 소리만이 세상과의 마지막 대화처럼 산허리를 울렸다.

그로부터 반세기가 흘렀다.
역사는 여전히 ‘묵언’默言으로 남은 자들의 입을 막고, 거짓의 층은 진실의 숨결을 덮어 수면 아래로 가라앉혔다.

그럼에도 그들의 영혼은 아직 이 땅을 떠나지 못했다.
밤이면 동백나무 그늘 아래에서 들려오는 낮은 숨결 ― 그것은 살아남은 자들에게 보내는 전언이었다.

“미움 받을 용기를 두려워 마라.
진실을 향한 날갯짓은 언젠가 바람이 되어 돌아오리라.”

제주는 여전히 그 말을 듣고 있다.

돌무더기 밭 사이로 스며드는 햇빛 아래 누군가는 무너진 돌담을 세우고, 누군가는 조상의 이름을 더듬는다.

그들의 삶은 끝나지 않았다.

침묵 속에서도, 세대를 넘어 이어지는 '진실의 청구'가…… 이제 막, 다시 시작되려 한다.

환기

있을 수 없는 일

제주에 떨어진 특명

전쟁과 사유지

인생 대전환의 계기

1934년, 조선총독부는 <마을공동목장조합 운영준칙>을
만들어 제주도사에게 시달했다. <준칙>에는 마을별로
조성되는 '목장용지에 들어가는 사유지의 토지주는
토지를 제공할 의무가 있다'는 규정과 함께
'목장의 목적이 상실되면 해당 토지는 원소유자에게
환원된다'는 내용이 담겼다.

1

있을 수 없는 일

2003년 9월 첫 주말, 김포공항은 여느 때보다 많은 인파로 붐볐다. 유난히 이른 추석 연휴를 끼고 일찌감치 제주 여행을 떠나는 관광객들이 한꺼번에 몰린 탓이었다. 민우는 미리 휴가를 내어 제주행 비행기를 탔다.

아내는 학교 수업을 마친 아이들과 함께 연휴 전날 도착했다. 온가족이 고향에서 명절을 보내는 건 참으로 오랜만이었다. 명절 음식을 장만하느라 고향집은 모처럼 활기가 넘쳤다.

추석 전날에는 맑은 초가을 햇살 아래 여유로우면서도 어딘가 쫓기는 듯한 분주함이 감돌았다. 전 부치는 일을 돕던 민우가 잠시 마당으로 나와 기지개를 켤 때 형이 등 뒤에서 불렀다. 장남인 형은 해병대 하사관으로 복무한 뒤 전역해 제주에 정착한 후 직장 생활을 하고 있었다.

"무사마심?"

"동생을 만나고 싶어 하는 사람이 이서."

"누게 마심?"

"김정석 씨라는 분인데, 꼭 한 번 보켄햄쪄."

"무산고? 언제 보캔햄수꽈."

형은 연배가 비슷한 김정석을 지난봄에 만난 적이 있었다. 민우가 서울 중앙부처에서 일한다는 이야기를 듣고, 꼭 만나서 할 말이 있다며 연락을 취해 왔다고 했다.

"동생이 이번 추석에 온덴허난 일부러 왔댄 햄쪄. 궈치 강 만낭 오게."

"이제마심. 알아수다. 걸읍서."

민우는 형의 말에 따라 김정석을 만나러 나갔다. 처음 마주한 자리여서 서로 인사를 나누었다.

"반갑네. 난 김정석이라고 하네. 자네하고 깊이 얘기할 게 있어서 만나자고 했네."

"저는 안민우입니다. 무슨 일인데요?"

민우가 정식으로 통성명을 하며 묻자, 김정석은 잠시 눈빛을 가다듬더니 나지막이 말했다.

"어등마을은 도적놈들 소굴이야. 도둑놈이 너무 많아."

뜻밖의 말이었다. 억울함과 분노가 섞인 그의 목소리에는 오래 묵은 상처가 배어 있었다.

"예? 그게 무슨 얘기죠?"

민우의 물음에 김정석은 자신의 이야기를 천천히 풀어놓기 시작했다.

"나는 말일세, 어등마을에서 태어났어. 우리 부친은 일제 강점기 때

농업학교를 졸업했지. 학창 시절에는 일제에 항거해 학생운동도 하셨네. 아직 독립운동가로 최종 승인은 받지 못했지만, 당시 기록이 남아 있어서 자료를 모아 제출할 계획이야.”

민우는 어렴풋이 그 이름을 들어본 기억이 있었다.

“어르신 얘기는 저희 아버지나 동네삼촌들에게 들은 적이 있는 것 같습니다.”

민우의 대답에 김정석의 표정이 조금 밝아졌다. 그는 담담히 말을 이었다.

“나는 어머니를 따라 부산으로 올라가 동아대에서 기계공학을 전공했네. 어머니는 생선 장사, 옷 장사를 하며 나를 대학까지 졸업시켰지. 아버지와 이혼하진 않았지만 부산에서 나를 키우며 제주엔 자주 내려가지 못하셨네. 그 사이 부친은 새 여자를 맞아 삼형제를 낳고 살다가 1960년쯤 돌아가셨지.”

그는 잠시 숨을 고르고 말을 이었다.

“그 뒤 나는 미국에 건너가 M16 소총 제작 기술을 배워 왔어. 1968년, 북에서 남파한 간첩들이 일으킨 ‘김신조 청와대 습격 사건’1·21사태이 터진 뒤 박정희 대통령이 M16 소총을 자체 생산할 기술 인력을 모집했을 때 기술 전수팀에 합류했지.”

자기소개를 마친 김정석은 이내 화제를 돌렸다.

“내가 좀 전에 어등마을 사람들은 다 도적놈이라고 한 얘기 말이야. 그건 요즘 어등마을에 조성 중인 5만 평 규모의 홀스케어팜 때문이네. 이 동네 사람들 대부분이 금일남 씨 땅에 경기장을 만든다고 알고 있지 않나?”

“예, 그렇죠.”

“그게 사실이 아니야. 내가 경기장 일부 토지대장 등본을 발급받아 살펴봤는데, 금일남 본인 명의의 토지는 하나도 없더라고. 전부 다른 사람들 땅이야. 그걸 ‘부동산소유권이전등기특별조치법’을 악용해 몽땅 이전받아서 5만 평이나 팔아넘긴 거야.”

“예? 정말입니까?”

“그래. 내가 왜 거짓말을 하겠나? 20억 원 이상을 받았다는 소문이 돌고 있어.”

“20억 원요? 그 땅이 자기 것도 아니라면서요?”

민우의 목소리에 놀라움이 섞였다. 김정석은 「부동산소유권이전등기특별조치법」이하 ‘특별조치법’ 시행 당시의 이전 과정을 거듭 강조했다.

“아무리 특별조치법이라도 저는 그 법이 정확히 뭔지 잘 모르겠습니다만…….”

김정석은 몸을 앞으로 기울이며 낮게 말했다.

“그 5만 평 중에 자네 조부님 토지도 들어 있어. 그래서 자네를 만나자고 한 거야.”

민우의 할아버지는 제주 4·3사건 때 돌아가신 분이었다.

“우리 조부님께서 토지를 소유하셨는지도 몰랐고, 누구에게 언제 팔았다는 얘기도 들어본 적이 없습니다.”

“그래서 그게 문제라는 거야. 억울하지 않나? 이 문제를 함께 풀어보자고 자네를 찾은 거야. 중앙부처에서 근무한다니, 힘을 좀 보태주게.”

"그런 일이……. 예전부터 마을 유지 몇몇이 남의 땅을 팔아 시내에 집 사고 자식 공부시킨다는 얘기가 있었는데, 그게 소문만은 아니었군요."

민우는 부당한 현실에 분노가 치밀었다. 하지만 국가 공무원으로서 직접 나설 수는 없는 처지였다. 어떻게 풀어야 할지 답답한 나머지 가슴이 무겁게 내려앉았다.

"조상이 피땀 흘려 일궈놓은 땅을 타인이 법의 약점을 이용해 도둑질했잖아. 그 토지를 후손이 찾겠다는데 뭐가 문제야? 정당한 권리 아닌가?"

김정석의 말은 옳았다.

3년 전 「4·3특별법」이 공포되면서 제주 4·3의 진상 규명이 본격화되었고, 민우의 마음에도 하나의 결심이 자리 잡았다. 이 문제 역시 반드시 원인을 밝히고 진실을 바로 세워야 한다는 확신이 섰다. 그에게 '4·3'은 단순한 과거사가 아니라 아버지의 얼굴에 새겨진 지워지지 않는 역사 그 자체였다.

그래, 파헤쳐보자. 사회 정의와 진실을 바로 세우려는데 공무원이라는 신분이 무슨 상관이야. 민우가 이렇게 바로 마음을 굳힐 수 있었던 건 수년 전 우연히 발견해 읽었던 아버지의 일기장 때문이었다. 일기의 첫머리엔 이렇게 적혀 있었다.

'4·3으로 부형을 잃고, 6·25전쟁이 발발하여 해병대에 자원입대한다.'

그 문장은 민우의 가슴을 오래도록 울렸다. 일기 속에는 그가 마흔 가까운 나이에 이르러서야 비로소 알게 된, 가족이 겪은 4·3과 6·25

의 뼈아픈 흔적이 고스란히 담겨 있었다.

"알겠습니다. 같이 힘을 합쳐 진실을 밝혀보죠. 홀스케어팜 전체의 토지대장 등본을 확인해서 토지 이전 과정을 알아보는 게 급선무일 것 같습니다. 그 후에 다시 만나죠."

민우는 인천에 사는 김정석이 시청을 방문하면 서류를 열람할 수 있도록 전화를 해드리는 편이 낫겠다고 말했다. 협조를 구하면 충분히 가능한 일이었다.

"그래, 알았네. 시청에 전화를 넣어주면 좋겠네. 시간은 조금 걸리겠지만, 내가 열람하고 발급받을 수 있도록 도와주게나."

"열람 후 발급신청은 민원인 권한입니다. 시청 쪽에 연락해 놓고 전화 드리겠습니다. 오늘은 이만 일어서야 할 것 같습니다."

민우가 자리에서 일어났다.

"이제부터 형님으로 모시겠습니다."

그는 고개 숙여 인사하고 자리를 나섰다. 집으로 돌아오는 길, 무거운 책임감이 마음 깊숙이 내려앉았다.

그랬구나. 우리 집이 나라 땅을 불법 개간하며 어렵게 살아왔던 건 다 이유가 있었구나. 나쁜 자식들! 어떻게 4·3에 돌아가신 분들의 토지를 그렇게 낚아챘을까. 특별조치법이라고? 대학 시절 언뜻 들어본 기억이 나긴 하지만, 도대체 어떤 법이길래…….

집에 돌아오자마자 민우는 아버지를 찾았다.

"아버지, 홀스케어팜에 하르방 명의로 밭이 이셨댄햄신디 알아나수꽈?”

아버지 안문오의 시선이 흐릿해졌다.

“어디? 홀스케어팜 들어서는디? 난 모르켜. 어릴 적에 아방이랑 그쪽에 간 기억이 어신디?”

부쩍 노쇠해진 아버지의 모습이 민우의 마음을 아리게 했다.

“한 3,000평짜리 밭이 이서나신디, 일남삼촌 형제가 특별조치법으로 이전해서 팔아먹었댄 햄수다. 제가 일남삼촌을 만나보쿠다.”

짐짓 흥분한 듯 음성을 높였지만 아버지의 반응은 무덤덤했다. 그런 아버지의 반응에 억울한 감정이 솟구치고 분노가 치밀었다.

추석 이튿날 저녁 무렵, 민우는 금 씨 형제의 맏형인 일남삼촌 집을 찾아갔다.

“삼촌, 나 웃동네 안문오 아들이우다.”

“아고, 기여, 나 조카야. 어디 중앙에 가그네 근무햄댄허멍, 착허다. 근데 무사?”

“뭐하나 물어보쿠다. 삼촌이 홀스케어팜에 있는 땅덜을 다 폴아먹었잰 허멍 애? 얼마에 폴아수꽈?”

“뭐? 이노무 새끼, 왜? 내 땅 내가 팔았다. 뭐, 잘못됐냐? 이 자식아.”

“뭐라고요? 거기 우리 하르방 땅도 이섰댄햄신디! 하르방이 삼촌한테 팔아수꽈? 하르방은 4·3에 돌아가신디, 언제 삼촌한테 팔았다는 얘기꽈? 이거 완전 도둑놈 아니꽈?”

금일남은 얼굴이 붉으락푸르락해지더니 곧장 방으로 들어갔다. 그리고는 궤짝 속을 뒤적이며 서류를 찾기 시작했다. 한참 후, 그는 종이

한 장을 들고 나와 민우 앞에 내밀었다.

"이거 봐라, 이 자식아. 안문영이가 너네 고모 아니야? 너네 고모한 테 내가 샀어. 알았어?"

서류를 내미는 금일남의 목소리는 이미 고함에 가까웠다. 매매계약 서는 아버지도, 할아버지도 아닌 돌아가신 큰고모 이름으로 되어 있 었다.

"고모마심, 고모 맞수다. 4·3에 억울하게 돌아가신 고모가 무슨 권한 이 이성 삼촌에게 땅을 팝니꽈?"

민우도 더는 참지 못하고 맞받았다.

"그거 몇 년도에 사수꽈?"

민우가 다그치자 금일남은 서류를 들여다보며 글자가 잘 안 보이는 듯 당황한 기색을 감추지 못했다.

"얼마에 사수꽈? 아버지도 있는데 고모가 무슨 권리가 이수꽈? 장자 우선도 못 들어봐수꽈? 무사 특별조치법으로 이전해수꽈? 샀으면 정당하게 등기 이전해야 될 거 아니꽈?"

민우의 목소리가 거세졌다.

"어떵허여 죽은 고모에게 사수꽈? 우리 아방은 어수꽈? 그거 몇 년 도꽈? 이거 완전 도둑놈이네. 나 이거 전부 조사해서 고발할 테니까, 땅들 다 돌려주고 똑바로 삽서. 알아수꽈? 아주 못된 인간들!"

"뭐? 이 새끼, 배운 놈이 말버릇 봐라!"

금일남의 입에서 상소리가 터져 나왔다.

"다 돌려줍서."

민우는 오금 박듯 문을 쾅 닫고 나왔다.

민우의 할아버지와 큰고모는 1948년에 이미 세상을 떠났다. 그런데 소유권 이전 매매계약서는 1965년으로 되어 있었다. 4·3 때 죽어 땅에 묻힌 사람이 박차고 나와 매매계약서에 도장을 찍고 자기 무덤으로 돌아갔다는 이야기밖에 되지 않았다. 믿기지 않는 현실에 민우의 얼굴은 벌겋게 달아올랐다. 시끄러운 소리에 동네 사람들이 웅성거렸고, 분이 풀리지 않은 민우는 대충 목례만 하고 그 자리를 벗어났다.

진실을 밝히자. 불의에 맞서자. 주저앉지 말자. 힘들고 어려운 일이 닥치더라도 꿋꿋이 이겨내자. 그는 다짐에 다짐을 거듭하며 남은 연휴를 보냈다.

서울에 올라온 며칠 뒤, 김정석에게서 전화가 왔다.

"토지대장 등본을 다 발급받아 조사해보니, 금일남의 선대나 본인 명의의 토지는 단 한 필지도 없네. 모두 남의 땅을 특별조치법으로 이전한 거야. 아주 나쁜 놈이야."

"무슨 말인지 알겠습니다. 이왕 이렇게 시작한 이상, 정석 형님이 어등마을 토지 전체를 훑어보는 게 어떻겠습니까? 토지대장 등본을 빠짐없이 발급받아 조사해보는 게 좋겠습니다."

"그래 보겠네. 그런데 발급 비용만 해도 한 500만 원쯤 들 것 같은데, 어떡하지?"

"저도 조금 보태겠습니다. 수고하십시오. 요즘은 바빠서 바로 만나긴 어렵겠지만 정리되는 대로 찾아뵙겠습니다."

민우는 전화를 끊었다.

그 뒤 한 달여가 지나 김정석에게서 연락이 왔다. 그가 전한 조사 결과는 충격적이었다. 금씨 처남과 매부가 오랫동안 마을 이장과 보증인을 맡아가면서 어등마을의 40만 평이 넘는 토지를 개인 명의와 어등마을목장회, 그리고 육지 사람들에게 넘겼다고 했다.

그뿐만이 아니었다. 어등마을목장회는 목장관계철 내의 토지뿐 아니라 목장 밖 사유지들까지도 소유주의 후손들에게 아무런 통보 없이 허위 매매서류와 허위 기부계약서를 작성해 이전해 간 사실이 드러났다. 마을에 위치한 토지 중에서도 후손들이 존재를 인지하지 못한 땅들은 거의 대부분 그와 같은 방식으로 탈취되었다. 그들은 특별조치법의 허점을 이용해 서로를 보증인으로 세워 목장회나 금 씨 형제들 명의로 이전시켰다. 그야말로 부동산 사기꾼들과 다르지 않은 행태였다. 정말이지 '있을 수 없는 일'이었다.

주말에 민우는 시간을 내어 인천 계양구에 사는 김정석을 찾아갔다. 그가 정리해놓은 자료들을 함께 살펴보았다. 어등마을에 있던 목장 부지와 사유지의 대부분이 이미 이전되어 있었다.

4·3사건 희생자, 강제 징용자, 재일 교포, 타 지역 거주자 등 그 후손들이 아직 살아 있음에도 그들은 정당한 절차를 무시한 채 세 차례의 특별조치법 시행 틈을 타 아무런 권리 관계도 없는 자들에게 소유권을 넘겼다. 일제강점기 당시 개인 소유였으나 어등마을공동목장조합에 일시 제공되었던 토지들 역시 예외가 아니었다.

부도덕한 마을 유지들은 새로 조직한 어등마을목장회 이름으로 그 토지들의 소유권을 이전 등기해 두었다. 게다가 금일남 형제는 10만 평 이상의 사유지를 자신들 명의로 이전해 갔다. 모두 특별조치법의 맹점을 악용한 결과였다.

공동목장조합에 제공되었던 토지 중 선대가 소유주임을 알고 있던 일부 후손들만이 정상적인 절차를 밟아 보전 등기를 마쳤을 뿐이었다. 대부분의 후손들은 조상의 땅을 되찾을 기회조차 모른 채 허울뿐인 목장회에 억울하게 빼앗기고 말았다. 더구나 어떤 토지는 개인 소유임이 명백했음에도 마을 보증인들이 서로 짜고 서울·부산 사람들에게 팔아넘긴 사실도 드러났다. 도저히 있어서는 안 될 일이 마을 안에서 버젓이 자행된 셈이었다.

"정석 형님, 이게 정말 사실이에요? 세상에 이런 일도 일어납니까? 특별조치법이 이런 겁니까?"

"그래……. 특별조치법은 원래 일반 등기보다 간편하게 이전할 수 있도록 만든 법이야. 정당한 권리자에게 재산을 되찾게 하려는 취지였지. 하지만 못돼먹은 놈들이 그 허술함을 악용했어. 무권리자가 소유권을 빼앗은 거야."

"이런 파렴치한……. 이건 4·3과 6·25 때 돌아가신 분들을 두 번 죽이는 일 아닙니까?"

민우는 주먹을 불끈 쥐었다. 소위 '마을 유지'라는 자들이 개인의 부를 축적하기 위해 특별조치법을 방패삼아 주민의 재산을 갈취했고, 그 과오를 감추기 위해 목장회를 내세워 자신들의 행위를 미화하고 있었다. 그는 분노를 억누를 수 없었다.

이런 일은 절대 일어나서는 안 된다. 이들의 만행을 세상에 폭로하고 바로잡아야 한다. 그래야 국가가 어떤 정책을 세워도 그 법이 본래의 뜻대로 작동할 수 있을 것이다.

민우는 사회 정의가 바로 서야 한다는 신념으로 마음을 다잡았다. 그러나 한편으론 너무도 어이없는 현실에 맥이 빠졌다.

"목장회는 도대체 뭡니까? 어등마을에 그런 조직이 있다는 건 들어본 적도 없는데……. 정말 기가 찹니다."

"그런 조직이 있긴 한 모양이네. 나도 이번에야 알았어. 좀 더 깊이 알아봐야 할 것 같네."

김정석이 소주잔을 들어 민우에게 내밀었다. 앞으로 밝혀야 할 진실의 길이 순탄할지는 알 수 없었다. 그러나 그 순간, 두 사람이 부딪는 무언의 결의가 술잔 속에서 울렸다.

2

제주에 떨어진 특명

일제는 1910년 조선을 강제로 병합한 뒤 식민지 정책을 본격 시행했
다. 가장 먼저 착수한 것은 토지 사정査定 정책이었다. 개인이 경작하
던 땅은 스스로 소유임을 입증해야만 사정을 받을 수 있었고, 그렇지
못한 나머지 토지는 일본 제국 명의로 몰수되었다. 당시 토지주들은
일제 관리 앞에서 머리를 조아리며 자신의 땅임을 증명할 수밖에 없
었다. 그렇게 하지 못하면 조상의 땅이 하루아침에 일제의 소유가 되
었다.

새끼줄을 꼬아 경계를 긋고 자기 땅이라 주장하기도 하고, 돌담을 쌓
아 표시를 남기기도 했다. 그럼에도 소유를 증명하지 못한 수많은 이
의 땅들이 일본 제국 손에 넘어갔다. 그렇게 빼앗긴 토지는 친일 세
력과 일제에 부역한 관리들이 차지했다. 이른바 '친일 부호'가 생겨
난 연유였다. 그들은 광활한 토지를 소유하고, 그 땅을 잃은 백성에

게 소작을 시켜 부를 쌓았다. 토지를 잃은 이들은 소작농으로 전락해 노예와 다름없는 삶을 이어갔다.

민우의 할아버지 안동근은 그래도 다행히 조상 대대로 물려받은 땅 일부를 지켜냈다.

아직 겨울의 찬 기운이 가시지 않은 새벽녘, 동근은 수레를 멘 소를 이끌고 길을 나섰다. 보리농사 작황을 살피러 한모살 밭으로 가는 길이었다. 태어난 지 한 달 남짓한 송아지가 뒤뚱거리며 어미 소를 따랐다. 뒤처지면 어미는 큰 울음소리를 내며 고개를 돌려 새끼가 잘 따라오는지 확인했다.

밭에 이르자 엄동설한을 이겨낸 보릿잎들이 온통 푸름을 틔우고 있었다. 동근은 밭둑을 한 바퀴 둘러보고 종이에 담뱃가루를 말아 불을 붙였다. 그가 깊게 빨아들였다 내뱉은 회색 연기는 바람을 타고 훅 나부끼듯 사라졌다.

"보리농사가 잘돼 봐야 뭐해. 다 공출해야 하는데……. 우리 식구 입에 풀칠할 것이라도 남을지 모르겠네."

그의 말은 허공에서 반향 없이 흩어졌다. 일본 제국은 조선을 강점한 뒤 상상할 수 없을 만큼 혹독한 세금을 부과했다. 조선인을 '영광스러운 황국의 신민'이라 부르며 쌀, 해산물, 가축까지 전쟁 물자로 공출해 갔다. 면서기를 앞세우고 군마에 칼을 찬 일본 헌병이 나타나면 농민들은 감히 저항하지 못했다. 숨을 죽인 채 땅바닥을 기듯 곡식과 짐승을 내어줄 수밖에 없었다.

"죽 쒀서 일본 제국에 갖다 바치는 꼴이라니……. 이래서야 어디 사람이 살 수가 있나."

동근은 소리 높여 외칠 수 없었다. 더 큰 화를 부를 게 뻔했기 때문이다. 그는 숨을 삼키며 한숨으로 분노를 달랬다.

겨울은 긴 터널처럼 굶주림의 시간으로 이어졌다. 배고픔을 견디고 봄이 오면 사람들은 고사리와 냉이, 봄나물을 캐느라 분주했다. 바다에서는 풍성하게 자란 톳과 미역을 채취해 부족한 식량을 메웠다. 그 중에서도 가장 중요한 건 보리였다. 말린 톳을 보리나 조에 섞어 만든 톳밥은 허기진 배를 채우는 귀한 음식이었다. 모두 춘궁기를 버티며 보리 수확을 손꼽아 기다렸다.

동근은 허리춤에 호미를 차고 한모살 밭으로 나섰다. 추수의 주인은 누구일까 생각하니 감정이 복받쳐 오르고 발걸음이 가볍지 않았다. 누렇게 익은 보리 이삭들이 수확을 앞두고 고개를 숙였다. 여물어가는 보리알이 바람에 출렁이며 반짝였다. 그는 군데군데 섞여 자란 깜부기를 뽑아 한쪽에 모았다. 깜부기는 미리 뽑아내야 했다. 수확 후 정미 과정에서 걸러내려면 여간 어려운 일이 아니었다.

동근은 잠시 허리를 펴고 하늘을 올려다보았다.

"휴우……."

긴 숨이 새어 나왔다. 그의 가슴 한구석엔 설명하기 어려운 근심과 슬픔이 내려앉았다. 이렇게 애써 수확한 보리도 일본 제국이 사정해준 땅에서 거둔 거라며 세금으로 모조리 걷어 가겠지. 그러면 우리 가족은 대체 뭘 먹고 살라는 말인가…… 나쁜 놈들.

동근은 억울했다. 그야말로 개·돼지만도 못한 황국신민 취급이었다. 그래도 수확 후엔 떨어진 이삭을 주워 보리죽이라도 끓여 먹을 수 있었다. 보리 수확을 마친 한모살 밭에는 조를 파종했다.

동근은 황소가 끄는 수레에 쟁기를 싣고 집으로 향했다. 잠시 쉬는 틈마다 담배 한 모금이 유일한 낙이었다. 쓰디쓴 연기가 목젖을 타고 내려가며 타오르던 분노를 잠시 누그러뜨려주었다.

타고난 팔자가 이런 걸 어쩌겠나. 이제 자식이 넷이나 되니 무슨 수를 써서라도 각시와 자식들을 먹여 살려야지. 집안의 가장이 무너지면 안 된다. 참고 견디자. 언젠가 나라가 독립하고 자유의 물결이 팔도에 넘실거릴 날이 오겠지. 그날이 올 때까지 힘내자. 노을 지는 길을 따라 집으로 돌아오던 그는 물질을 마치고 귀가하는 아내를 마을 어귀에서 마주쳤다.

"여보, 이제 왐수꽈? 일본놈들이 해녀들 잡아온 해산물을 세금이엔 허영 해녀조합에서 다 뺏어 가부난 아무리 하영 잡아도 아무 소용이 어수다."

아내의 말투에는 깊은 낙담이 배어 있었다.

"어디 먹엉살아지쿠꽈? 세화리 오일장에 가보난 다른 마을도 다 마찬가진디, 미칠 노릇 아니꽈?"

해녀들의 권익을 지켜야 할 해녀조합은 오히려 착취의 앞잡이가 되어 있었다. 1930년에 들어서며 그 횡포는 날로 심해졌다. 해녀들이 잡아온 해산물은 모두 조합에 바쳐야 했고, 그 절반은 세금 명목으로 빼앗겼다. 남은 절반도 조합의 공제금과 헐값 매입 탓에 손에 남는 게 거의 없었다. 참다못한 해녀들은 하도리 해녀들을 중심으로 모였다. 스스로 해녀회를 조직해 조합에 맞서기 시작했고, 그 움직임은 곧 대규모 시위로 번졌다. 그러나 일제 경찰은 무력으로 진압했다. 그 사건 이후 해녀조합의 횡포는 더 악랄해졌고, 해녀들의 삶은 벼랑으로 내몰렸다.

"세금이엔 허영 농작물은 농작물대로, 해산물은 해산물대로, 가축은 가축대로 남김없이 걷어 가버리면 우리 어떻허영 살랜 말이꽈?"

아내의 목소리는 절망으로 떨렸다. 동근은 잠시 눈을 감았다가 낮은 목소리로 말했다.

"아이구, 조선인이 한마음 한뜻이 되지 못해 나라가 망했으니 백성들은 굶기 마련이지. 당신은 몸도 힘들 텐데 어서 들어가 쉬구려. 일제 경찰이 틈만 나면 들락날락하니 괜히 입 잘못 놀렸다간 무슨 화를 입을지 몰라."

그의 말에 아내는 입을 다물었다. 동근의 침묵엔 두려움과 체념이 섞여 있었다. 그는 매일 쉬지 않고 일했지만 가족의 입에 풀칠하기도 버거웠다. 제주 농촌에서는 나라가 어떻게 돌아가는지 알 길이 없었다. 그저 면에서 내려오는 지시에 따라 움직일 뿐이었다. 사람들은 점점 일제 경찰의 횡포에 길들여져 갔다.

해가 서쪽으로 기울 무렵이면 동네 사람들이 동근네 마당으로 하나둘 모였다. 동근이 피워놓은 모닥불을 둘러싸고 하루의 피로와 울분을 쏟아내는 것이 유일한 위안이었다.

"아니, 이거 어떵헐거꽈? 뭐든 수확할 때만 되면 면에서 와그네 세금 이엔 허영 다 가져가불고, 우린 뭘 먹엉 살아가랜 허는거꽈? 무슨 대책이 이서야 될 거 아니꽈?"

대체로 푸념은 푸념에 그칠 뿐 누구도 구체적 대책을 내놓을 엄두를 내지 못했다. 동근도 마찬가지였다.

그때, 먼 길 끝에서 군마의 발굽 소리가 들려왔다. 칼을 찬 일본 헌병이 말을 몰고 다가오자 모닥불 주위의 사람들은 한마디 말도 없이 흩어졌다. 불빛만이 바람에 흔들리며 허공에 남아 그들의 두려움을 대신 속삭였다.

이 시기 일제는 조선을 대륙 침략의 발판으로 삼아 군비 증강 정책을 전면 추진했다. 첫 단계로 만주를 병참기지로 삼으려 1931년 9월 18일 '만주사변'을 일으켰다. 중국정부에 사전 통보도 없이 동북 3성을 무력 점령한 뒤, 이듬해 '만주국'이라는 괴뢰 정권을 세웠다. 그때부터 일본은 전쟁 준비에 박차를 가했다. 중화민국 내각은 일본이 자국을 침략할 이유가 없다고 판단했으나, 그것은 치명적 오판이었다. 일본은 만주를 교두보 삼아 거대한 중국 대륙까지 집어삼키려는 야욕을 키우고 있었다.

전쟁 수행에 가장 필요한 것은 인력과 물자였다. 인력은 조선인 강제 징용으로 충당했고, 군량미는 '동양척식주식회사'를 통해 대량 공출했다. 조선총독부는 재주도사濟州島司에게 '중국 침략에 필요한 사전 준비 사항을 낱낱이 파악하여 보고하라'고 지시했다. 제주도사는 경찰서장뿐 아니라 도령을 내릴 권한을 갖고 농업조합장·산림조합장·해녀조합장을 겸직했다. 그야말로 행정·치안·입법을 한 손에 쥔 '제주섬의 작은 총독'이었다.

그는 혼잣말처럼 중얼거렸다.

"중국을 점령해 일본의 식민지로 만들려면 무엇이 필요할까."

잠시 생각을 굴리던 그는 문득 얼굴을 들었다. 제주는 초지가 많다. 초지를 이용하면 되겠군. 그 초지에서 군인들의 육우와 군마를 확보하면 된다!

생각이 거기까지 미치자 그는 책상을 세차게 내리쳤다.

"그래, 바로 그거야! 초지를 이용해 목장을 조성하고 우마를 길러 천황 폐하께 바치면 되지 않겠는가!"

그의 얼굴에 붉은 빛이 돌았다. 막강한 권한을 누리는 그에게 이보다 더 큰 충성의 기회가 있을 리 없었다.

"중국 점령에 기여해 천황 폐하를 기쁘게 하리라!"

그리하여 제주에는 육우와 모피, 군마 조달의 '특명'이 떨어졌다. 초지가 많다는 이유 하나로 제주 전역이 목장부지로 지정되었다. 목장을 만들고 우마를 사육해 천황의 이름으로 공출하라는 것이었다.

"제주도는 섬 전체가 초지다. 우마를 키우기에 가장 적합한 곳이야. 마을별로 목장을 조성해 군마와 가축을 바치면 된다. 대일본 천황의 명으로 하는 일인데, 누가 불손하게 반대하겠나? 반대하는 자에게는 천황 폐하의 매운맛을 보여주면 될 일이지."

그의 목소리는 점점 커졌고, 방 안의 공기는 싸늘해졌다.

며칠 뒤, 제주도사는 참모들과 면장·주재소장들을 한자리에 불러 모았다.

"여러분을 부른 건 다름이 아니오. 대일본 제국이 중국을 천황 폐하의 영도 아래 두려면 막대한 물자와 인력이 필요한데, 내 생각엔 제주 전역에 마을별 공동목장을 조성하는 것이 우리의 소명이오."

제주도사는 자신의 구상을 밝혔다.

"제주도 전체 118개 마을에 목장을 만들어 우마를 길러야 하오. 그 우마들은 모두 천황 폐하를 위해 중국 대륙으로 진군할 군에게 보낼 소와 말들이오. 알겠소?"

"예, 알겠습니다!"

면장들과 주재소장들이 일제히 화답했다. 제주도사는 미소를 지으며 덧붙였다.

"우마를 키우려면 각 마을별로 최소 20만 평 이상의 초지가 필요하니 마을별로 경계를 정하고, 공동목장조합 운영 계획을 세워 곧바로 보고하도록 하시오."

그는 재촉하듯 책상을 손끝으로 토닥토닥 두드렸다. 그날 오후, 제주도사가 입안한 정책 문서가 각 면으로 급히 시달되었다.

내용은 단 하나였다. '마을공동목장조합 조성계획을 수립하여 즉시 보고할 것.'

면장들은 곧바로 마을 구장들을 불러 모았다. 그리고 그 자리에서 섬의 운명을 바꿀 비극적인 명령이 내려졌다.

3

전쟁과 사유지

만주사변으로 국제 정세가 요동치던 그 시기에도 어등마을의 삼십 대 가장 안동근은 가족과 함께 꿋꿋이 살아가고 있었다. 그러나 불확실한 미래는 늘 불안의 그림자를 드리웠다.

동근은 딸 둘을 낳은 뒤 줄곧 아들을 기다렸다. 마침내 문학과 문오, 두 형제를 얻었다. 장남 문학은 1929년생, 차남 문오는 1931년생이었다. 대대로 독자로 이어지던 집안에서 선친이 아들 둘을 낳았고, 그 뒤를 이어 자신도 두 아들을 얻었으니 동근의 기쁨은 벅찰 정도였다.

이 아이들은 절대 굶기지 않겠다. 그는 매일같이 다짐했다. 그 다짐은 날이 갈수록 무거워졌다.

첫째에게는 학문으로 성공하라는 뜻을 담아 '문학'文學이라 이름 지었다. 아이는 그의 바람대로 총명하고 남다른 소질을 보였다. 또래보다 글을 빨리 깨우치고 한자에도 능했다. 동근은 그런 아들을 보며

'저 아이만은 꼭 전문학교까지 보내야 한다'는 희망을 품었다. 물론 둘째 문오도 형처럼 자라주길 바랐다. 하지만 그들을 제대로 키워내기엔 현실이 너무나 팍팍했다.

어이할꼬, 이 세상을 어찌 살아갈까. 동근의 이마에는 깊은 주름이 패였다.

어귀담 위에 까마귀 한 마리가 앉아 까악, 까악 울었다. 동근은 싸리비를 높이 들어 휘둘렀다. 돌멩이를 던져도 까마귀는 잠깐 날아갔다가 다시 돌아와 담장 위에 내려앉았다.

"이노무 까마귀 새끼, 재수 없게 웬 난리여."

그에게는 분풀이를 할 대상이 까마귀뿐이었다. 현실은 최악으로 치닫고 있었다.

동근은 아버지 대부터 운영하던 금녕·태동·어등 세 마을의 정미소를 물려받았다. 온 식구가 정미소 일에 매달려도 면에서 거둬가는 세금에 남는 건 껍데기뿐이었다.

힘들게 일해도 수익이 없으니, 정미소를 왜 돌려야 한단 말인가. 허탈감이 밀려왔다. 폐업을 결심했지만 면에서는 그조차 허락하지 않았다.

해를 거듭할수록 일본 제국은 군비 확충과 식량 확보에 광분했다. 백성들은 세금과 공출로 곡식을 빼앗기며 궁핍한 삶을 이어가야 했다. 일제 경찰의 총칼 앞에서 겨우 목숨을 부지하는 것, 그것이 유일한 납세의 '보답'이었다.

동근은 강제로 떠맡은 정미소보다 차라리 바다로 나가 어업을 하고 싶었다. 정미소 수익만으론 살림살이가 힘겨웠다. 어업이라면 해산물을 팔아 돈을 벌 수 있을 듯했다. 그렇다고 정미소를 맡길 기술자가 따로 있는 것도 아니었다. 결국 그는 두 일을 병행하기로 하고 이곳저곳에서 돈을 빌려 어선 한 척을 장만했다.

어업에서도 사정은 크게 다르지 않았다. 멸치가 제법 잡혀도 대부분 세금으로 공제되었다. 남는 것은 동네 사람들에게 나눠주거나, 세화리나 성산까지 나가 팔았다. 그나마 배 유지비라도 남으면 다행이었다. 온몸이 녹초가 되어 말 수레가 이끄는 대로 비틀거리며 돌아오다 보면 어느새 집 앞에 닿아 있었다.

그 무렵, 구좌면장이 마을 사람들을 한자리에 불러 모았다. 면사무소 앞마당에는 일장기가 펄럭이고 있었다. 면장 입에서 장황한 연설이 흘러나왔다.

"천황 폐하의 뜻을 받들어 중국을 일본의 영토 아래 두려면 마을별로 공동목장을 만들어 우마를 사육해야 하오."

사람들은 서로 눈치를 보았다.

"그래서 마을별로 어떵허랜 말이꽈?"

한 구장이 참지 못하고 물었다.

"구좌면의 일곱 마을이 각각 20만 평 이상의 초지를 지정해야 하오. 마을공동목장조합을 만들어 운영할 예정인데, 시간이 급하니 곧 후보지를 정해 보고하도록 하시오."

면장은 거만하게 답했다. 그의 말은 명령이었다.

"목장 후보지에 들어가는 토지주들은 반발이 심할 텐데요. 그 땅들도 일본 제국이 어렵게 사정해준 토지 아닙니까?"

한 마을 구장이 걱정 섞인 음성으로 물었다.

"그 문제는 내가 도사님과 상의할 테니 일단 후보지를 정하시오."

회의라 부르기도 민망한 통보가 끝나자 구장들은 묵묵히 발길을 돌렸다. 어등마을 구장 역시 고민에 빠졌다. 토지주들을 어떻게 설득해야 할지, 목장 후보지로 지정될 땅 주인들의 불만을 달래는 일은 쉽지 않아 보였다.

"어쩔 수 어수다. 백성들이 힘이 이수꽈? 이 땅이 우리 땅이 아니고, 조선을 강제로 병합한 일제 땅이엔 허는거 아니꽈? 일본 제국이 허랜헌대로 헐 수밖에 어수다. 뭐엔 궐았당 다 죽음이우다."

그는 주민들을 공회당에 모아 면장의 말을 전하며 협조를 구했다.

"해산물이면 해산물, 농산물이면 농산물, 뭐든지 순사들이 들이대며 몰아치니 어디 뭐엔 궈라지쿠꽈? 나쁜 놈덜."

한 주민이 성을 냈다.

"힘없는 백성들만 죽으라는 얘기우다. 그렇지만 우리는 구장이 정허는 대로 따라갈 수밖에 어수다."

누군가의 말이 퍼지자 맥 빠진 웅성거림이 공회당 안을 메웠다.

"장소는 초지라 했으니, 아무래도 정들머들이나 톤솔 근방이 적당할 듯하우다. 내일 열 시에 모여 두 군데를 돌아봅시다."

구장이 던진 말로 회의는 어정쩡하게 끝났다.

이튿날 아침, 마을 지도자들은 우마를 기르기 좋은 초지를 찾아 들판으로 나섰다. 곳곳을 돌아본 끝에 톤솔 맞은편의 초지가 험하긴 해도 목장부지로 가장 알맞다는 결론을 내렸다. 그 경계 안에는 동근의 밭 한 곳도 포함되어 있었다.

"마을의 목장부지를 정했네. 톤솔지경 맞은편 초지가 제격일세. 토지 주들을 확인하고 협조를 구하도록 하게."

구장이 말했다.

"어떻게 하라는 얘기꽈? 땅 소유권을 내놓으라는 거우꽈, 아니면 임시로 우마를 키운다 허영 빌령 쓰캔 허는 거우꽈? 그냥 강제로 내놓으라면 마을을 생각해서 어쩔 수 없지만, 그래도 억울허지 않허쿠꽈? 잘 생각해봅서."

동근이 조심스레 의문을 제기했다. 그의 목소리는 담담했지만 그 속엔 분노와 체념이 배어 있었다.

"설마 소유권까지 내놓으라는 얘기는 아닐 걸세. 그렇다면 나도 반대야. 내가 면에 가서 후보지 보고하면서 얘기하겠네."

구장의 이 말로 어등마을 목장 후보지 결정은 일단락되었다. 동근은 이어진 마을 회의까지 마치고 오느라 밀려오는 피로가 온몸에 내려앉듯 무거웠다.

'토지를 내놓으라고? 그거는 안 될 일이지. 면서기한테 갖은 굴욕을 당하면서 사정받은 토지인데, 이렇게 빼앗긴단 말인가? 아니 될 일이지.'

힘없는 백성의 토지를 다시 몰수하겠다는 파렴치한 계획에 동근의 가슴에는 근심과 억울한 분노가 일었다.

"아니, 개인 토지를 내놔서 공동목장으로 조성하면 사유지가 영원히 일제 땅이 되는 거 아녀? 누가 땅을 내놔, 미쳤어? 그냥 내 초지에 누구든지 와서 소와 말을 키우면 되지, 이것을 왜 내놔야 돼?"

동근의 생각과 마찬가지로 각 마을에서도 반대 여론이 거셌다. 면장 주재로 열린 '목장용지 확보 상황 보고회의'에서 구좌면 12개 마을 구장들은 확보한 목장용지의 지경·면적과 함께 주민 반발 사항까지 보고했다. 요지는 어느 마을이나 같았다. 토지주 보상, 소유권 유지, 마을별 공통 기준에 따른 운영.

구좌면은 이 내용을 정리해 제주도사에게 올렸다. 제주도사는 '일을 잘못 처리하면 마을마다 잡음이 생기고, 목장을 만들고 우마를 키워 공물로 바칠 때까지 상당한 기일이 걸릴 것'이라 판단했다. 그래서 각 마을의 공통된 의견을 일정 부분 반영할 수 있도록 총독부에 보고했고, 총독부는 대처 방안을 마련하기에 이르렀다.

1934년, 조선총독부는 〈마을공동목장조합 운영준칙〉을 만들어 제주도사에게 시달했다. 〈준칙〉에는 마을별로 조성되는 '목장용지에 들어가는 사유지의 토지주는 토지를 제공할 의무가 있다'는 규정과 함께 '목장의 목적이 상실되면 해당 토지는 원소유자에게 환원된다'는 내용이 담겼다. 각 마을은 제주도사가 전한 〈준칙〉을 수용했고, 마을 공동목장조합을 구성해 목장지 경계와 임원을 정했다.

어등마을에서도 목장 대상지를 확정하고 그 안에 포함되는 토지주들을 파악하기 시작했다. 목장 대상지는 무엇보다 초지가 풍부해야 했고, 소와 말을 방목할 만큼 넓은 들녘이어야 했다. 그렇게 물색된

곳은 어등마을에서 이십 리쯤 떨어진 중산간 일대였다. 대상지 안 토지를 모아 보니 53필지, 50여 명의 토지주가 있었다.

목장 조성의 윤곽이 잡히자 마을공동목장조합원들은 규약을 의결하고, 임원진 선출을 위해 토지주들을 공회당으로 불러 모았다.

'회장은 누구를 맡길지', '간사는 누가 적임인지'— 여러 사람이 웅성대기 시작했다. 모인 이들 가운데에는 농업고등학교를 졸업한 김동민이 있었다. 나름의 지식인으로 선망 받는 이였고, 그는 임시회장이 되어 회의를 주재했다.

"이보게들, 갈수록 일제의 탄압이 심해지고 있어. 일본은 만주를 점령하고 중국대륙을 침략할 모양이여. 마을별로 목장을 조성하고 우마를 키워서 공출하라는 일본 놈들의 속셈을 알면서도 힘없는 조선의 백성들이 할 수 있는 게 뭐가 있겠나? 반항하면 죽임을 당하거나 징용을 갈 수도 있으니, 따를 수밖에 없잖은가? 다행히도 우리는 토지만 제공할 뿐이지 명의는 그대로 있는 걸세. 그리고 일제가 목적을 달성하고 목장의 목적이 상실되면 우리에게 그대로 돌려준다고 〈준칙〉까지 만들어서 내려 보냈으니, 무슨 일 있겠는가? 그때까지 참고 기다리는 수밖에."

〈어등마을공동목장조합 정관〉은 제주도사에게서 내려온 틀에 토지주 명단과 면적을 넣어 완성했다. 회장에는 김동민이 선출되었다. 간사 역할은 결국 안동근이 맡게 되었는데, 김동민 회장의 청을 차마 뿌리치지 못했기 때문이었다.

"동근, 자네가 간사가 돼 주게나. 하는 일이 많겠지만, 어쩌겠나. 마을 사람들을 위해 도와주게.”

동근은 정미소 운영에 어업과 밭일, 자식들 돌봄에 소와 말까지……
정신없는 시절에 정관을 최종 정리하는 간사까지 맡으라니, 머릿속
이 복잡했다.

마침내 어등마을공동목장조합 명의로 목장에 소와 말이 방목되었다.
면에서는 ‘우적’을 만들어 사육 두수를 파악했다. 소를 함부로 도축
해 식용하는 행위는 엄격히 제한되었다. 사육한 소와 말은 오직 일제
천황 폐하를 위한다는 명분 아래 공출되었다. 백성들은 소와 말을 키
워야 할 명분을 어디서도 찾을 수 없었다. 그야말로 ‘죽 쒀서 개 주는
꼴’이었다.

마을별로는 강제 수탈당한 우마를 제주항과 한림항으로 끌고 가기
위해 소테우리를 뽑아야 했다. 건장한 청년이 아니면 감당하기 어려
운 노동이었다.

일본 제국의 중국 침략 소식이 돌면서 마을은 더욱 혼란스러워졌다.
농축산물 수탈은 날로 심해졌고, 마을 젊은이들이 전쟁터로 징용된
다는 소문에 주민들은 밤잠을 설쳤다. 남녀노소 할 것 없이 사람들은
징용의 두려움에 사로잡혔다.

동근도 예외가 아니었다. 딸들은 어느새 십대가 되었지만 아들 문학
은 아홉 살, 문오는 일곱 살이었다. 만약 내가 징용을 당한다면…….
생각만으로도 끔찍했다. 그래도 그는 한 줄기 희망을 놓지 않았다.
정미소를 운영하고 있으니, 자신은 예외가 되지 않을까 생각했다. 그

야말로 지푸라기라도 잡는 심정이었다.

소문은 사실이었다. 일본 제국은 중일전쟁을 앞두고 조선인을 전선의 총알받이로 투입하기 위해 대대적인 징용 준비에 들어갔다. 얼마 지나지 않아 제주에도 징용군 모집이 시작되었다. 어등마을 사람들도 예외가 아니었다.

모집 공고에는 이렇게 적혀 있었다.

'일본군에 지원하면 2만 원의 지원금을 주고, 월급은 고스란히 고향의 부모님께 송금되어 가족이 아무 걱정 없이 살 수 있다.'

모집은 명목상 '자원' 형식을 취했으나, 지원자는 단 1명도 없었다. 결국 구좌면장으로부터 마을별 차출 인원수가 하달되었다. 20대 전후의 젊은이들을 추려야 하는 마을 구장들의 고심은 이루 말할 수 없었다.

그때 동근의 나이는 마흔 언저리였다. 게다가 어등마을공동목장조합의 간사로 일하고, 금녕·태동·어등 세 마을의 정미소까지 운영하고 있었으니 '징용에서는 제외되겠지' 하는 게 주변의 생각이었다. 하지만 동근의 마음은 불안했다. 그는 아내와 얼굴만 마주볼 뿐 징용을 피할 방도가 없었다.

그 얼마 후, 어등마을의 징용 대상자가 최종 확정되었다.

"아방, 동네 어르신들이 트럭을 타고 어디털 돈 벌러 감댄 햄수다. 연석삼촌도 있고, 영수삼촌도 있고."

큰딸 문영이가 달려와 숨가쁘게 전했다. 동근은 그 말을 듣자마자 등줄기가 서늘해졌다.

"문영아, 너는 문자하고 구들묵 보릿짚 속에 숨어 있어라. 오늘부터 절대 밖으로 나와선 안 돼. 큰일 난다. 잡혀갈지 몰라. 알았지?”

“예, 알아수다.”

문영은 동생 문자를 데리고 구들묵으로 향하면서 어딘가 석연치 않은 기분이 들었다. 그날 마을은 암울한 분위기로 뒤덮였다. 집집마다 울음이 터졌고, 공기마저 무거웠다.

정해진 날이 되자 징용당한 사람들은 언제 돌아온다는 약속도 없이 트럭에 올라탔다. 누군가는 남양군도로, 누군가는 관동군으로 간다는 말이 돌았다. 그 길이 끝내 돌아오지 못할 길이 될지도 몰랐다.

당장은 징용을 피한 청소년들도 불안하기는 마찬가지였다. 이번엔 나이가 어려 피해갔지만, 한 살만 더 먹으면 끌려갈지도 모른다는 두려움이 가슴속에 깊이 박혔다. 모두가 알고 있었다. 어떤 이유를 대든 징용에서 빠지는 것만이 살아남을 유일한 길이라는 것을.

그러나 그 길은 어디에도 없었다. 면에서 내려오는 징용자 명단 앞에서는 아무도 저항할 수 없었다. 통보된 일시에 집결지로 오지 않으면 가족까지 사살하겠다는 명령이 뒤따랐다. 그 엄포 앞에서 거부란 있을 수 없는 일이었다.

불안에 시달리던 동근은 다행히 차출되지 않았다. 기관사가 없으면 세 마을의 정미소를 운영할 수 없기 때문이리라. 동근과 달리 같은 연배의 몇몇은 끝내 징용으로 끌려갔다. 그들의 이름은 며칠 뒤 면사무소 게시판에서 사라졌다. 어등마을 사람들은 거센 폭풍우가 잦아들길 바라듯 그 시절이 하루라도 빨리 지나가기를 기도했다. 하지만 그 기도가 언제 하늘에 닿을지는 누구도 알 수 없었다.

한반도 전역을 돌며 전쟁 물자를 수탈해 군비를 증강하던 일본은 1937년 7월 루거우차오노구교 사건을 일으켜 중일전쟁의 불씨를 당겼다. 루거우차오 사건을 기점으로 일본군은 베이징과 텐진을 점령하고, 곧 상하이로 전선을 확장했다. 그해 12월, 난징이 함락되었다. 무고한 수십만 시민이 일본군의 총검 아래 참혹하게 학살당했다. 피와 불길 속에서 도시가 불탔다. 그 재앙의 그림자는 동남아시아로 번져 나갔다.

일본은 태평양을 건너 미국 하와이 진주만 기습을 감행했다. 그 순간, 세상은 제2차 세계대전의 거대한 소용돌이로 빨려 들어갔다.

징용은 멈추지 않았다. 수많은 조선의 젊은이가 '천황의 신민'이라는 이름으로 전선으로 내몰렸다. 그들은 총알받이가 되어 동백꽃처럼 툭툭, 쓰러졌다.

제주도사는 집안 구석에 감춰둔 쌀 한 톨까지 수탈해 갔다. '군인들의 총알로 써야 한다'는 명목 아래 부엌의 놋그릇까지 모조리 빼앗아 갔다. 마을에는 지나가는 개 한 마리조차 남지 않았다. 농민들은 굶주림에 지쳐갔다. 진주만 공격은 결국 중립을 지켜오던 미국의 참전을 불러왔다. 미국·영국·중국·소련이 손을 잡고, 일본·독일·이탈리아가 맞서는 거대한 전선이 구축되었다. 전쟁은 점점 파국으로 치닫고 있었다.

조선총독부는 전쟁 물자 조달에 총력을 기울였다. 우마를 비롯한 가축은 물론이고 곡물 징수와 진지 구축에 이르기까지 강제 노역이 이어졌다. 수탈의 강도는 나날이 높아졌다. 제주 사람들도 더 이상 내일을 예측할 수 없었다. 누구든, 언제든, 총칼 앞에서 목숨을 잃을 수 있었다. 사람들은 더 이상 인간이 아닌, 도살을 기다리는 짐승과 다를 바 없는 삶을 견뎌야 했다.

1943년에 접어들자 세계 곳곳에서 일본의 패전 소식이 들려왔다. 전세가 급격히 기울자 일제는 제주도를 최후의 항전지로 택했다. 그들은 전쟁 물자와 무기를 숨기기 위해 해안가 곳곳에 진지동굴을 파기 시작했다. 해안뿐 아니라 내륙에도 진지와 활주로를 건설하기 위한 전면 동원령이 내려졌다.

그 와중에 조선총독부는 제주도사에게 새로운 지시를 내렸다.

"각 마을에서 운영 중인 마을공동목장조합을 재정비하라."

목장이 제대로 운영되는지, 우마 사육이 정상적으로 이루어지고 있는지를 점검하라는 명령이었다. 제주도사는 면장들을 불러 회의를 열었다. 한때 승전보에 들떠 있던 표정은 사라지고, 그의 얼굴에는 근심이 드리워져 있었다.

"우리 일본군은 천황 폐하의 명을 받들어 전 세계의 평화를 위해 격전지에서 싸우고 있다. 그러나 전세는 그리 희망적이지 않다. 후방의 우리라도 전선에 있는 군을 위해 최대한의 지원을 다해야 한다."

목울대를 세운 그의 목소리는 떨렸다.

"만약 전세가 나아지지 않으면 제주도는 일본군이 끝까지 싸우는 마지막 보루가 될 것이다. 지금부터 여러분이 해야 할 일을 말하겠다."

그가 비장하게 내놓은 지시 중 하나는 '목장용지 실태조사'였다. 각 마을의 우마 조달 상황을 낱낱이 파악하라는 명령이었다.

"실태조사서에 개인 토지는 '기부지'寄附地, 마을 소유 토지는 '차수지'借受地로 표기하라."

그의 지시는 곧 문서로 시달되었다.

이에 따라 당시 마을공동목장조합을 운영하던 118개 마을은 개인 토지와 국가 토지를 구분해 각각 '기부지'와 '차수지'로 표기해 보고했다. 어등마을공동목장조합 역시 필지별로 기부지·차수지를 구분해 보고를 마치고, 목장 정비와 우마 사육에 다시 몰두했다.

그때 그들은 알 수 없었다. 이렇게 작성된 문서가 훗날, 어등마을의 개인 토지들이 '어등마을목장회'라는 유령단체에 송두리째 넘어가는 비극의 단초가 될 줄은 몰랐다. 제주도사의 지시 한 줄, 그저 행정상의 편의로 적힌 '기부지'라는 단어가 수십 년 뒤 조상의 땅을 빼앗기는 참담한 현실을 초래할 줄을.

4

인생 대전환의 계기

민우와 김정석은 먼저 어등마을공동목장조합의 운영 실태를 명확히 파악해야 한다고 판단했다.

민우는 자료를 찾던 중 제주시 모 중학교 교사가 쓴 석사학위 논문 「제주 마을의 공동목장에 관한 연구」를 입수했고, 김정석은 전 제주지법 판사가 집필한 「제주 마을공동목장조합에 대한 소유권 분쟁」이라는 논문을 확보했다.

석 달쯤 후, 두 사람은 다시 만났다. 계양에서 헤어진 지 얼마되지 않았지만 두 사람의 표정에는 단단한 결의가 서려 있었다.

책상 위에 서류를 펼쳐두고 퍼즐을 맞추듯 사건의 전모를 하나씩 짚어나갔다. 그때 김정석의 얼굴은 상기된 기색이었다.

"무슨 좋은 일이라도 이수꽈?"

민우가 물었다.

"고향집을 뒤지다가 일제강점기 때의 〈어등마을공동목장조합 정관〉을 찾았어. 여기 보면 토지 제공자, 주소, 조합원 명단이 다 적혀 있네. 이건 나중에 아주 중요한 증거가 될 거야."

고개를 끄덕이며 문서를 손에 쥔 김정석의 눈빛은 단단했다.

두 사람이 확보한 논문들에 따르면, 일제는 우량 우마의 안정적 수급 체계를 세우기 위해 '회장을 제주도사로 하는 목장조합중앙회'를 신설하고, 읍·면 단위에는 공동목장조합연합회를 설치했다.

이 조직을 통해 각 마을에서 축산물을 공출하고, 준조세 성격의 부과금을 걷었다. 문제는 목장용지 확보였다. 일제의 토지 사정 정책으로 이미 개인에게 사정된 땅을 다시 환수하려 하니, 농민들의 반발이 거셌다.

"아니, 어렵게 사정받은 땅에서 농사짓고 소·말 키우는디 또 내놓으라니, 이게 뭔 일이우꽈? 사람이 살아지커라."

"안 내놓으민 일제 경찰들이 고만히 이시커라."

불만을 토로해도 소용없었다. 일제는 강제로 경계를 긋고 우마를 공출하면 그만이었다. 그러나 그랬다가는 제주 전역이 3·1운동이나 해녀항쟁처럼 들끓을 수도 있다는 위험을 그들도 잘 알고 있었다. 그래서 회유책을 내놓았다. 이른바 〈마을공동목장조합 준칙〉이었다.

목장지로 지정된 개인 토지의 강제 수용을 반대하는 세력을 달래기 위한 방편이었다. 그 〈준칙〉에는 '조합이 무상으로 확보한 토지라 하더라도 본래 소유주의 소유권은 인정한다'고 명시되어 있었다.

"정석 형님, 그 〈준칙〉에 따르면 목적이 상실되면 토지는 원소유자에게 자동으로 돌아가야 하는 거 아닙니까?"

민우가 물었다.

"일본은 패망하고 본국으로 돌아갔지. 조합이 청산되면서 돌려줄 주체도 사라졌어. 결국 원소유자나 후손이 보존 등기를 하면 되는 거였지. 당연히 상속권자가 관리해야 했어."

김정석은 잠시 고개를 숙였다가 천천히 말했다. 민우는 어이가 없어 말을 쉽게 잇지 못했다.

"그런데 그런 토지를 아무 권한도 없는 자들이 특별조치법을 이용해 가로챘단 말입니까? 후손들이 버젓이 살아 있는데?"

김정석은 고개를 끄덕였다.

그의 설명에 따르면, 어등마을공동목장조합 소유 토지는 조합 청산 후 마을에 자동 귀속되었다. 개인 토지는 후손이 상속 절차를 거쳐 보존 등기로 이전했다. 그러나 특별조치법 시행 시기에 후손의 존재가 불분명하거나 확인이 어려운 토지를 '어등마을목장회'라는 조직이 나서서 몰수해 갔다. 법의 허점을 교묘히 악용한 셈이었다.

"나쁜 새끼들……. 이건 완전 도둑놈들이잖습니까?"

민우는 분노를 억누르지 못했다.

김정석은 담담하게 목소리를 낮췄다. 4·3과 6·25를 거치며 집안이 풍비박산 난 사이, 세 차례의 특별조치법 시행1970년, 1980~1984년, 1994년을 거치며 마을목장회와 특정인들에게 넘어갔다고 했다.

"토지주들은 4·3 때 돌아가셨고, 6·25 참전, 타 지역 출항이나 일본 밀항으로 돌아오지 못했지. 후손들은 조상 땅이 남아 있는 줄도 모르고 살았으니, 그 틈을 타서 가로채인 거야. 조상님들 억울하게 돌아가신 것만 해도 서러운데……."

민우는 아무 말도 하지 못했다. 김정석이 조용히 그의 어깨를 두드렸다.

제주 4·3으로 수많은 주민이 희생되고 마을은 폐허가 되었다. 살아남은 후손들은 목숨을 부지하기 위해 경작하던 전답을 버려두고 타지로 떠나야 했다. '빨갱이'라는 낙인이 두려워 끝내 고향 땅을 밟지 못한 이들도 많았다.

그들의 부재는 마을 유지들에게 호재가 되었다. 그들은 허위 계약서를 꾸며 토지주나 친권자의 뜻을 짓밟고, 무권리자인 자신들 명의로 소유권을 이전했다. 가장 은밀하고 비열한 형태의 '토지 절도'였다.

이건 과거의 문제가 아니라, 지금이라도 우리가 바로잡아야 할 현재의 문제다. 민우의 눈빛에 결의가 번졌다.

지역 사회가 유족을 돕는 것이 도리였다. 그것이 억울하게 죽은 희생자들을 위로하는 길이었다. 그런데, 도리어 남의 어려움을 틈타 땅을 등쳐먹다니…….

하지만 땅의 소유권을 되찾는 일에는 '법'이라는 거대한 태산이 가로놓여 있었다. 그 태산을 넘기란 결코 쉬운 일이 아님을 두 사람은 잘 알고 있었다.

해방과 6·25전쟁을 거치며 등기부상의 내용과 실제 권리 관계가 어긋난 경우가 많았다. 관련 서류나 증인조차 없어 진실을 입증하기란

거의 불가능했다.

이런 문제를 구제하기 위해 만들어진 제도가 바로 '특별조치법'이었다. 일제강점기 이전부터의 진정한 소유자라 하더라도 사망이나 행방불명으로 등기를 완료하지 못한 경우를 구제하자는 취지였다. 보증인 세 사람의 날인만 있으면 간편하게 등기 이전이 가능했다.

특별조치법은 겉으로는 정당한 권리자를 위한 제도였지만, 허술한 행정과 느슨한 검증 탓에 무권리자가 소유권을 훔칠 수 있는 문을 활짝 열어준 셈이었다.

그 대상은 이러했다. 일제강점기 밀항으로 타국에 간 사람의 토지, 4·3 당시 피난하거나 사망한 사람의 토지, 그리고 고향을 떠나 타지로 이주한 사람의 토지…….

이들 대부분은 '무주無主 토지'로 분류되었다. 이 허점을 정확히 꿰뚫고 있던 자들이 있었다. 마을 사정을 속속들이 알면서도 양심 없이 희생자 후손의 땅을 빼앗은 자들 — 어등마을에서는 금 씨 삼형제가 그 대표였다.

당시 마을 이장은 리사무소에 보관된 토적대장을 자유롭게 열람할 수 있었고, 주민들이 톳값을 받기 위해 맡겨둔 도장에도 쉽게 접근할 수 있었다. 심지어 필요한 도장이 없으면 읍내로 나가 막도장을 새겨 찍기도 했다. 그들은 소유주를 알기 힘든 토지를 찾아 허위 매매계약서를 위조했고, 특별조치법의 절차를 악용해 개인 또는 마을목장회 명의로 소유권을 이전했다.

그 시작은 1970년, 특별조치법 첫 시행 때였다. 당시 금이남의 처남이 이장을 맡고 금이남과 친척들을 보증인으로 위촉하면서 모든 일이 시작되었다. 그는 주민들에게 특별조치법 시행 사실과 등기 절차를 알리고 재산 회복을 돕기는커녕, 오히려 마을 내 10만 평이 넘는 토지를 형과 아우의 명의로 이전하기 바빴다.

한 번 '맛'을 본 금 씨 삼형제는 10년 주기로 다시 시행된 1980년 특별조치법 때에도 타인 명의의 토지를 탈취했다.

이장은 보증인을 추천할 권한이 있었고, 이번에는 금삼남이 이장을 맡고 처남과 친척들을 보증인으로 올렸다. 처남과 매부는 허위 보증서를 꾸며 1934년 일제의 강압으로 어등마을공동목장조합 목장지로 포함되었던 개인 토지와 주변 수십만 평의 땅을 존재조차 불분명한 '어등마을목장회' 명의로 이전해 버렸다.

4·3 희생자와 그 가족의 재산권을 개인이 멋대로 박탈한 셈이었다. 그 후에도 사태는 반복되었다. 1994년 조치법 시행 때는 금삼남은 당시 이장과 보증인을 움직여 목장 밖에 있는 주인이 불명확한 토지를 목장회로 이전시키고 일부 토지는 자신의 이름으로 옮겼다. 그것은 '행정'의 탈을 쓴 절도였다.

일반적인 부동산 소유권 이전은 매도나 증여 등 명확한 법적 절차를 거쳐야 가능하지만, 특별조치법은 보증인 3명의 도장만 있으면 그 모든 과정을 건너뛸 수 있었다. 보증서의 위·변조 여부나 보증인의 신뢰성, 어느 것도 검증되지 않았다.

이장은 친인척을 보증인으로 추천한 다음 허위 보증서를 만들어 토지를 자신이나 형제 명의로 이전했고, 심지어 타지 사람에게 팔아넘기기까지 했다. 그렇게 조상의 땅은 하나둘, 남의 손으로 넘어갔다.

그 사실을 되짚으며 민우의 가슴에 불길이 타올랐다. 민우의 집안은 4·3 때 할아버지와 큰아버지, 큰고모가 희생되었다. 할머니는 목에 총상을 입어 평생 수건으로 흉터를 가리고 살아야 했다. 아버지와 작은고모만이 간신히 살아남았다. 집안은 풍비박산이 난 데다 조상 땅마저 아무 사실 확인도 없이 '마을목장회'와 타인 명의로 넘어가 버렸다. 이게 말이나 되는 소리인가? 민우의 머릿속은 분노와 혼란으로 뒤섞였다. 현실은 이미 손쓸 수 없을 만큼 뒤엉켜버린 실타래와 다름없었다. 그렇지만 김정석과 헤어져 돌아오는 길, 이상하게도 그의 마음 깊은 곳에 작은 불씨가 일렁였다. 그것은 분노가 아니라 사명감의 불꽃이었다.

'이건 누군가 반드시 바로잡아야 할 일이다. 이게 내 몫이라면 나는 끝까지 진실을 파헤칠 것이다.'

그는 느꼈다. 자신의 인생이 이제, 되돌릴 수 없는 대전환의 문턱에 서 있음을.

모순

가정할 수 있는 과거

죽으라는 법은 없다

가족이 살아갈 방도

왜 돌아가셨는가

3월 10일에는 민간인 발포 항의 성격으로 관공서를 비롯해
도내 업체 근로자, 교사, 학생까지 참여한 대규모 민관총파업이
시작되었다. 민간인 학살 주범과 책임자 처벌을 요구했다.
일부 경찰도 동참했다. 급히 제주로 내려온 경무부장은
파업 주모자 전원을 검거하라 명했고, 수많은 참가자가 잡혀
군정재판이 열렸다. 곳곳에서 도민과 경찰의 충돌로
사상자가 속출했다.

5

가정할 수 있는 과거

민우는 육남매 중 셋째였다. 아버지 안문오는 삼남 삼녀를 둔 가장이었고, 성실히 일했지만 살림은 늘 빠듯했다.

민우가 한림공업고에 다닐 무렵에는 그나마 형편이 나아져 일주일 용돈이 5,000원이었다. 어머니는 도시락 반찬으로 늘 마늘장아찌와 김치를 싸 주셨다. 누나 영미는 동생들을 업어 키우면서도 국민학교 6년 내내 우등상을 받았다. 하지만 가정 형편 때문에 상급학교 진학은 엄두도 못 냈다.

그 무렵 마을엔 '해녀 모집상'들이 집집마다 찾아다녔다. 민우의 집도 예외가 아니었다.

"삼촌, 안녕하지예? 충무에서 왔심니더. 따님 졸업한다 카던데, 저희에게 보내주시면 딸처럼 잘 키워놓겠심더. 훌륭한 해녀로 만들겠심더."

쉰 줄은 되어 보이는 여인 셋이 경상도 사투리로 말을 걸었다.

"처음 2년은 주거 해결하고 해녀 교육 시키며 생활비도 조금 챙겨줍니더. 3년째면 자립 가능하고예, 집세만 내고 같이 살아도 되고, 다른 데 나가도 됩니더. 자유입니더. 해산물 많이 잡으면 수입도 올라갑니더."

아버지는 큰딸을 불러 생각을 물었다.

"난 중학교가쿠다. 학교에 보내줍서. 공부도 열심히 허쿠다. 6년 동안 우등상 받지 않해수꽈? 어디 객지강 일헐 말이꽈? 무신 또 해녀꽈?"

영미의 눈에서 눈물이 쏟아졌다. 어머니도 함께 울었다. 국민학교 2학년이던 민우는 누나와 어머니가 우는 이유를 알 수 없어 멍하니 바라보기만 했다.

"알아수다. 오늘은 일단 돌아가십서. 다음에 연락드리쿠다."

아버지는 모집상들을 돌려보냈다.

"예, 고민해보시지예. 졸업식 다음날 다시 오겠심더."

그들이 돌아간 뒤, 아버지는 졸업생 부모들을 찾아 귀동냥했다.

"형님, 따님 졸업하믄 어떵허젠햄수꽈? 해녀 모집상들이 다녀간 것 같은디."

"뭐 어떵허여? 우리 집 형편에 해녀 시켜야쥬."

몇 집을 돌아보니, 딸을 중학교에 보낸다는 집은 극소수였다. 대부분 해녀의 길을 택했다. 며칠을 고민하던 아버지는 결국 결심했다.

"여보, 영미는 해녀를 시킵시다. 지금 형편도 그렇고, 어린 자식들도 생각해야지."

어머니는 눈물만 흘렸다. 졸업식 날, 다시 찾아온 모집상들에게 아버지는 말했다.

"잘 모르겠지만 계약서 하나 써줍서. 2년간 임금은 어떻게 줄 건지도 넣어주고. 우리 애 친딸처럼 잘 키워주십서."

그리하여 누나는 졸업 다음 날 충무로 떠났다. 3년 뒤, 누나는 꼬박꼬박 돈을 보내오기 시작했다. 충무, 여수, 흥해, 구룡포, 속초……. 바다마다 누나의 손끝이 닿지 않은 곳이 없었다. 아버지는 그 돈을 '피눈물 나는 돈'이라 했다. 함부로 쓰지 않았다. 그 돈으로 밭을 사서 집안을 조금씩 일으켰다.

아버지는 이번엔 큰아들 명우에게 기대를 걸었다. 그렇지만 마음 한 구석에는 4·3의 그림자가 늘 드리워 있었다.

'공무원 시험을 봐도 신원조회에 걸릴 게야.'

결국 장남은 고등학교도 마치기 전에 하사관으로 지원 입대해 직업 군인의 길을 택했다. 두 여동생 역시 상급학교 졸업도 못하고 마산산업공단으로 떠났다. 육남매 중 넷이 객지로 흩어졌다.

집에는 부모님과 민우, 막내만 남았다. 형과 누나가 없는 집에서 민우는 사실상 장남이었다. 조상묘 스무 기 넘게 벌초하고, 열다섯 번의 제사를 도맡았다. 주말에는 소를 몰아 밭일을 돕고, 농한기에는 품앗이로 나갔다. 학업은 저만치 밀려났다. 공업고에 진학해 비로소 공부에 전념하려 했지만, 2학년이 되자 주당 55시간 넘는 실습에 묶였다. 기계 다루는 실력이 또래보다 뒤처지자 좌절감이 밀려왔다. 담배를 배우고 술을 마셨다. 틈만 나면 제주 곳곳을 떠돌았다. 사춘기의 반항심은 점점 커졌다.

집안 제삿날에 일이 터졌다. 학교를 마치면 곧장 두 시간 동안 버스를 타고 집에 가야 했지만, 친구 권유에 못 이겨 시내에 들렀다가 집에 도착했을 땐 이미 밤이 늦은 터였다.

아버지의 불호령이 떨어졌다.

"제관이 이렇게 늦으면 되느냐!"

눌려 있던 감정이 폭발했다. 민우는 책상을 내리쳤다. 작은고모 부부가 달려와 말렸고, 아버지가 그의 손을 붙잡았다. 민우는 손을 뿌리치며 고함쳤다. 분노와 억울함, 설명할 수 없는 감정이 뒤엉켰다.

그는 밖으로 나가 젯상 위 소주병을 집어 들었다. 한 모금에 털어 넣었다. 객기이자 절규였다.

아버지가 민우의 어깨를 움켜잡았다. 그리고는 얼어붙은 공기 속에서 낮게 말했다.

"민우야, 아버지가 잘못했다. 네가 이렇게 큰 줄 몰랐다. 미안하다."

민우는 할 말을 잃었다. 한참을 머뭇거리다 무릎을 꿇었다.

"잘못했습니다. 아버지, 어머니……."

그날 밤, 서로의 울음이 묵직하게 번져갔다.

고3이 되자 민우는 진로 앞에서 막막했다. 공고였지만 기술 실력에 자신이 없었고, 실습 점수도 저조해 성적이 내려갔다. 인문계 친구들은 '대학 가겠다'며 달리는데, 민우는 방향을 못 잡았다. 담임을 찾아갔다.

"민우는 1학년 때 성적이 좋았잖아. 학력고사 한번 봐라. 내신도 나쁘지 않아. 점수 괜찮게 나오면 대학 가고, 안 되면 내가 일자리 알아봐

줄게.”

짧지만 따뜻한 말. 그가 처음 들은 ‘격려’였다.

교과서는 보는 둥 마는 둥 학력고사를 치렀고 성적은 기대 이하였다.

‘제주를 떠나야겠다.’

그 생각 하나로 육지 대학에 원서를 넣었지만 불합격이었다.

졸업 후 제주시내 공업사에 취직했으나 두세 달 만에 그만두었다. 집에 돌아가자니 자존심이 상했다. 다방에서 500원짜리 차 한 잔으로 시간을 때웠다. 맥주집 서빙도 해봤지만 맞지 않았다.

전전하다 보니 6월이 훌쩍 지났다. 하루 300원 독서실을 잠자리 삼았다. 옥상 낡은 이불에서 잠을 잤다. 독서실에서 만난 친구들과는 밤마다 소주를 나눴다. 그 시절, 공부보다 익숙했던 건 허무와 방황이었다. 시험이 가까워서야 공부를 시작했지만 성적은 그대로였다. 제주대학교에 입학했다.

대학생활에 적응해 가던 중에 어등마을에는 이상한 소문이 돌았다. 이장과 마을 유지들이 ‘남의 땅을 이전받고 있다’는 이야기였다. 그 중심에는 ‘특별조치법’이라는 생소한 말이 있었다. 술자리에서도 특별조치법 관련한 말이 오르내렸다. 당시의 민우는 그게 뭔지 몰랐다.

“아방, 마을 이장이랑 그 친척들이 땅덜 다 해먹고 있댄 햄신디, 무슨 말이꽈?”

어느 날 아버지에게 물었다.

“난 몰르켜. 무슨 말인지. 경 헐 리가 이사?”

아버지도 달리 아는 것이 없어 보였다.

"아니, 마을에 난리우다. 조치법으로 땅 해먹었댄 허는디, 혼 번 알아봅서."

돌아보면, 그때 이미 조상들의 땅은 남의 손으로 넘어가고 있었다. 그렇지만 아버지는 특별조치법의 내용이나 대응할 방법도 알 수 없었기에 고스란히 당하고 말았다.

민우는 미심쩍어 이장삼촌에게 직접 물어보기로 했다. 금삼남 이장은 점잖고 배운 사람처럼 보였고, 마을에서도 평판이 좋았다. 형제들 모두 부지런했고 살림이 넉넉했다. 자식들은 시내 학교에 다녔다. 그들의 부유함은 마을의 자랑거리였다. 그러나 다른 한쪽에서는 '특별조치법으로 남의 땅을 팔아 큰돈을 벌었다'는 소문이 떠돌았다.

소문이 가라앉지 않던 어느 날, 수업을 마치고 귀가하던 길에 민우는 금삼남 이장 집을 찾아갔다.

"삼촌, 나 웃동네 민우우다. 삼촌, 동네에서 막 이상한 말이 들렴수다."

이장은 눈을 부릅떴다.

"이장님이랑 다른 삼촌들이랑 같이해서 무슨 조치법으로 땅을 해먹었댄허는디, 그게 무슨 말이꽈? 거짓말이지예? 특별조치법이 뭐꽈?"

"뭐, 이놈의 새끼! 학생이 공부는 안 하고 누가 어디서 그런 말을 해? 미친 새끼, 내가 뭔 땅을 해먹어? 내 돈 주고 땅 사서 이전하는디, 뭔 말들을 하고 있어? 어떤 새끼들이야?"

목소리는 순식간에 성난 호랑이처럼 커졌다. 욕설이 터졌다. 민우는 흠칫 물러섰으나 입을 닫지는 않았다.

"나가 알말이꽈? 그런 말 들리난 귀는 거 아니꽈? 무사경 웸수꽈? 이렇게 화내는 거 보니 다 해먹은 거 아니꽈? 조심햅서야, 경 허당 큰일 납니다."

그 말에 금삼남은 노발대발했다.

"니네 아방하고 나하고는 둘도 없는 형, 동생 사이인데, 내가 뭘 해먹은데 말이고?"

민우는 혼란스러웠다. 어딘가 이상했지만 정확히 뭐가 이상한지는 몰랐다.

"삼촌에게 잘 몰랑 큰소리 쳐신디 미안허우다. 감수다."

그날은 그렇게 끝났다. 갓 대학생이던 민우는 사회 경험이 없었고, 진실과 거짓을 분별할 힘도 없었다. 마음 저편에 찜찜함만 남았다.

세월이 흐르며 그날의 기억은 수면 아래로 잠겼다. 그러나 훗날, 그 짧은 대화가 소송의 불씨가 되고 민우 인생의 물줄기를 바꾸는 결정적 순간이 될 줄은 꿈에도 몰랐다.

그는 종종 생각했다.

'만약 아버지가 나쁜 자들의 농간 없이 할아버지 땅의 소유권을 제대로 이전받았더라면…… 큰누나는 해녀로 객지에 나가지 않고, 형도 군 입대를 서두르지 않았을 것이다. 여동생들도 마산공단으로 떠나지 않았겠지. 우리 가족은 흩어지지 않았으리라.'

그 모든 '만약에'는 되돌릴 수 없는 현실이 되었다. 하지만 그는 알았다. 그 과거가 바로 자신이 살아가는 현재의 이유라는 것을.

<u>6</u>

죽으라는 법은 없다

문학과 문오 형제는 집에서 20분 남짓 걸어 지풍게 바닷가에 닿았다. '지풍게'는 '깊은 바다'를 뜻했다.

지풍게 해변에는 밀물 들면 파도의 힘에 밀려 멸치 떼가 올라왔다. 사람들은 아침마다 바닷가를 한 바퀴 돌며 확인했다. 멸치 떼가 밤사이 썰물에 빠져나가지 못해 연안 바위틈에 수북이 쌓인 날이면 동네 어른들은 지게에 바작을 얹고 허겁지겁 달려왔다.

"멜 들어수다! 멜 들어수다!"

문학과 문오는 새벽에 지풍게 바닷가로 갔다가 멸치 떼를 발견하면 마을을 향해 외쳐댔다. 그러면 동네 사람들이 전부 멸치 수확에 나선다 해도 과언이 아니었다. 한 마리라도 더 챙기려는 경쟁이 벌어졌고, 바닷바람은 살뜰하게 소금기를 입혔다. 잡아온 멸치는 삶아 말렸다가 된장과 고추장에 버무려 반찬으로 먹었고, 소금에 절여 멸치젓을 담갔다. 갓 잡은 싱싱한 멸치는 비늘을 벗겨 횟감으로 쓰기도 했고, 무·배추에 넣어 멜국을 끓여 먹기도 했다. 콩밭에 김을 매러 갈 때는 물만 있으면 반찬이 따로 필요 없었다. 멜젓에 콩잎을 싸서 조밥 한 움큼 얹어 먹으면 그만이었으니, 멸치 수확은 곧 생존이었다.

문학은 바닷가에서 소라나 보말, 미역을 채취해 삶아 먹는 법도 익혔다. 동생 문오가 배고프다며 어머니를 보채면 해산물을 잡아 주었고, 겨울에는 땔감을 마련해 부모를 도왔다.

"어머니, 배고파. 뭐 먹을 게 어수꽈?"

어린 문오는 전쟁 중이라 궁핍한 사정도 모른 채 늘 먹을 걸 찾았다.

일본 제국의 광란 같은 전쟁 준비는 굶주린 제주 백성들을 강제 노역으로 내모는 지경에 이르렀다. 십대 자식을 둔 부모들의 삶은 불안 그 자체였다. 아이들이 언제 징용으로 끌려갈지 몰랐기 때문이다.

일본은 진드르·알뜨르·정뜨르에 전투기가 이착륙할 비행장 조성에 착수했다. 군인들이 먹고 지낼 쌀과 음식, 육우를 공출하기 위해 전 행정력을 쏟아부었다. 마을에서는 집집마다 1~2명씩 차출되었다. 젊은이, 중장년, 노인 가릴 것 없이 진지 구축과 비행장 공사 현장에 끌려갔다. 동근은 정미소를 돌려야 했으니 가족 중 한 사람은 대참시켜야 했다.

문학은 총명하고 눈치가 빨랐다. 집안의 궂은일도 척척 해내는 패기 있는 소년이었다. 동근은 어쩔 수 없이 큰아들 문학을 강제 노역에 대신 보내기로 했다. 그러나 아직 어린 티를 벗지 못한 아들을 내보내는 심정은 이루 말할 수 없었다.

정미소 일을 마치고 돌아온 동근은 어둠을 등진 채 마당 한구석에 자그마한 장작불을 피웠다.

"일본군들 진지동굴 구축하고 비행장 만드는 일에 우리 집에서도 한 사람 나가야 하는데…… 아버지는 정미소를 돌려야 한다고 큰아들이라도 대신 보내라 한다. 어떻게 하면 좋겠느냐?"

동근이 한데 모인 가족에게 말을 꺼냈다.

"아버지, 저는 뭐든지 할 수 있는 열다섯 살 건강한 청년이우다. 제가 가쿠다."

문학이 자신 있게 대답했다.

"그래, 가서 일해 지쿠냐?"

"예, 걱정허지 맙서. 잘 할 수 이수다."

문학이 안심시키자 동근은 연이어 한숨을 토했다.

"아이고, 아이고…… 어린 것이 무슨 죄가 있다고."

사고라도 당하지 않을까 두려움이 앞섰다. 동근은 강제 노역에 나가는 옆집 친구, 형님·동생들을 일일이 찾아다니며 '내 아들 문학이 잘 챙겨 달라'고 신신당부했다.

장남이 끌려간 것처럼 두 딸도 안전하지 않았다. 며칠 지나 정미소 일을 마치고 돌아온 동근은 두 딸을 불렀다.

"문영아, 문자야. 나라가 심상치 않다. 전쟁통이라 일본놈들이 남녀 가리지 않고 징용으로 잡아가고, 강제 노역까지 시킨다."

"아버지……."

문영이 말끝을 흐렸다.

“너희들에게도 언제 무슨 일이 닥칠지 모른다. 걱정이다. 빨리 배필을 찾아 시집을 가거라. 너희가 노역 현장에 안 불려간다는 보장이 없다. 문영이는 서동에서 정미소에 자주 오는 김 서방이 어떠냐? 나는 괜찮던데, 성격도 좋고.”

서동마을은 어등마을에서 빠른 걸음으로 1시간 안팎. 지척이었다. 동근은 아는 이와 혼인을 맺으면 그나마 마음이 놓일 듯했다. 문영의 얼굴에 당황스러운 기색이 번졌다.

“그렇잖아도 아버지, 김 서방과 마음을 나누고 이수다.”

한참 바닥만 보던 문영이 붉어진 얼굴로 고백했다. 의외였고, 천만다행이기도 했다.

“그래, 잘됐다. 정말 다행이다. 이 시국에 결혼식은 어렵고, 얼른 방 구해서 같이 살아라. 내일 정미소에서 김 서방과 같이 보자. 아니다, 내일 나랑 서동 김 서방 댁을 찾아가자. 급하다.”

동근의 목소리에는 바짝 힘이 붙었다. 조급한 마음을 딸도 헤아렸는지, 조용히 고개를 끄덕였다. 내친김에 작은딸에게도 말을 건넸다.

“문자야, 너는? 문자도 적은 나이가 아니다. 아버지가 불안해서 그렇다.”

“아직은……”

“내가 보아 온 남자가 있다. 알 동네 강 서방 어떠냐?”

문자는 대답하지 않았다.

“그래, 알았다. 강 서방은 어려 보이기는 해도 인사성 바르고 성실한 청년이다. 열일곱이면 적은 나이가 아니다. 문자랑 같은 나이 아니냐. 내가 시간을 내서 강 서방 부친을 만나 보마. 그렇게 알고 있거라.”

다음 날 새벽, 동근은 큰딸 문영을 데리고 서동리 김 서방 댁을 찾았다. 급작스런 방문에 김 서방의 부친은 놀라면서도 반가운 표정으로 맞아 주었다.

“어르신, 불쑥 찾아뵙게 되어 죄송허우다. 요즘 제일 급한 게 자식들 혼사 문제 같아 한시라도 늦출 수 없어 와수다.”

“예, 같은 생각이우다. 마을은 달라도 서로 마음을 주고받는다니 저도 기쁘우다.”

“시국이 어수선해서 식은 어렵고 몸만 오는 수밖에요.”

“예, 그렇게 이해해 주시니 고맙수다. 해줄 것도 없고, 몸만 보내쿠다.”

자리를 일어서려는데 사위가 될 김 서방이 반듯하게 인사했다.

“아버님, 고맙습니다. 조심해서 살펴 가십시오.”

동근은 그의 어깨를 두드리고 악수를 했다. 서동마을에서 어등마을로 돌아오는 소로길은 험했지만 마음은 가벼웠다.

“문영아, 잘했다. 급하지만 큰일 없이 혼사가 이루어지니 한시름 놓았다. 힘들어도 둘이 힘을 모아 살다 보면 좋은 일 있을 거다.”

다음 날 아침 일찍 김 서방이 문영을 데리러 왔다. 동근이 등을 다독였다.

“세상이 어수선해서 식은 못 올리지만, 오늘부터 너희는 부부다. 김 서방, 잘 부탁하네.”

문영은 어머니가 차려준 아침을 먹고 옷가지만 몇 벌 챙겨 정든 집을 떠났다. 어머니는 해준 게 없다며 눈물만 흘렸다.

"문영아, 시댁에 가서 시부모님 말씀 잘 듣고 잘 살아야 한다."

"예. 어머니, 몸 편히 계십시오."

문영과 김 서방을 배웅하며 동근 내외는 부디 아들딸 낳고 무사하길 빌었다.

큰딸을 보내고 나자 동근 내외는 작은딸 문자의 배필로 마음에 둔 강 씨 집안을 찾았다. 다행히 문자는 싫다고 고집을 부리지는 않았다. 왕래하며 얘기를 나눈 터라 큰 어려움은 없으리라 여겼다. 강 씨 어르신 댁은 지풍게 길목 가까이에 있었다.

"강 씨 어르신, 긴히 드릴 말씀이 있어 와수다."

"예, 안 씨 어르신. 보아하니 무슨 말씀인지 짐작이 감수다. 오히려 제가 먼저 찾아가 간청했어야 하는데, 지난번 말 나와 아들에게 얘기했더니 고개를 끄덕입디다."

"예, 마음 써 주셔서 고맙수다."

"알다시피 우리 살림이 변변치 않허우다. 식은 고사하고 둘이 살 방이 어성 큰 문제우다. 한 방에 다 잘 수도 없고, 신혼방은 있어야 하는데."

"예, 그 문제는 차차 풀게 마심. 날을 잡아 간단히 식사하며 사돈의 예를 갖추기로 허게 마심."

"날짜를 주시면 좋겠수다. 서로 만나 마음을 주고받다 보면 부모가 모르는 생각도 있을 거우다."

"강 씨 어르신, 무슨 말씀인지 알아수다."

방에서 나와 신을 신는 동근에게 강 서방이 정중히 고개를 숙였다.

"고맙네, 강 서방. 내 자네 마음을 읽고 가겠네."

"예, 아버님. 조심히 살펴 가십서."

혼사를 매듭짓고 돌아오는 발걸음은 무거우면서도 가벼웠다. 딸들을 너무 쉽게 시집보냈다는 허탈감과 전쟁통의 화를 면하게 된 안도감이 뒤섞였다.

강제 노역 나간 장남도 잘 버티는 듯해 대견했다. 문학은 진드르 비행장 공사에 투입되었다. 집에서 진드르까지는 1시간 반 거리였다.

일제는 배급도, 급료도 없이 사람들을 마구잡이로 동원해 진지동굴과 비행장을 조성했다. 소와 말, 수레, 삽과 괭이, 돌 깨는 매, 야, 정과 망치까지 총동원되었다. 매일 집집마다 가족 수에 맞춰 인력을 내야 했고, 빠지면 가차 없이 발길질이 날아왔다.

'일본 제국이 일으킨 전쟁에 죄 없는 조선 백성만 죽어나는구나. 이 시국에 누가 목숨을 보전한단 말인가……'

해 질 무렵이면 동네 사람들은 일제 경찰의 눈을 피해 모여 신세한탄을 했다. 경찰은 감시의 고삐를 늦추지 않았다. 한데 모여 수군거리다 걸리면 쥐 잡듯 잡았다.

"이 개 같은 조센징, 어디서 역적모의를 해? 황국신민인 조센징이 황제 폐하를 위해 충성하는 건 당연한 일이다!"

개머리판이 사정없이 내리꽂혔다. 감시와 횡포는 날로 심해졌다. 사람들은 이제 모이지도 못하고, 돌아가는 사정도 모른 채 굶주림과 노역에 시달렸다. 전쟁이 막바지로 치달을수록 피해는 조선인 몫이었다.

문학이 진드르 노역을 시작한 지 한 달 남짓, 온몸에 열이 올랐다. 극심한 노동에 체력이 버티지 못한 것이다.

"내가 왜 이러지……. 어머니, 열나고 힘이 빠졈수다. 죄송허우다."

집에 도착하자마자 문학은 쓰러졌다.

"아이고, 내 새끼, 내 아들! 이게 무슨 일이냐."

동근 아내는 아들을 들여 눕히고 지극정성으로 돌봤다. 그러나 할 수 있는 건 쉬게 하는 것뿐이었다.

"이 집 아들이 쓰러졌다고 노역이 면제되는 건 아니다. 대체 노동력을 투입하라."

일제 경찰이 들이닥쳐 윽박질렀다.

"갈 사람이 어수다. 누가 간단 말이꽈?"

동근이 사정을 했다.

"뭐라고? 천황 폐하의 명령에 이유를 대? 빠가야로!"

위협과 협박이 빗발치듯 쏟아졌다. 그때 문오가 나섰다.

"아버지, 형 대신 내가 가쿠다. 걱정하지 말고 보내줍서. 일할 자신이수다."

동근은 '차라리 내가 가겠다'며 둘째를 막았지만, 경찰은 불허했다.

"너는 안 돼. 정미소를 계속 운영해라. 수집한 쌀들을 정미해야 한다."

문오가 다시 나섰다.

"아버지, 제가 가쿠다. 걱정하지 마십서."

"아이고, 불쌍한 내 새끼……."

열세 살 문오를 노역장으로 보내야 하는 현실에 동근은 눈물을 삼켰다. 방법이 없었다.

"알았다. 문오가 대신 다녀라. 눈치껏 몸을 잘 살펴라."

"예, 알아수다. 걱정마십서."

다음 날부터 문오는 진드르 비행장 강제 노역에 나갔다. 점심으로 고구마 두 개를 챙겨 신촌 진드로로 향했다. 동네삼촌들이 그런 문오를 다독였다.

"문오가 다 커신게. 형이 몸이 불편해서 형 대신 나감구나? 착하다. 삼촌들 뒤에 잘 좇아오거라."

공사장엔 남녀노소 가릴 것 없이 줄지어 섰고, 경찰의 호령에 기계처럼 움직였다. 서 있으면 '왜 서 있느냐'고 다그쳤다. '허리를 더 숙이라'고, '손을 멈추지 마라'며 쉼 없이 몰아쳤다.

처음에 문오는 심부름과 잔자갈 모으기 같은 잔일을 했다. 힘은 들었지만 할 만했다. 그러나 날이 갈수록 더 힘든 일을 맡겼다.

"서둘러야 한다. 빨리 비행장을 만들어 전투기들이 이착륙해 미군놈들과 싸워야 한다. 서두르지 않으면 우리는 연합군 공격에 다 죽는다. 서둘러라!"

경찰과 면사무소 직원들은 진지와 활주로 조성에 혈안이었다. 열세 살의 체력은 금세 바닥났다. 며칠 지나자 기운이 다 빠졌다. 새벽 4시에 일어나 나물죽 한 그릇 먹고 현장으로 향하는 일상은 여물지 못한 몸으로 버티기에는 무리였다.

문오뿐 아니라 모두가 배고픔과 추위에 시달렸다. 젊은이와 어르신이 굶주림과 사고로 쓰러졌다.

"내일부터는 집으로 가지 않는다. 이곳에서 자면서 일한다. 먹을 것은 가족이 챙겨 온다."

총괄 경찰의 불호령이 떨어졌다. 씻지도 먹지도 못하고, 잠도 설친 채 사람들은 최소한의 기력마저 잃어 갔다.

그래도 쉽게 죽으라는 법은 없었다. 그 무렵 지풍게 바닷가에 멸치 떼가 연안으로 밀려들었다. 대풍이었다. 동근은 정미소와 별개로 빚을 내어 구입해 둔 배를 끌고 멸치잡이에 나섰다. 어선 공동 투자자인 동네 친구와 조업해 이익을 나누기로 했다. 잡은 멸치는 말 수레에 실어 세화를 거쳐 성산까지 가져다 팔았다.

오랜만에 성산에 간 김에 동근은 친척을 만나기로 했다. 성산에서 한일병합 이전부터 관지기 벼슬을 했다는 얘기를 들어왔고, 그의 아들 인호는 동근에게 조카뻘이었다. '꼭 한번 만나보라'는 선친의 당부도 있었다. 동근은 늘 마음속에 그 인연을 품고 성산을 찾곤 했다.

성산에 도착해 마을안길을 돌며 멸치를 팔고, 이집 저집 두드리며 친척의 행방을 물었다. 성산리에 산다는 말만 들었고, 어릴 적 문중 벌초 때 어등마을에 자주 왔으니 얼굴만 보면 알아볼 수 있으리라.

물어물어 안 씨가 사는 집을 겨우 찾았다. 풀이 무성한 길모퉁이, 다 쓰러져 가는 판잣집 같은 곳. 거기서 인호를 만났다.

"아니, 조카, 어떻게 된 건가? 부모님은? 조카는 뭘 하고 있는가?"

동근이 숨가쁘게 안부를 물었다.

"아이고, 삼촌. 부모님은 굶주림과 노역으로 돌아가셔수다. 알다시피 일본군과 순사들의 조세 횡포가 심하고, 가족은 징용 가고 진지동굴 노역에…… 살아갈 수가 어수다. 나만 겪는 일이 아니지 않수꽈? 할 수 있는 일도 없고, 배 채우기가 어려워 굶주림에 지쳐수다. 근근이 풀뿌리를 캐 먹으멍 생명줄을 이어감수다."

인호의 말에 동근의 눈시울이 붉어졌다.

"예전에 아방한테 들을 땐 성산 관아에서 큰 벼슬허멍 잘 살암댄 들어신디…… 조카 형편을 보니 고만 놔뒁 안 되커라. 오늘 판 고기값은 조카에게 줘둥 가마. 다음에 내가 올 땔랑 그땐 애들 데령 귀치 고향으로 가게. 경 허도 고향에서 사는 게 마음 편허여? 경 알앙 가커라."

돈을 쥐어 주고 돌아서니 호주머니는 텅 비었지만 발걸음은 한결 가벼웠다. 집에 돌아와 아내에게 자초지종을 들려주며 이해를 구했다.

"조카 가족이 내려오면 집 하나 지어주고, 당분간 정미소나 뱃일을 귀치허멍 살아야 되커라."

가뜩이나 힘든 형편에 객식구마저 늘어날 거라고 했으나 아내는 말없이 고개를 끄덕였다.

그 사이, 제2차 세계대전의 동맹국 이탈리아가 연합군에 항복했다는 소식이 들렸다. 전세는 미국 중심의 연합군 쪽으로 기울었다. 그럴수록 제주에는 공포의 그림자가 짙어졌다. 사람들은 안절부절 하루하루를 버텼다.

일본군의 패전이 이어질수록 마지막 항전지는 제주가 될 가능성이 컸다. 목숨 걸고 배수진을 치면 제주에서 살아남을 사람은 없을 듯했다. 누구든, 언제든, 총알받이로 끌려갈 수 있다는 불안이 가득했다. 이탈리아에 이어 1945년 5월, 독일도 무조건 항복을 선언했다. 유럽의 전쟁은 종결이 머지않았다. 일본 내부에서도 종전을 바라는 기류가 일었다. 독일 항복 한 달 전, 일본 오키나와가 미군 손에 들어갔다. 연합군은 무조건 항복을 요구했으나 일본은 끝까지 항전 의지를 불태웠다. 미국은 원자폭탄을 전폭기에 실어 히로시마에 한 발, 나가사키에 한 발을 투하했다. 일본 열도는 아비규환에 빠지고 두 도시는 폐허가 되었다.

'일본군이 마지막까지 싸우겠다며 군인과 전쟁 물자를 비축해 놓은 곳은 제주인데, 왜 일본에 폭탄을 투하했을까? 신이 도운 것일까? 불쌍한 백성들이 살 길을 열어주셨구나……'

동근은 제주가 아니라 일본에 원폭이 떨어진 것이 천만다행이라 여겼다.

그해 8월, 일본 천황은 자신의 지위 보장을 조건으로 항복 수용을 요청했다. 그리고 8월 15일, 무조건 항복을 선언했다. 일본의 패전과 함께 제2차 세계대전이 종식되었다. 한국은 일제 치하 35년의 설움과 원한을 뒤로하고 이른바 8·15 광복을 맞았다.

어등마을에도 해방의 기쁨이 번졌다. 사람들은 서로 어깨를 붙들고 새로운 미래의 꿈에 부풀었다. 그러나 광복의 하늘은 밝은 빛으로 채워지지 않았다. 검은 먹구름이 숨어 있었지만 그 의미를 동근 가족은 알지 못했다.

온갖 탄압을 자행했던 악명 높은 일제는 제주를 떠날 채비를 했다. 그토록 괴롭힘을 당했어도 제주 사람들은 일본으로 귀향하는 패잔병과 일본인에게 비난을 퍼붓지 않았다. 일본에도 수많은 제주인이 살고 있었다. 일본인을 해치면 그곳의 제주민에게 되돌아갈 보복을 우려했다.

한편, 전쟁 물자 지원을 위해 조성했던 어등마을공동목장조합은 일본의 패망으로 운영 목적이 상실되었다. 이에 조합에 포함되었던 사유재산의 소유권은 원소유자에게 돌아갔다.

동근도 환원된 초지에 소와 말을 방목하고, 밭에 심은 작물을 온전히 거둘 수 있게 되었다. 선친과 자신의 소유로 된 초지 경계에 돌담을 쌓으며 그간의 설움이 북받쳤다.

그러나 어등마을공동목장조합에 강압적으로 제공되었던 조상의 토지를 되찾은 기쁨은 오래가지 못했다. 소유권의 경계를 다져 쌓은 돌담은 모순의 세월 속에서 흔적 없이 무너져 내렸고, 동근의 가족을 지켜주지 못했다.

7

가족이 살아갈 방도

해방의 기쁨도 잠시, 1945년 12월 모스크바에서는 미국·영국·소련 간의 한반도 신탁통치 안건이 논의되었다. 삼국 외상회의는 한반도 38도선을 경계로 북쪽은 소련이, 남쪽은 미국이 재건을 지원하는 군정 실시를 결정했다.

외세의 입김에 따라 나라가 흔들리는 비극은 끝나지 않았다. 남과 북이 둘로 나뉜다는 사실 자체가 이념의 대립과 갈등을 낳는 단초였다. 광복만 되면 자주적 국가의 국민으로서 자유롭게 살 수 있으리라는 한국인들의 바람과 달리 험난한 질곡의 역사가 기다리고 있었다.

해방 공간의 제주 사회는 일본에 거주하던 사람들의 귀향으로 다소 활기를 띠었다. 일제에 부역하며 온갖 만행을 저질렀던 친일 경찰과 면서기들은 신변을 감추고 자리에서 물러나 숨죽여 사는 듯했다. 이들이 떠난 자리는 '평범한 인민들이 국가를 바로 세우고 면 행정을 이끌어야 한다'고 주장하는 인민위원회가 채웠다. 이 무렵 제주는 조금이나마 안정화의 길을 걷는 듯 보였다.

식민지 시절 일본과 교류가 왕성했던 제주인들은 정세 파악이 남달랐다. 인민위원회는 각 마을마다 항일 투쟁을 했던 인물들과 일본으로 끌려갔던 제주 출신 지식인의 주도로 조직되었다. 치안 활동과 자치행정 조직까지 순조롭게 이루어졌다. 그러나 미군정이 제주에 도착하면서 모든 것은 어긋나기 시작했다.

해방 후 1년이 지난 1946년 여름, 제주에는 예상 밖의 콜레라가 돌아 수많은 사람들이 치료도 받지 못하고 죽어나갔다. 엎친 데 덮친 격으로 농사는 최악의 작황이었다.

콜레라의 발병과 극심한 흉년에 미군정이 미곡 정책을 자유시장 거래에서 '미곡수집령'으로 강제 전환하자 민심은 들끓었다. 여기에 인민위원회를 탄압하고, 우수한 인재를 등용해 행정과 치안을 맡긴다는 명분 아래 숨어 지내던 친일 부역 세력을 등용했다.

일제 경찰이나 면사무소에서 근무했던 자들은 이웃의 돌팔매질이 두려워 산으로 올라가 숨어 있다가 하나둘 버젓이 모습을 드러냈다. 그들은 일제 부역으로 축적한 자금으로 물건을 사재기했고, 제주의 물가 폭등을 부추겼다. 해방의 의미는 퇴색했고, 도민의 원성은 날로 높아졌다.

"아니, 친일했던 놈들은 재산을 몰수하고 감방에 처넣든가 해야지, 또 일을 맡기면 나라꼴이 뭐가 될 꺼라."

"또 저놈들 밑에서 살아야 되나? 안 될 일일세, 절대 안 되지."

제주 사회는 요동치기 시작했다.

"쳐 죽여도 모자랄 놈들한테 왜 일을 맡겨? 수탈과 징용 참여를 부추기고, 황국신민의 길을 강요했던 놈들이 아닌가?"

제주 도민은 미군정의 행태에 강한 불만을 품었다. 격분한 사람들은 친일 부역 세력을 끌어내리고, 재산을 몰수해야 마땅하다고 했다. 그러나 사정은 여의치 않았다. 엎드려 사죄해야 할 그들이 미군정을 등에 업고 호가호위하며 오히려 일제강점기 때처럼 횡포를 부렸다. 권세는 하늘을 찌를 듯했고, 자신들에게 불만을 품은 자들은 무슨 명분으로든 몰아내 자기들의 권력을 유지하려 골몰했다.

군정 관리들은 민생을 외면하고 사리사욕을 채웠다. 재등용된 친일 부역 세력은 매점매석을 서슴지 않았다. 급등한 물가 속에 농민들마저 쌀 한 톨 구하기 어려워지자 민심은 한층 흉흉해졌다. 그들은 배급제를 내세워 골고루 나눠주겠다며 농축수산물을 징수하기 시작했다. 농촌은 더욱 피폐해졌다. 하루하루가 굶주림의 연속이었다. 극심한 가뭄까지 덮쳤다. 제주 사회는 수렁으로 빠져들고 있었다.

같은 해 7월 1일, 미군정은 행정구역을 개편해 전라남도에 속했던 제주도를 도道로 승격시켰다. 이 때문에 전라남도로부터 재정 지원이 끊기고, 세금 징수는 강화되었다. 전남의 지휘·감독과 재정 지원을 받아 행정 업무를 처리해 온 제주도사는 독립적 지위를 얻었다. 제주의 행정사무를 총괄하고 직원을 지휘·감독하는 막중한 책임이 뒤따랐다. 읍·면장 임명권 등 강력한 행정권에 더해 목장조합중앙회장과 각종 산림회·농회·수산회 제주 대표까지 겸했다.

반면, 제주 경제는 급격히 쇠퇴했다. 많은 사람이 역병으로 죽어 나갔고, 굶주림 속에 풀뿌리로 끼니를 이었다. 제주도민은 일말의 기대를 걸었던 미군정에 실망했다. 일제에 부역했던 관료와 경찰의 횡포가 도를 더해가면서 증오심은 커져만 갔다. 친일 부역 세력의 발호는 도민의 분노에 기름을 부었다. 곳곳에서 사건사고가 터지기 직전이었다.

도민들의 반발이 거세지자 미군정은 도제 실시에 맞춰 행정기구를 확대하고, 100여 명에 불과하던 제주도의 경찰력을 300명 이상으로 증원했다. 치안 유지를 위한 조치가 아니었다. 그들의 신변을 보호하려 '응원경찰'을 둔 것이다. 응원경찰들은 모두 친일 순사 출신이어서 악랄함은 이루 말할 수 없었다. 그들이 배운 것이라곤 생사람을 등치고 괴롭히며 총칼로 강제 추징하는 일뿐이었다.

과거 일제의 잔재를 털고 화합과 공존을 도모해도 모자랄 판에 미군정은 이원정치로 갈등과 분열을 조장했다. 국방경비대 9연대의 창설은 제주를 불길한 기운으로 몰아넣었다.

안동근의 기대도 꺾였다. 미군정이 혼란스러운 정국을 안정시키고 한국인을 도와줄 것이란 예상은 완전히 빗나갔다. 이제 큰아들 문학만은 훌륭하게 키워야겠다는 생각만 깊어졌다.

'서당에서 글을 배우는 것만으로는 모자라다. 그래도 육지로 유학 가서 공부를 해야 큰일을 할 수 있다.'

동근이 이런 생각을 하고 있는데 문학이 안방으로 들어왔다.

"아버지, 저 육지 가서 공부하고 와시민 조쿠다. 집안에 빚도 많고 형편이 어려운 건 알암수다만은 기회는 지금뿐인 것 같아서."

잠시 침묵이 흘렀다.

"여보, 집안이 어렵지만 공부를 하겠다는데 금녕과 태동정미소 넘겨주고 빚을 내서라도 공부는 시켜야 되지 않허쿠꽈?"

동근 아내가 먼저 입을 열었다.

"그래, 공부하겠다는데 허리가 휘더라도 당연히 학교를 보내야지. 서울이면 어떻고, 외국이면 어떠냐. 그렇게 하자."

동근은 결단을 내렸다.

"고맙수다. 육지에 가서 학교를 다녀야 세상이 어떻게 돌아가는지도 알고, 열심히 공부허영 훌륭한 사람이 되쿠다."

문학은 아버지께 감사했다. 그 무렵 그는 강 씨 집안의 큰딸을 마음에 두고 있었는데, 어느새 사랑의 감정이 싹트고 있었다. 부모님을 닮아 지순은 키도 크고 얼굴도 고왔다. 어릴 적부터 좋아했던 지순과 언젠가 결혼하리라 마음먹은 문학은 서울 유학 승낙을 받고 기쁜 마음으로 방문을 나서면서도 혼자 남을 지순이 떠올라 걸음을 멈추었다.

늦은 밤, 문학은 지순을 불러냈다. 달빛 아래 조용히 서 있는 지순은 마치 하늘에서 내려온 선녀 같았다.

"지순아, 잘 지낸? 오늘도 밭에 갔다완?"

"응, 그래. 오빠는 뭐핸? 얼굴이 시무룩하네."

"밭일 좀 하다가 일도 손에 안 잡히고…… 앞으로 어떻게 살까 고민하고 있었지."

"뭘 고민해, 그냥 편안하게 살면 되지."

"일본놈들도 물러가고 해방이 되어 미군들이 들어와서 정치를 한다는데, 그래도 앞으로는 나라가 지금보다는 더 좋아지지 않을까?"

"다들 그랬으면 하지. 그래도 어떻게 될진 몰라. 그런데 오늘따라 오빠가 이상하다. 뭔 일 있어?"

"아니, 지순아…… 사실은 서울에 유학 다녀올까 봐."

"뭐, 유학을? 그것도 서울에? 나는 어떡하고? 서울이 어딘데, 한 번도 가본 적이 없잖아?"

"응, 젊을 때 공부를 좀 하려고. 나도 들었는데 서울에는 학교가 많대. 무슨 학교가 있는진 몰라도 우선 올라가 보고 정하려고."

"정말 겁도 없이…… 그러다가 무슨 일이라도 생기면 어쩌려고?"

지순의 눈가에 눈물이 번졌다.

"그냥 평범하게 여기서 살면 안 돼?"

문학은 지순을 조용히 껴안았다. 분냄새가 살포시 풍겼다.

"지순아, 아무 걱정 마. 멀고 낯선 곳이지만 인문중등학교 삼 년 과정이 있다네. 잘 마치고 올게. 당장 떠나는 건 아니지만, 상황도 살필 겸 빨리 올라가려 해."

"어떻게? 걸어서, 배로?"

지순은 눈물을 흘리며 문학의 가슴에 파고들었다. 문학은 그녀를 꼭 껴안고 뜨거운 입맞춤을 했다. 지순의 입술은 가냘프고 향기로웠다. 달빛 아래 둘은 시간 가는 줄 모르고 오래도록 서로를 놓지 않았다.

"지순아, 내가 공부 마치고 오면 우리 결혼하자. 알았지? 꼭."

지순은 고개를 끄덕였다. 약속이었다.

문학은 상경 유학 정보를 알아보려고 면사무소와 관공서를 다니고, 일제강점기 때 강압으로 하지 못했던 한글과 한자 공부에 열을 올렸다.

가을이 깊어갈 무렵, 문학과 지순은 지풍게 바닷가로 향했다. 둘은 떠나기 전에 긴 시간을 함께하며 작별 인사를 나누고 싶었다. 어깨를 맞대고 걷기 딱 좋은 좁은길, 양옆으로 무성한 풀은 한창 무르익어 있었다. 지순의 손을 꼭 잡은 문학은 말문을 열지 못한 채 걷기만 했다. 아주 헤어지는 것도 아닌데, 왠지 불길한 예감이 스쳤다.

"세상이 어수선해서 언제 다시 만날 수 있을지 모르겠네?"

먼저 지순이 입을 열었다.

"지금이라도 유학을 안 갈 수는 없는 거야? 마음을 돌릴 수는 없는 거지? 그냥 다들 평범하게 살아가잖아."

"지순이 마음 알아. 3년이면 돌아올 거야. 자주 내려올게."

"낯선 곳에서 혹시 무슨 일이라도 당할까 봐 걱정이 돼서……."

지풍게 서쪽 하늘에서는 곧 떨어질 붉은 태양이 황금빛을 발산하며 둘을 비추었다.

"저녁노을, 참 예쁘지? 정말 아름답구나. 지금까지는 한 번도 제대로 바라보질 못했어. 이렇게 마음 놓고 감상할 수 있다니…… 이게 행복인가 보다. 지순이도 내 옆에 있고."

수평선 너머 석양빛을 끌고 밀려온 파도가 발치에서 포말로 부서졌다. 바다는 잔잔했고, 바위에 부딪혀 출렁이는 물결이 연인의 이별을 다독였다. 문학은 지순을 다시 꼭 껴안았다.

다음 날 아침, 문학은 부모님께 문안을 드리고 문밖으로 나섰다. 부모님은 물론 누나와 동생, 온 동네 사람들이 나와 그를 배웅했다.

"잘 다녀와이. 공부 열심히 해서 높은 사람 돼가지고 와야 한다. 몸 조심허고."

사람들은 이구동성으로 문학의 객지 생활을 걱정했다.

"알아수다. 잘 다녀오쿠다. 걱정하지 맙서. 문오야, 부모님 잘 부탁한다. 집안일도 잘 살펴……."

"예, 형님. 잘 다녀오십서."

문학은 옷 몇 벌과 읽던 책, 생활비를 조금 챙겨 제주시 서부두로 향했다.

문학이 유학을 떠나자 집에는 동근 부부와 작은아들 문오만 남았다. 큰딸 문영은 서동으로 시집가 살고 있었고, 둘째딸 문자도 신혼방을 얻어 나갔다. 둘 다 외손녀 하나씩을 안겨 주었다. 생활의 어려움은 달라지지 않았어도 '광복이 되었으니 날을 잡아 딸들 혼례를 치러줘야겠다'고 동근은 마음을 먹고 있었다.

조그만 우영밭 고구마는 풍성했다. 이 고구마로 추운 겨울을 나야 했다. 동근은 문오와 함께 삽과 괭이로 땅을 깊이 팠다.

"문오야, 고구마를 저장하려면 땅을 깊게 파서 수수대나 조짚, 보릿짚 등으로 외벽을 쌓고 보온 환경을 만들어야 한다. 그런 다음 고구마를 넣고, 공기가 통하도록 위쪽에 새로 만든 짚을 씌워야 오래 보관할 수 있다. 위쪽에 씌우는 게 주쟁이야. 잘 배워둬라.”

“예, 아버지.”

동근은 차근차근 알려 주며 겨울을 준비했다. 소년 문오는 어느덧 장정이 할 집안일을 거뜬히 해낼 만큼 의젓해졌다.

문오는 연초 2월, 집에서 멀지 않은 마을의 국민학교를 졸업했다. 설립된 지 15년이 넘었고, 그가 2학년 때 소학교에서 국민학교로 바뀌었다. 이 학교에는 구좌 지역 학생들이 함께 다녔다. 그의 학교생활은 총칼 찬 일본인 교장 밑에서 매일 텀블링 연습과 편 가른 육박전, 목총을 들고 하는 제식훈련이 전부였다. 남녀 구분 없는 수업이었다. 등교하면 일본 천황이 있는 곳을 향해 목례하고 ‘천황 폐하 만세’를 외쳤다. 모든 교육은 일본식이었고, 한글이나 한문을 접할 수 없었다. 문오가 한글과 한문을 익힌 건 동네삼촌 집에 몰래 차린 복습방에서였다.

해방 후, 국민학교에 중학 과정인 고등공민학교가 설립된다는 말이 돌았다. 언제인지는 확정되지 않았다. 문오는 농사일을 도우며 나라가 평온해지고 고등공민학교가 개원하면 입학하리라 마음먹었다.

큰아들이 유학을 떠난 뒤, 동근은 아내와 상의해 두 군데 정미소를 팔고 어등마을 정미소만 운영하기로 했다. 선친 때부터 운영하던 정미소여서 아쉬움이 컸지만 정미할 곡식도 없고 연료비 부담도 컸다. 무엇보다 문학의 학비가 필요했다.

“그렇게 헙서. 거기까지 매일 왔다 갔다 하는 게 힘도 들고 수익도 적으니, 가격만 적당하면 넘깁시다.”

아내도 사정을 받아들이며 쉽게 동의했다.

“그리고 정미소를 넘겨주면 노 젓는 배는 처분하고 동력선 한 척 구입할 생각인데…….”

“배마심?”

“그렇소, 엔진으로 움직이는 배.”

동근에게는 정미소 처분보다 동력선 구입이 더 큰 계획이었다. 노 젓는 배로는 해안 가까이에서만 어획할 수 있었고, 성산포까지 이동도 어려웠다. 공동투자자와 수익을 나누면 남는 것도 변변치 않았다.

“당신이 알앙 헙서. 다만 큰아들 학비도 보태야 하는데, 동력선까지 구입하면 집에 빚만 늘쿠다.”

“내가 자금은 잘 마련해 갚을 테니, 그렇게 걱정허지 마라.”

“돈은 누구한테 빌리젠햄수꽈. 이 어려운 시국에.”

동근네 형편으로는 배를 살 여력이 없었다. 아내의 해녀 수입도 신통치 않았고, 농산물 수입도 시원치 않았다. 동근은 친구들과 동네 재력가를 찾아다니며 돈을 빌렸다.

“이보게, 친구. 동력선을 구입하려네. 지금 어선으로는 수확이 없어 겨우 식구들 입에 풀칠만 하네. 어렵겠지만 자금 있으면 조금만 빌려주게.”

“이보게 동근, 자네도 알잖아. 나라가 이리 시끄러운데 돈이 어디 이시쿠냐?”

“자넨 일본 왕래허멍 여력이 있지 않어여? 우리 마을에서 자네 같은 사람이 어렵다 하면 어떵해. 도와주게. 지금 무동력선은 공동투자자에게 넘기잰햄서. 동력선을 사면 먼 바다까지 어업을 나갈 수도 있고, 성산포나 목포로 직접 팔러 갈수도 있으니 수입 올리는 데 문제없네.”

“알았네. 내 조금 보태겠네. 대신 많이 어획해 돈 벌 때마다 이자 쳐서 수시로 갚게나.”

“그러겠네. 고맙네.”

동근은 이렇게 몇몇 친구와 어르신에게서 일부 자금을 마련해 동력어선을 구입했다. 노 젓는 배를 넘긴 돈도 보탰다. 그래도 부족한 자금은 동네 사람들이 신용으로 십시일반 보태주었다. 금녕과 태동정미소는 지역의 젊은 청년에게 정리했다. 남은 정미소와 동력선만 잘 운영하면 되고, 벌어들인 수익으로 빚을 갚으면 된다고 생각하니 힘은 들어도 마음은 가벼웠다.

동근은 어려서부터 손재주가 좋고 기계를 누구보다 잘 다뤘다. 보리쌀 정미 기계가 막히거나 고장이 나도 척척 고쳤다. 소나무 가지로 지게를 잘 깎아 만들었고, 숨베기나무로 바작을 엮는 솜씨도 뛰어났다. 소 쟁기도 손수 만들었다. 그는 농사와 정미소, 어업에 집중했다. 동력선 덕에 어업 반경은 먼 바다와 성산포항까지 넓어졌고, 사는 형편은 조금 활기를 띠었다. ‘열심히 일하다 보면 좋은 날이 오겠지’ 하며 버텼다. 그러나 해방 전과 후의 세상은 크게 다르지 않았다. 백성들은 여전히 풀뿌리와 칡뿌리로 하루하루를 버텨야만 했다.

‘세상이 어떻게 되어 가고 있나? 이게 사람이 살 수 있는 세상이냐?’

동근네도 굶주림에서 예외는 아니었다. 정미할 보리도 조도 없어 정미소 문을 닫는 날이 많아졌다. 그나마 정미한 쌀은 미군정 관리가 지키고 서 있다가 수탈해 갔다. 먹을 것은 보리겨와 조겨뿐이었다.

성산포의 조카 인호 안부도 걱정스러웠다. 여전히 배를 곯고 산다면 어등으로 데려오리라 마음먹었다.

동근은 어획물을 팔러 성산포항으로 향했다. 동쪽엔 일출봉이 갈색으로 변해가며 가을을 재촉하고 있었다.

배가 정박하자 도매상들이 몰려들었고, 잡은 물고기는 순식간에 팔려나갔다. 상인들이 떠나자, 동근은 인호 가족에게 줄 생선을 들고 배에서 내렸다.

"인호야. 나야, 동근삼촌."

이번에는 지난번과 달리 쉽게 인호의 집을 찾았다.

"아이고 삼촌, 이렇게 다시 찾아줭 고맙수다. 동근삼촌 고맙수다."

"아이고 내 조카, 어떵 살암서?"

동근은 조카를 보자 울컥해 껴안고 눈물을 훔쳤다.

"이거 받아. 팔다 남은 거 혹곰 가정와서."

"아이고, 고맙수다. 삼촌."

"조카야, 보아하니 안 되커라. 짐 싸서 가족들 데리고 어등마을로 가자. 나도 어렵지만 정미소도 있고 어선도 있으니, 고향 가서 힘 모앙 살아보게."

"알아수다. 삼촌 따라 고향으로 가쿠다. 아맹허도 고향에 강 살아사 쿠다."

인호는 흔쾌히 따랐다.

"삼촌, 세간살이 챙기고 정리하려면 한 일주일 정도 있다가 수레에 짐 싣고 내려가쿠다."

"그래, 알았네. 내 집으로 가서 조카 가족이 지낼 공간을 마련해 보거라."

"예, 삼촌. 고맙수다."

"얼렁들 식사하고 힘내시게. 나는 가겠네."

일주일 뒤 온다던 인호는 한 달쯤 지나서야 아내와 사남 이녀의 자녀를 데리고 어등마을로 왔다. 동근은 조카 가족에게 동산 언덕바지에 작은 초가를 마련해 주었다. 가세가 기울고, 친족도 드물어 외로움을 느끼던 차에 돌아온 인호가 각별했다.

"이보게, 인호. 삼촌을 믿고 고향으로 돌아와줘서 고맙네."

"삼촌, 고맙수다. 이렇게 집도 마련해 주시고…… 조상님 고향이라 그런지 마음이 편안허고 너무 조쑤다."

"당장은 힘들지만 참고 지내다 보면 좋은 일 이실 꺼여."

"예, 삼촌. 열심히 살아가쿠다."

겨울을 앞두고 날씨는 쌀쌀했다. 동근과 인호 가족은 아궁이에 넣을 나무와 솔잎을 거두는 데 여념이 없었다.

겨울엔 정미소 일과 어업도 몇 달 손을 놓아야 했다. 땅속에 보관해 둔 고구마와 그물로 잡는 참새고기로 겨우내 끼니를 때우며 봄을 기다렸다.

"이보게, 인호."

"예, 삼촌."

"지금은 힘들어도 홋솔 이시민 봄이라, 산에 가민 봄나물도 있고 고사리도 있고, 배고픔을 달래는 데 큰 문제 어실 꺼여. 벌써 냉이가 싹을 틔웠서. 바당가민 보리졸락도 듬북 속에 막 하영 숨엉 이실 때라, 그물 쫙 풀민 몇 마리는 잡힐 꺼여. 봄나물에 매운탕 끓여 먹으면 그 맛이 일품이야."

두 사람은 입맛을 다시며 작은 희망을 품었다.

어느덧 1947년 정해년이 밝았다. 3월을 앞두고, 마을 젊은이 몇이 동근에게 제주시에서 열리는 3·1절 기념식에 같이 가자고 권했다. 나라 사정도 알아보고 '대한민국 만세'라도 외치고 오자 했다.

"난 안 가커라. 거기가 어딘디. 걸어서 3~4시간 걸리는데 어떵 간단 말이고. 젊은이들만 다녀들 오게."

동근은 '조심해서 다녀오라'는 말로 격려했다.

젊은이들은 관리의 횡포와 가뭄으로 핍박받는 상황에서 '잘 살게 해 달라'는 청이라도 시원히 하고 오자며 행사장으로 갔다.

그해 3·1절 행사는 어등에서 80리 길인 제주시 북국민학교 운동장에서 열렸다. 행사장엔 발 디딜 틈 없이 사람들이 모였다.

시간이 되자 식순에 따라 기념식이 시작되었다. 애국가가 울려 퍼지고, 순국선열을 기리는 묵념이 이어졌다. 대회장은 '3·1 혁명정신을 계승해 외세를 물리치고 자주통일 민주국가를 세우자'고 외쳤다. 참석 도민들은 미군정의 세금 수탈과 관료 폭정에 쌓였던 울분을 터뜨리듯 '대한민국 만세'를 크게 외쳤다.

행사가 끝난 뒤, 사람들은 동서로 나뉘어 가두시위에 나섰다. 행렬은 관덕정광장을 지나 서문통으로 향했다. 그때 관덕정광장에서 어린이가 기마경관의 말발굽에 차이는 사건이 벌어졌다. 기마경관이 그냥 지나치려 하자 군중이 야유하며 몰려들었다.

"저놈 잡아라!"

일부 군중이 소리치며 돌멩이를 던지고 기마경관을 쫓았다. 당황한 그는 말을 돌려 경찰서로 달렸다. 대기 중이던 경찰은 군중이 경찰서를 습격한다고 판단하고 무차별 발포를 서슴지 않았다. 총탄에 맞아 젖먹이를 안은 20대 여인을 포함해 6명이 숨지는 등 민간인 사상자가 발생했다.

이를 계기로 무장 경찰과 시위대가 대치했다. 경찰은 '민간인이 경찰서를 습격했다'고 규정하고 잔혹한 탄압을 벌였다. 통행금지령이 내려지고, 응원경찰을 추가 배치할 명분이 만들어졌다.

3월 10일에는 민간인 발포 항의 성격으로 관공서를 비롯해 도내 업체 근로자, 교사, 학생까지 참여한 대규모 민관 총파업이 시작되었다. 민간인 학살 주범과 책임자 처벌을 요구했다. 일부 경찰도 동참했다.

급히 제주로 내려온 경무부장은 파업 주모자 전원을 검거하라 명했고, 수많은 참가자가 잡혀 군정재판이 열렸다. 곳곳에서 도민과 경찰의 충돌로 사상자가 속출했다.

제주시내 소식은 어등 사람들에겐 먼 풍문 같았다. 바깥소식이 제대로 전해지지 않으니, 날이 밝으면 농사짓고 바다로 나갔다가 어두워지면 돌아와 고단한 몸을 누이는 게 전부였다.

뒤숭숭했던 1947년이 지나고, 1948년 정월 초하루. 동근네는 일찍 일어나 새벽 국수로 제사상을 차렸다. 올 한 해도 사고 없이 일이 잘 풀리길 조상님께 기원하며 제를 올렸다. 제사상에는 설을 지내려고 숨겨 놓았던 쌀이 올라오고, 생선과 고사리나물, 수수떡도 올랐다.

시국이 어수선해도 명절 만큼은 별탈 없이 집안 식구들이 모여 조촐하게 시간을 보낼 수 있었다. 인호 가족이 새해 인사를 왔고, 동근은 조카 손주에게 세뱃돈을 쥐여 주었다.

"이보게, 인호. 올해 잘 견디다 보면 좋은 일 오지 않겠나. 그나저나 무장한 경찰과 서북청년단 횡포가 이리 심하니 걱정이네. 제주 전역에서 만행이 이루어지고 있어 우리만 피해갈 수도 없고……. 조심하고 힘내시게."

덕담 아닌 염려를 주고받으며 1948년 설을 보냈다. 집 밖 울담 위에 앉아 울어대는 까마귀가 유난히 많았다.

정월대보름, 동근 아내는 보리쌀을 하얀 사기그릇에 담아 바닷가 알당으로 향했다. 날쌘 겨울바람이 모래를 일으켜 알당 주변으로 날아들었다. 20여 평 남짓한 알당은 돌담으로 둘러싸여 편편한 돌로 제단을 만든 곳이었다.

알당 바깥에는 숨베기나무가 가지를 쳐들고 좌우로 춤추듯 흔들렸다. 살을 에는 칼바람이 몸속으로 파고들었다. 많은 아낙이 구덕에 조왕할망신께 올릴 제물을 담아 신당 앞에 둘러앉았다. 서로의 체온으로 몸을 녹이며 차례를 기다렸다.

신방할망은 평온하지만 노기가 서려 있었다. 무당은 아낙들이 가져온 보리쌀을 한 줌 집어 바닥에 뿌리고 원을 그었다. 원 안으로 들어온 보리쌀알의 ‘짝 맞추기’로 운세를 보았다.

“아이고, 올해 막 조켜, 조커라. 걱정말앙 살아, 막 조커라.”

“아이고, 할망. 고맙수다.”

짝이 맞아 걱정 없다는 점괘를 받은 아낙은 연신 절하며 안심한 얼굴로 떠났다.

보리쌀이 홀수로 짝을 못 맞추면 다시 던져 보고, 그래도 안 되면 안 좋은 점괘였다.

마침내 동근 아내 차례가 왔다. 무당은 제물을 스치듯 살피고, 보리쌀을 몇 알 집어 바닥에 던졌다. 그리고 다시, 또다시……. 그러나 마지막 남은 한 알은 끝내 짝을 맞추지 못했다.

“이상헌게, 큰일 나커라. 큰아덜 육지 가신게, 제주 오지 말랜 허라.”

“아이고, 할망. 무사 경 험신고예. 할망, 어떵허민 조쿠꽈?”

“아방도 안 조아. 조심허야커라. 집안에 사람들 들이지 마라. 집에강 조왕에 불켱 매일 할망한테 빌어. 다음에 오곡.”

“조왕할망, 우리 집 살펴줍서, 우리 집 살펴줍서.”

무당에게 넙죽 엎드려 두 손을 싹싹 빌고, 동근 아내는 잔뜩 근심을 안고 집으로 발길을 돌렸다.

8

왜 돌아가셨는가

민우는 대학에 입학해서야 '제주 4·3'이라는 말을 처음 들었다. 1980년대 초, 제주 역시 예외 아니게 대학가마다 시위가 끊이지 않았다. '전두환은 물러가라', '호헌철폐 독재타도' 같은 현수막이 교정과 도시 곳곳에 나부꼈다. 막 대학 문턱을 넘은 그에게 캠퍼스는 모든 게 신기한 새로운 세계였지만 이해되지 않는 일도 많았다. 전두환이 왜 물러가야 하는지, '호헌철폐 독재타도'가 정확히 무엇을 뜻하는지조차 알지 못했다. 정치와 사회에 관심이 없었던 탓이었다. 그럼에도 시위 현장에서 피 흘리며 쓰러지는 학생들을 보면 마음이 저렸다. 경찰이 쏘아대는 최루탄에는 분노가 일었다.

학생들이 '독재타도'라고 쓴 머리띠를 두르고 정문을 나서려 하면 사복경찰이 진압봉을 들고 길을 막았다. 최루탄이 교정 안을 가르며 날아다녔고, 캠퍼스는 순식간에 아수라장이 되었다. 상황을 온전히 이

해한 건 아니지만, 민우는 시위 행렬 맨 뒤에 앉아 구호를 외치다가 슬그머니 빠져나와 집으로 돌아오곤 했다.

"민우야, 너는 데모하지 마라. 데모하는 데 근처에도 가지 마라. 큰일 난다. 정말 큰일 난다."

그가 대학에 들어선 뒤로 아버지는 틈만 나면 같은 말을 당부했다.

"예, 알아수다. 뭔 데모 말이꽈? 걱정하지 맙서."

민우는 대충 얼버무리고 방으로 숨어들 듯 들어가곤 했다.

입학 한 달쯤 지나 낯이 익은 선배와 술자리를 가졌다. 정문 앞 식당, 김치찌개에 소주 한 병, 콩나물 밑반찬이 푸짐히 올랐다. 취기가 오르자 선배가 불쑥 물었다.

"민우야, 제주 4·3이라고 들어봤어?"

민우는 멍한 눈으로 선배를 바라봤다.

"그래, 모를 수 있지. 8·15 해방 뒤 수세에 몰린 친일 세력이 군경에 등용돼 제주 도민을 무자비하게 탄압했어. 그러자 도민 일부가 무장대에 합류해 저항했지. 정부는 그들을 빨갱이로 몰아 소탕에 나섰고, 그 과정에서 제주 도민을 가리지 않고 학살했어. 그걸 4·3이라고 해."

"그런 일이 있었어요? 잘 모르겠습니다."

"이 책 읽고 돌려줘. 그리고 부모님께 가서 여쭤봐. 4·3이 무엇인지."

그 자리에서 책 앞부분을 훑어보았지만, 내용은 쉽게 들어오지 않았다. 더 캐물을 수도 없었다. 독재 시절 '4·3'은 입에 올려서는 안 될 금기어였으니까.

며칠 뒤, 민우는 집에 조부 제사가 있어 일찍 귀가했다.

"아버지, 궁금한 게 이수다. 하르방은 어떵허여 돌아가셔수꽈? 어디 아팡 죽어수꽈? 이젤랑 고라줍서."

그는 중학교 때부터 제삿날마다 같은 질문을 했다. 안문오는 번번이 제대로 답을 주지 않았다. 그저 눈물만 훔쳤다. 설령 그때 4·3을 들려주었다 해도 소년 민우에게는 낯선 말로 흩어졌을 것이다.

"아버지, 오늘은 왜 돌아가셨는지 들어야 되쿠다. 말해줍서."

대학생이 된 아들의 단호한 목소리에 문오는 마침내 입을 열었다.

"민우야, 어느 누구에게도 얘기해서는 안 된다."

먼저 다짐부터 받았다.

"네 할아버지, 큰아버지, 큰고모님이 1948년에 일어난 4·3 사건으로 돌아가셨다. 할머니도 돌아가실 때까지 총상 후유증에 시달리셨어."

문오는 덧붙여 당시 집안 다른 어른들과 동네 사람들 역시 아무 죄 없이 군경의 총탄에 쓰러졌다고 하다가, 끝내 말끝을 흐렸다.

"깊이 알려고도 하지 말고, 어디강 얘기도 허지 마라. 큰일 난다. 너는 공부만 열심히 하면 된다."

그는 쐐기를 박듯 말을 맺었다. 선배에게 얼핏 들은 설명 덕에 민우는 4·3이 지독히 부당하다는 느낌을 받았다. 그러나 더 깊이 파고들 생각은 들지 않았다. 1984년에 36년 전의 일은 너무 먼 과거처럼 느껴졌다. 아버지도 더는 4·3을 입에 올리지 않았다. 전날 술자리 기억이 옅어지듯, 그의 궁금증도 서서히 수면 아래로 가라앉았다.

이후 민우는 대학 2년을 마치고 아버지의 길을 따라 해병대를 지원했다. 우여곡절 끝에 군 복무를 무사히 마쳤다. 전역 뒤 고향집에 머물던 여름날, 마을 청년회장과 지역 유지들이 리사무소에서 보자고 연락해 왔다.

"안녕하세요?"

사무소 탁자에 둘러앉은 이들에게 민우는 깍듯이 인사했다.

"그래, 제대하고 요즘 집에서 쉬엄댄허멍?"

한 유지가 알은체를 했다.

"예, 내년 복학 때까지 부모님 일을 도와드리잰 햄수다."

그가 앉자 본론이 나왔다.

"다름이 아니고 마을에 학우회가 이시민 좋을 거 닮은디. 자네가 학우회를 창립해서 학생들에게 공부를 가르쳐 주면 좋을 것 같아."

"야학을요? 제가요? 머릿속에 들어 있는 게 별로 없어서……."

난감했지만 청년회장의 말은 간곡한 청에 가까웠다.

"예산도 지원하고, 리사무소 아래층을 공부 장소로 제공하겠네. 도와주게."

더는 거절하기 어려웠다.

"잘 알겠습니다."

승낙하고 돌아서는 길, 고민에 빠졌다.

'야학 학생들에게 내가 뭘 가르치지. 큰일 났네.'

마을에 대학생은 열 손가락을 넘기기 어려웠다. 협조를 구해도 수업을 맡겠다는 이는 드물 터였다. 그래도 계획은 밀고 가야 했다. 민우는 한 집 한 집 찾아가 학우회 창립 필요성을 설명하며 협조를 구했다. 육지에 있는 학우에게도 내려오면 도와달라고 전했다. 모두 기꺼이 승낙했지만, 수업을 맡겠다는 사람은 드물었다. 학생들은 수업 받을 준비를 마쳤는데, 정작 가르칠 교사가 없었다. 방법은 하나, 우선 혼자 시작하는 것. 그는 국·영·수 참고서를 사서 예습하고, 그날그날 배운 만큼 가르쳤다.

여름방학 내내 그는 사실상 모든 교과목을 도맡아 수업을 진행했다. 겨울방학에 다시 보기로 약속하고 수업을 마쳤을 때, 피곤은 몰려왔으나 뿌듯함이 더 컸다.

복학을 앞두고 그는 자신의 길을 그려 보았다. 교사의 길은 아닌 듯했다. 그렇다고 선명한 그림이 떠오르는 것도 아니었다. 그는 한림으로 은사를 찾아갔다. 대학 진학을 권했던 선생님이었다.

"전공을 살려 기술직 공무원 시험을 보고, 공직에 진출하는 걸 생각해봐."

"선생님, 왜 갑자기 공무원 시험을?"

"기업에 들어가도 정년까지 버틴다는 보장이 없어. 앞으로는 안정적인 직업을 선호해서 공무원을 택하는 사람이 많아질 거야."

은사는 기술직 공무원은 복학 후 꾸준히 준비하면 충분히 합격할 수 있다며 격려했다.

"예, 선생님. 고맙습니다. 생각해 보겠습니다."

민우는 '이번엔 제대로' 하겠다는 다짐을 하고 관련 서적을 샀다. 그러나 곧 답답함이 밀려왔다.

'내가 공고 다닐 때도 기계는 서툴렀고, 대학 전공도 적성에 맞지 않

는데…… 기술직 공무원으로 잘 해낼 수 있을까?'

몇 주의 고민 끝에 기술직은 아니라는 결론을 내렸다. 그렇다면 무엇을? 그는 공기업과 일반직 공무원을 저울질했다. 우선 통신공사와 행정직 공무원 시험에 도전하기로 하고 매달렸다. 노력 끝에 그는 졸업 전에 제주도 행정직 공무원 시험에 합격했다.

1990년대까지 제주에서 근무했고, 결혼도 했다. 아들과 딸, 두 아이가 태어났다. 가족이 생기자 마음은 제주를 떠나 서울로 향했다. 중앙부처 전입시험을 거쳐 서울로 자리를 옮기려 했다.

"아버지, 어머니. 이미 결정을 내려수다. 서울생활이 쉽지는 않겠지만 열심히 살아보쿠다."

부모는 서울살이가 보통일이 아니라며 극구 만류했다.

"제사하고, 명절과 벌초 때는 꼭 내려오쿠다. 가끔 주말에도 내려오쿠다."

민우는 약속을 남기고 서울행 비행기에 올랐다. 경복궁 근처 3평 남짓한 하숙방을 얻어 객지 생활을 시작했다. 근무처와 서울 지리에 어느 정도 익숙해질 무렵, 아내와 아이들도 올라와 살 집을 구했다.

서울살이는 무난하지 않았다. 1997년 IMF 외환위기는 공무원에게도 조직 축소의 불안과 공포를 안겼다. 한국 역사상 첫 여야 정권 교체는 공직사회를 뒤흔들었다. 그 역시 이삼 년 동안 큰 스트레스에 시달렸고, 실직 악몽을 꾸곤 했다. 운 좋게 큰 풍랑은 비켜 갔지만 지쳐 있었다. '좀 쉬고 싶다'는 생각이 저절로 일어날 때 그는 며칠 휴가를 내서 혼자 제주로 내려갔다.

고향집에서 이 방 저 방을 기웃거리던 어느 날, 오래된 서류함이 눈에 들어왔다. 아버지의 낡은 일기장이 들어 있었다. 때마침 전년도에 「4·3특별법」이 여야 합의로 국회를 통과했고, 세상은 달라져 있었다. '4·3'은 더 이상 금기어가 아니었다. 김대중정부 출범 이후 4·3 진상규명 요구는 다방면으로 확산되고 있었다. 아버지도 그 바람 탓에 숨겨둔 일기장을 꺼내 다시 들춰보고 싶었던 모양이었다.

안문오의 일기장은 한자로 빼곡했다. 쉽지 않았지만, 읽을수록 손에서 놓기 어려웠다. 4·3의 죽음을 회상하던 기록은 6·25 참전의 체험으로 이어졌다. 이해되지 않거나 연결이 끊기는 대목이 많았다. 4·3과 6·25에 관해서는 피상적 지식만 있던 민우에게 그 속 이야기는 더없이 궁금했다. 아버지에게 자세한 얘기를 들어야 했다.

그동안 4·3은 그에게 절실히 다가오지 못한 역사였다. 아버지는 늘 '나중에 알게 될 거라'며 말을 돌렸다. 동네삼촌들 역시 누구 하나 그의 궁금증을 풀어주지 않았다. 대학 시절 귓가를 스치던 '4·3'이라는 말은 바람처럼 지나가곤 했다. 6·25 역시 실감나지 않았다. 아버지는 전선으로 떠나며 가족과 이별했던 아픔도, 총알이 빗발치는 전장에서 겪은 고통도 입 밖에 내지 않았다. 어떻게 그 시간을 버텨온 걸까. '4·3, 6·25, 그 시대는 아버지에게 무엇으로 남아 있는가?'

민우는 기억을 더듬는 아버지의 표정 속에서 어깨를 짓누르는 고통의 무게를 느꼈다. 그리고 아버지는 형인 안문학의 귀향에서부터 이야기를 풀어나갔다.

참혹

제주 오지 말랜 걸라

죽을힘을 다한 생존

아무 죄도 없이

형은 떠나고, 아우는 남다

마른 풀더미에 불을 붙이자

시신 그을리는 냄새가 신작로를 휘감았다.

애원은 귀에 닿지 않았다.

사냥개를 풀어놓은 듯 토벌대는 미쳐 날뛰었다.

9

제주 오지 말랜 걸라

1948년 4월 3일 새벽 두 시경, 한라산 중턱의 오름 정상마다 봉홧불이 일제히 타올랐다. 신호였다. 350명의 무장대가 동시에 제주도 경찰지서 열두 곳을 공격했다. 서북청년단의 탄압을 받던 남로당 계열의 청년들이 중심이었다.

"도저히 참을 수 없다. 경찰과 극우청년단 탄압에 저항한다. 단독선거·단독정부를 결사반대한다. 조국의 통일독립과 완전한 민족해방을 이루자. 우익단체를 몰아내자."

무장대는 이렇게 외치며 산 아래로 내려와 우익단체 가족을 습격했고, 극우 요인을 살해하기도 했다. 이승만과 미국이 남한 단독정부 수립을 밀어붙이며 국회의원 선거를 한 달여 앞둔 때였다.

무장대는 중산간을 거점으로 활동을 넓혔다. 낮에는 산속에 숨어 있다가 밤이면 민가를 찾아 젊은이들을 포섭했다. 4월 3일을 기점으로 무장대와 토벌대의 대립이 표면화되며 제주 사회는 '죽이고 죽는' 탄압과 항쟁의 벼랑으로 밀려났다.

5월 10일, 제헌의회를 구성하는 총선거가 전국 소선거구제로 치러졌다. 제주도 세 선거구 가운데 북제주군 갑·을구의 선거가 무산되어 2명의 의원을 선출하지 못했다. 당시 제주에는 일본과 국내에서 대학을 나온 국제 감각을 지닌 청년이 적지 않았다. 나라의 안위를 걱정하며 자신의 역할을 고민하던 이들 가운데 좌익으로 기울거나 입산해 무장대에 합류한 경우도 있었다.

전국 200개 선거구 중 제주에서만 두 곳이 무효가 되자, 8월 15일 미군정이 끝나고 수립된 대한민국정부는 제주를 '좌익 폭동에 물든 섬'으로 몰았고, 탄압 수위를 한층 끌어올렸다. 경찰·서북청년단·국방경비대는 각 마을 동향을 주시하며 폭도 소탕을 명분으로 강도·강간·살해 등 온갖 횡포를 자행했다. '밤에 무장대가 내려왔다'는 이유만으로 '폭도와 내통했다, 먹을 것을 줬다'고 몰아 무자비한 취조와 학살이 이어졌다.

중앙국민학교에 주둔한 토벌대도 다르지 않았다. 어느 편도 들 수 없어 이러지도 저러지도 못하는 마을 사람들을 '정부 수립을 반대하는 남로당 동조 세력'으로 규정하고, '빨갱이 새끼들을 모조리 없애겠다'는 기세였다. 경무국장은 '제주에 내려가 빨갱이와 접촉하는 놈들을 싹 쓸어버리라'는 명령을 내렸고, 육지로부터 응원경찰은 계속 증원되었다. 선량한 사람들을 빨갱이로 몰아 죽이는 소탕작전의 그림자는 어등마을에도 드리워졌다.

서울에서 유학 중이던 문학은 신문과 친구들의 말로 제주와 국내 정세의 심각성을 알고 있었다. 좌우합작을 주도하던 여운형이 1947년 암살되면서 민심이 흔들렸고, 이승만은 유엔의 승인을 등에 업고 38선 이남에서 단독정부 수립에 박차를 가했다. 이에 신탁통치와 남한 단독정부에 반대하는 시위가 곳곳에서 이어졌다.

불안을 느낀 문학은 귀향을 결심했다. 학교도 폭동과 소요로 휴교가 이어지니 더 머물 이유가 없었다.

'제주로 가야 한다. 나라가 이렇게 어지러운데, 공부가 무슨 소용인가.'

지순과의 혼례날짜도 10월 20일로 예정되어 있었다.

아침 일찍, 문학은 남산 위 하늘을 올려다보았다. 남쪽에 이승만정부가 들어선 지 채 한 달도 되지 않아 북쪽에는 9월 9일 김일성의 공산국가가 수립되었다. 한반도 정세는 한치 앞도 보이지 않았다. 하늘은 맑고 평온했다. 그는 상경 때 가져온 옷가지와 책 몇 권을 챙겨 서울역으로 향했다. 온종일 기다려 어렵사리 호남선 표를 구해 열차에 몸을 실었다.

목포역에 내린 문학은 항구로 걸었다. 일제강점기 일본인이 많이 거주하며 근대 문물이 유입되던 도시, 목포에도 시위 군중이 보였다.

'분단이 아닌 하나의 주권국가……, 그게 우리가 꿈꾸던 광복 아니었나.'

속이 허했다. 서울에서 품팔이로 학비와 생활비를 충당하느라 주머니는 바닥이었다. 마지막 돈으로 해장국 한 그릇을 비웠다.

여객선 대신 어선을 타기로 했다. 제주 어선이 어획한 물고기를 싣고 목포까지 와서 판다는 말을 들은 적이 있었다.

"제주 가는 배 아니꽈?"

정박지에서 제주어선을 찾아 배마다 일일이 물었다. 아니란 대답뿐.

그때 '조천호'라는 선명한 글자가 눈에 들어왔다.

'조천? 북촌 옆 마을, 고모가 시집간 곳!'

문학은 달려갔다.

"선장님, 이 배 제주로 가는 배 아니꽈?"

"무사?"

투박한 목포 사내가 말을 받았다.

"제주도 조천 배 맞지예? 우리 고모가 북촌 시집가수다. 조천 잘 압
니다. 나 제주까지 태워다줍서. 부탁허쿠다."

"안 되여. 어선 타봐서? 멀미도 심허고, 지금 갈 것도 아니라."

"아무 때라도 조수다."

문학은 아예 배에 올랐다. 선원이 선장에게 무언가 전하더니, 잠시
뒤 선장이 물었다.

"제주, 어디야?"

"동쪽에 어등마을이우다."

"조천항까지 간다. 안전은 보장 못허여. 경 헌디 지금은 못 가. 한 4시
간 뒤 물 들어오면 간다."

"고맙수다."

"젊은 학생 같은디, 어디강 숨어 있당 어둑어지면 오게. 돌아 댕기당
순찰이라도 걸리면 죽어."

"알아수다. 요 옆에 곱았다가 어둑어지면 오쿠다."

문학은 유달산으로 몸을 숨겼다. 이별의 아픔과 눈물이 서린 산. 일제 시절 수많은 장정이 목포항에서 징용으로 끌려갔다. 그 돌아오지 못한 영혼들을 떠올리자 눈시울이 뜨거워졌다. 주먹이 저절로 쥐어졌다.

시간이 훌쩍 지나자 그는 다시 항구로 내려가 배 근처에 숨어 출항을 기다렸다. 밀물이 들고, 선원들이 분주해졌다.

"출항 준비 햄수꽈?"

"그래, 시간 맞춰 잘 왔네. 선실에 꼭 숨엉 있당 나중에 나와."

배가 미끄러지듯 움직였다. 서산의 붉은 기운도 어둠에 삼켜졌다. 유달산은 검은 형체로 멀어졌다. 갑판 위로 나온 선장과 선원들 옆에 문학이 앉자 선장이 물었다.

"젊은이, 이 시국에 제주에 뭐허러 감서?"

"부모님과 가족이 제주에 이수다. 서울도 시끄럽수다. 어디 숨을 곳도 없고, 하루하루가 파리 목숨이우다."

"제주가 더 난리야. 말해 뭐하나. 몸조심허라."

"예, 어르신. 배는 언제 어디 도착햄수꽈?"

"내일 새벽엔 닿아야지. 대낮에 들어가다 걸리면 빨갱이로 몰려 죽을 수 있어."

제주항을 피해 조천항으로 간다 했다. 뱃멀미가 몰려왔고, 문학은 몇 번이나 속을 게웠다.

'부모님과 가족은, 지순은 무사할까?'

잠깐 눈을 붙였다. 새벽, 남쪽에서 검은 덩어리가 떠올랐다. 제주였다. 반가움보다 불길함이 앞섰다. 섬 곳곳에서 붉은 연기가 피어올랐다.

"심상치 않다. 육지에서 내려온 군경이 불쌍한 사람들을 빨갱이로 몰아 죽인다. 몸조심하게."

선장의 말이 바람처럼 스쳤다. 배는 뱃고동도 울리지 않고 조심스레 조천항에 닿았다.

"도착하면 아무말 허지 말앙. 각자 조용히 떠나. 다들 조심하게."

"고맙수다. 몸 건강헙서."

문학은 해안 숲길로 동쪽을 택했다. 마을을 피해 가야 안전해 보였다. 하지만 함덕과 북촌을 넘으려면 언젠가는 마을을 지날 수밖에 없었다. 군인이나 무장대에 잡히면 목숨을 담보할 수 없었다.

'새벽에 움직이자. 그 전엔 숨어 있어야 한다.'

조천과 함덕 사이 풀숲과 바위틈을 골라 칡넝쿨 아래 몸을 숨겼다. 어젯밤 이후 한 끼도 못 먹어 허기가 몰려왔다. 돌부리로 칡 밑동을 내려쳐 질근질근 씹으며 허기를 달랬다. 한낮인데도 바닷가엔 인적이 끊겼다.

저물녘, 마을에서 웅성거림이 올라왔다. 총성이 잇달았다.

지금이다. 문학은 몸을 일으켜 함덕 해안으로 달렸다. 산 쪽에서 불기둥이 솟았다.

'탕, 탕, 탕' 총성이 허공을 찢고, 사람들의 아우성이 가까워졌다. 그때, 뒤에서 발자국 소리가 들렸다. 본능적으로 몸이 먼저 반응했다.

"거기 서! 저거 빨갱이 새끼다! 잡아라!"

문학은 뒤돌아보지 않고 해안을 따라 동쪽으로 내달렸다. 군경 경비는 보이지 않았다. 한 오 리쯤 달렸을까, 추격의 총성은 끊겼다. 북촌 근처였다. 바닷가까지 집들이 다닥다닥 붙은 마을.

'마을 안길은 위험하다. 산쪽으로.'

가시덤불 숲을 헤치고 동남쪽으로 치달았다. 내려다본 북촌은 곳곳에서 불길이 솟아올랐다.

'고모님은……'

걱정이 스치자 또 총성이 이어졌다.

"사람 살려줍서!"

비명은 메아리쳤고, 멀리서도 쓰러진 시신이 보였다. 집들은 잿더미로 변해갔다. 무장한 군경 무리가 사람들을 몰아 끌고 갔다. 비명은 그치지 않았다.

빨리 집으로 달려가 가족을 피신시키는 것만이 문학의 머릿속에 가득했다. 동복을 지나 금녕에 닿자 그는 곧장 어등마을로 들어가는 걸 멈췄다. 새벽 어스름에 움직여야 했기에 숨을 곳을 먼저 찾아야 했다. 외진 담벼락에 붙어 숨을 고르며 동녘을 보니, 일출봉 위로 검은 구름 사이 붉은 기운이 차올랐다. 금녕은 다른 마을보다 조용했다. 그러나 방심은 금물이었다. 눈에 띄면 곧장 '빨갱이'였다.

문학은 '금녕사굴'을 떠올렸다. 아버지와 잃은 소를 찾으러 왔던 그 동굴. 거기로 가자.

묘산봉을 돌아 무밭에서 무 세 뿌리를 뽑아 흙을 털고 베어 물었다.

이틀 굶은 끝에 씹는 무는 꿀맛이었다. 그는 몸을 낮추고 내달려 동굴로 들어갔다. 모래 바닥에 고인 물로 목을 축이고 나니 살 것 같았다. 동굴 입구에 기대어 잠시 눈을 붙였다.

집까지 2시간 남짓. 제주를 떠난 지 2년 반 만의 귀환길은 멀고 험했다. 부모님, 누나, 동생, 지순…… 그리움이 몰려왔지만 안전이 먼저였다. 밤이 깊자 축축한 냉기가 뼛속으로 스몄다. 문학은 새벽녘에 동굴을 빠져나와 집으로 향했다.

오랜만의 고향인데 기쁨보다 불안이 앞섰다. 서울 유학에서 아무것도 이루지 못한 자신이 초라해 보이기도 했다. 어쩌다 세상이 이렇게 되었나. 영기동산을 넘어 밭 사이로 빠져 내려가 드디어 집 마당에 들어섰다.

"아버지, 어머니! 큰 아들 문학이가 돌아와수다!"

"누구? 문학이! 아이고, 왔구나! 잘 왔다."

동근 아내는 반가움에 눈물이 핑 돌았다. 정월대보름 알당에서 신방할망이 던진 말이 스쳤지만 '설마' 하며 넘겼다.

"절 받읍서."

문학이 큰절을 올렸다.

"아버지, 어머니, 잘 지내수꽈? 마을에 별일은 어서수꽈?"

"그래, 아직은 조용하다."

서동으로 시집간 문영 누나가 다섯 살 딸을 데리고 와 있었다. 배가 만삭이었다.

"누님은 매형은 어떵하고 여기 와수꽈?"

"매형이 마실 나간 뒤 소식이 없어……. 배를 탔다가 죽었다는 말도 있고. 그래서 왔다."

"예, 누님, 몸조심 하십서."

문영은 눈물로 답했다.

"오멍 보난 마을마다 총소리가 들리고 여기저기 아우성이우다."

가족들은 어리둥절한 표정을 지었다.

"형님, 잘 와수다!"

문오가 달려와 안겼다. 문학이 돌아왔다는 소식은 금세 퍼졌다. 강씨 집안에 시집간 작은누나도 네 살 딸을 안고 왔다. 지순도 숨가쁘게 달려왔다.

"우리 똑똑한 문학이가 돌아왔다고? 고생 많았다."

인호 가족과 고모네도 모였다. 기쁨보다 피로가 앞섰다.

"나라가 시끄럽수다. 학교도 폐교나 다름없어 목포 거쳐 내려와수다. 한 민족이 두 나라로 나눠질 거 담수다."

문학이 말문을 열었다.

"이승만이가 남한만 국회의원 선거를 치러 독립국가로 인정받잰 햄수다. 경 헌디 제주도 세 선거구 중 두 곳은 선거를 못 치러 의원을 못 뽑아수다."

그는 숨 돌릴 틈 없이 이어갔다.

"경 헤부난 이승만이는 제주를 못마땅히 여겨 빨갱이 마을로 낙인 찍어수다. 남로당이 원인이엔 허멍 전 도민이 협력했다고 이유도 없이 막 죽이는 거 담수다."

"어떵허민 좋을 꺼라……. 큰일인게."

탄식이 여기저기서 쏟아졌다.

"너무 무섭수다. 어디 숨어야 되는 거 아니꽈?"

동근 아내가 떨리는 목소리로 물었다.

"우리가 무슨 죄가 이서? 조용히 지내면 설마 죽이크냐?"

동근은 반문했지만, 문학은 고개를 저었다.

"미군정이랑 군인들이 제주 사람들을 빨갱이로 몰아 죽염수다. 반항
하는 사람들은 산으로 올랑 숨어수다. 대치 정국이우다. 우리도 어디
강 숨엉 있게마심. 어렵게 광복이 되어신디, 나라는 갈라지고 남쪽만
단독정부를 만들엉 살캔허는 거우다. 이게 뭔 일이꽈?"

동근은 믿기지 않는 표정이었다.

"아버지, 우리도 어디 동굴에라도 피허영 있게 마심. 내가 오는 길에
봐신디…… 곳곳이 불바다고 피바다우다. 남녀노소 없이, 동조했다
며 불태우고 죽이고 햄수다. 여기 있다간 다 죽게 생겨수다."

동근은 끄덕였지만 당장 방도가 떠오르지 않았다.

"산으로 가면 폭도로 몰려 다 죽는 거 아니냐. 갈 곳이 없다."

그는 담배에 불을 붙였다.

"그나저나 결혼식이 다 와감신디 어쩌냐……."

지순과 눈이 마주친 문학은 얼굴이 붉어졌다.

"니 유학 가 있는 동안 지순이 늘 집안일 도와줬져. 서로 의논해 보
거라."

동근이 화제를 돌렸다.

“시국이 이래서 내가 할 말이 없다. 급한 대로 사돈댁하고 식사 한 번하고 신방 차려서 사는 걸로 허자.”

“예, 아버지. 잘 알아수다.”

문학이 지순을 바라보았다.

“그래, 그만 들어가 쉬어라. 밥도 먹어야지.”

집 밖으로 나온 문학과 지순은 오랜만에 손을 꼭 잡았다.

“지순아, 잘 지냈지? 집에 가 있어. 곧 인사드리러 갈게.”

문학은 좀 시간을 두고 지순의 집으로 가서 그녀의 부모님께 큰절을 올렸다.

“잘 내려왔네.”

“예, 어르신. 지순은 제가 책임지고 잘 살쿠다.”

“그래주게. 헌디 시국이 어렵네. 우선 숨어 있어야지.”

문학은 걱정을 뒤로하고 지순과 한적한 시골길을 걸었다.

“오빠. 세상이 어수선한데 제주 내려오멍 뭔일 어서수꽈?”

지순은 전과 달리 말을 높이며 문학의 곁에서 다소곳이 걸었다. 두 해 사이, 지순은 성숙해 있었다. 단정한 머릿결이 잠시나마 불안한 마음을 덮었다.

“지순아, 토벌대가 곧 마을로 들이닥칠 거 담다. 당분간 결혼식은 못헐 거고, 어디강 고방이신 것이 좋을 거 담다.”

“오빠랑 같이 숨어 있으면?”

“더 위험할지도 몰라. 둘이 다니면 눈에 띄기 쉬워.”

"알아수다. 부모님 말씀 들엉 숨엉이시쿠다. 오빠도 몸조심협서. 꼭 살앙 이십서."

"조금만 참고 기다리자. 좋은 날이 올 거야"

"문학 오빠도 잘 피해영 있당, 돌아오민 결혼허게마심."

둘은 꺼내지 못한 말들을 입맞춤으로 대신했다. 찰나가 길게 느껴졌다. 뜨거운 전율이 온몸을 덮고, 시간이 멎은 듯했다.

황금빛 들녘은 수확을 재촉하고, 수수 잎은 바람에 설레듯이 흔들렸다. 조밭에 모여든 참새 떼가 재잘거렸다. 겨울 전 알곡을 쪼아 먹는 꿩들이 밭담을 건넜다. 가을이 준 풍요와 여유는 잠시 평화로워 보였지만, 문학은 안다. 눈앞 풍경이 모든 것을 말해 주지 않는다는 것을.

10

죽을힘을 다한 생존

제주의 사태는 마침내 '정부 전복을 겨냥한 반기'로 규정되었다. 이 승만정부는 여수 주둔 국방경비대 14연대를 제주에 급파해 좌익 세력을 격퇴하기로 했다. 그러자 10월 19일, 일부 군인이 '아무 죄 없는 민간인에게 총을 겨눌 수 없다'며 진압 명령을 거부했고 여수·순천 사건이 터졌다. 정부는 곧 계엄령을 선포하고 진압에 나섰으며, 11월 중순부터 제주 중산간마을에 방화와 무차별 학살을 앞세운 강경 작전을 개시했다.

이런 사태에 아직 실감이 덜했던 동근은 한모살 밭에서 수수가 익어 가는 걸 살피고 있었다. 남빛을 띠며 불그스름해진 수수는 떡을 빚기 좋고, 수숫대는 소가 좋아하며, 겨는 베갯속에 넣을 만했다. 어느 것 하나 버릴 것 없는 작물이었다. 신돌로 호미를 벼려 수수를 베면 햇볕에 말려야 했다. 그는 잘 마른 수수열매는 따로 담아 두고, 수숫대는 외양간 옆 가리에 쌓아 겨울 내내 한 단씩 꺼내 소에게 먹일 요량이었다.

어미 소와 송아지 한 마리뿐인 집. 올해 보리농사가 괜찮아 보릿짚은 넉넉했지만, 수숫대와 조짚을 번갈아 먹여야 한다. 10월이 저물 즈음 수확을 결심하고도 동근은 불안을 떨치지 못했다. 문학이 전해 준 소식, '이웃 마을에서 사람들이 군인에게 붙잡혀 빨갱이로 몰려 죽었다는 것'이 가시처럼 남아 있었다. 설마…… 정말 그런가? 왜, 무엇 때문에 사람을 죽여? 세상이 그렇게까지 무너졌으리라 믿기지 않았다. 반신반의하면서 불안감이 밀려왔다. 산으로 피신할지 망설임도 커졌다. 동네의 몇몇 젊은이들은 이미 산으로 올라가 숨었고, 밤이면 슬그머니 내려와 음식을 챙겨 가곤 했다. 순하고 착하기로 소문난 아이들이라 동근은 두려움보다 안쓰러움이 먼저였다. 다만 '왜 갔는지, 거기서 무엇을 하는지'는 짐작만 할 뿐이었다.

수수밭에서 돌아오던 길, 인호를 만났다.

"삼촌, 밭에 갔다 왐수꽈?"

"그래, 조카야."

"세상이 심상치 않허우다. 어디 피해 이서야 되지 않허쿠꽈?"

"나는 마음이 썩 안내켬서. 다른 방도도 없고……. 조카는 알아그네 숨엉 이시라. 난 집에 이시켜."

마을 한편에는 사람들이 모여 수군거렸지만 동근은 그냥 지나쳐 집으로 향했다. 집 옆 새통우물가에서 물을 긷는 문오를 만났다.

"아버지, 밭밨 왐수꽈?"

"그래. 수수가 누렇게 익어서라. 이제 추수할 때가 된 거 담다."

"중앙국민학교에 군인들이 주둔했댄 햄수다. 사람들을 잡아가고 있댄 마심. 폭도하고 내통했댄허멍 죽이고…… 어디 고방 이서야 될 거 아니꽈?"

문오가 낮은 소리로 덧붙였다.

동근의 가슴이 철렁했다. 말로만 듣던 일이 현실로 다가왔다. '폭도, 빨갱이, 무장대…….' 이게 다 뭐란 말이냐. 빨리 결정을 내려야 했다. 하지만 마을이 아직 조용한데 우리 집만 산으로 들면, 그게 더 큰 화를 부르지 않을까. 우리가 무슨 죄가 있다고, 이 많은 식구를 데리고 어디로 숨나. 그는 자포자기한 심정으로 문오에게 '정신 바짝 차리라'는 말밖에 할 말이 없었다.

청방 앞 무뚱에 털썩 앉아 잠깐 쉬며, 동근은 호미를 꺼내 녹을 닦고 날을 세웠다. 그때 문영이 들어섰다.

"아버지 오십디가?"

"그래, 몸은 어떠냐? 언제쯤 출산할 거 같으냐?"

"괜찮수다. 한두 달은 남은 거 담수다."

"힘든 일은 줄이고 집에 있어라. 김 서방도 어디 안전하게 있을 게다."

"예. 아버지도 일찍 들어강 쉬십서. 들리는 말이 심상치 않허우다."

"어멈은?"

"동네 밖으로 나가신디 아직……."

"그래, 들어가 쉬어라."

붉은 해가 바다 속으로 가라앉자 마을은 어둠에 잠겼다. 자정 무렵, 꿈에서 부모가 속삭였다.

"동근아, 식구들 데리고 산으로 도망가라."

번쩍 눈이 떠졌다. 멀리서 총성이 들려왔다.

"여보, 이게 무슨 총소리꽈?"

가족이 모두 일어나 앉았다. 문학이 보이지 않았다.

"문학은?"

"처가 인사 가신디 아직 안 들어와수다. 잘 이실 꺼우다."

사실, 동근 아내는 정월대보름 알당에서 들은 '제주 오지 말랜 궐라'는 신방할망의 점괘를 가슴에 담고 있어서 며칠 전 문학에게 조용히 몰래 만나 '집으로 들어오지 말고 숨어 있으라'고 당부해 둔 상태였다. 동근은 다짐했다. '가장이 흔들리면 다 무너진다.'

"오늘부터 집 밖에 나가지 말앙 구들묵이나 고팡에 숨을 준비들 허라. 급하면 영기동산 절간 창고라도……."

그도 절이 지켜주지 못할 것을 알았다. 그래도 가족을 안심시키는 수밖에 다른 방도가 없었다.

"뭔 일 어실 꺼여. 숨으면 더 빨갱이엔허멍 찾아내서 죽일 텐디……."

아내의 한숨이 길었다.

"문오랑 난 새벽에 한모살 수수밭에 다녀오켜. 방금 귀른 말 명심허고."

"예, 아방도 조심헙서. 아이고 세상에……."

아내는 두 손 모아 빌었다.

"천지신명님, 우리 가족 살펴줍서."

동근은 삶은 고구마 몇 개와 조밥을 싸 들고 채비했다.

"문오야, 얼렁 일어나라. 밭에 가자."

문오는 비몽사몽 조밥을 밀어 넣고 지게를 졌다. 음침하고 스산한 새벽, 하루 미룰까 싶었지만 마음먹은 일은 해야 한다고 생각했다.

"춥지? 걸으면 곧 땀난다."

"괜찮수다."

그때, 금산목 근처에서 총성이 터졌다.

"아방, 이거 뭔 소리꽈?"

둘이 멈칫했다. 곧이어 다급한 비명.

"살려줍서! 살려줍서!"

M1 소총에 대검을 꽂은 군인 열댓이 마을 사람들을 포박해 끌고 왔다.

"뭐? 살려 달라고? 이 빨갱이 새끼들!"

"우리는 빨갱이 아니우다. 아무것도 모릅니다!"

군홧발이 쓰러진 얼굴을 짓밟고, 개머리판을 연신 내려쳤다. 피투성이가 된 이웃들 사이에 성산에서 데려온 인호, 골목 초입에 살고 있던 동근 처남도 끌려 와 있었다. 군인들이 동근 부자를 보자 고함을 질렀다.

"거기 서! 움직이면 쏜다!"

동근과 문오가 뒷걸음질치자 군인들이 달려들었다.

"문오야! 도망쳐라! 뒤돌아보지 말앙 영기동산으로 도루라!"

문오는 지게를 던지고 밭담을 훌쩍 넘어 산으로 내달렸다.

"아버지! 아버지……."

눈물과 땀이 얼굴에 번졌다. 총성에 놀란 사람들이 산과 신작로로 흩어졌고, 토벌대는 토끼 사냥하듯 조준사격을 퍼부었다. 여기저기서 신음과 비명이 이어지고 끊어지기를 반복했다.

영기동산은 가을바람에 앙상했다. 가시덤불이 발길을 잡아챘다. 문오는 밭 두 군데를 순식간에 넘고, 넘어지며, 엎드리고, 다시 좌우로 몸을 낮춰 달렸다.

"야! 빨갱이 새끼! 거기 서!"

둘, 셋이 뒤쫓아왔다. 가시덤불로 몸을 던지는 순간 총알이 귓전을 스쳤다. 모래비탈을 막아 놓은 낮은 밭담 쪽으로 달렸다. 오른쪽 밭담이 낮았다. 죽을힘을 다해 뛰어넘자 토벌대는 연발사격을 하며 쫓아왔다. 다른 쪽에서도 총성이 울렸다. 산을 향해 뛰는 이는 문오뿐만이 아니었다. 쓰러지는 사람들도 보였다. 문오는 숨을 몰아쉬며 멈추지 않았다. 숨가쁘게 산 정상으로 내달리니 연봉사가 내려다보였다. 절에 숨을까, 계속 산으로 달릴까. 잠깐의 망설임. 절은 숨을 데가 마땅치 않았다. 잡히면 끝이었다.

'한모살 수수밭 동굴로!'

피범벅이 된 팔로 얼굴의 핏줄기를 훔치며 그는 달렸다. 아버지는? 어머니와 누나는? 형은……. 총성이 멀어졌다. 한모살까지 오십 리 넘는 길을 한 번도 멈추지 않고 달렸다. 머릿속엔 오직 수수밭 안, 아무도 모르는 작은 동굴뿐. 산기슭에서 군인들은 매복을 경계해 추격을 멈췄다.

문오는 밭담을 돌아 동굴 안으로 들어갔다. 땀에 젖은 몸을 어둠이 삼켰다. 해가 저물 무렵 살금살금 나와 발자국을 손으로 지워 없앴다. 다시 동굴로 들어와 웅크렸다. 냉기가 뼛속을 파고들었다. 밤이 으슥해져서 밖으로 나와 수숫대를 뿌리째 뽑아 바닥에 깔고, 마른 풀을 한아름 모아 덮었다. 풀더미 속으로 파고들자 그나마 온기가 돌았다. 족제비가 재빠르게 몸을 휘며 날쌔게 지나갔다. 추위와 허기 속, 그는 수수알을 씹어 삼켰다. 껄끄럽게 목에 걸렸지만 씹고 삼키는 수밖에. 오늘까지 아버지와 추수를 마쳤을 수수였다. 앞이 캄캄했다. 마을 소식이 간절했다.

아들을 도망 보낸 동근은 집으로 돌아갈 수 없었다. 군복을 입은 서북청년단에게 붙잡혔다. 근방에 일 나가던 이웃들도 함께였다.
"이 빨갱이 새끼들!"
군홧발에 밟히고 개머리판에 찍힌 얼굴은 피투성이가 되었다. 피가 머리에서 가슴으로, 바짓가랑이로 흘렀다. 1948년 10월 30일, 서북청년단은 소몰이 가던 인호, 아침 일찍 밭 보러 나선 동근 처남, 그리고 동네 장정들과 동근을 포승줄에 묶어 쉬영목으로 끌고 갔다.
"이 폭도 새끼들, 다 죽여 버려!"
마을 사람들은 어디선가 숨죽여 지켜볼 뿐 누구도 소리칠 수 없었다.
"숨어 있는 놈들은 다 나와!"
외침이 마을 안길에 메아리쳤다. 쉬영목에 이르자 누군가가 소리쳤다.
"안동근 이 새끼는 폭도 아들을 산으로 도망치게 도운 놈이다! 내 그 자식 놈을 잡고야 말 거다. 죽여서 불태워 버려!"

죽창이 사람들을 찔렀다. 창자가 튀어나오고 온몸이 피에 젖었다. 죽은 동근의 얼굴 위로 마른 풀이 덮였다.

"아아, 살려줍서……."

쥐어짜는 듯 미약한 신음만 마을 안길에 울려 퍼졌다.

"살려달라? 다 뒈져라!"

몽둥이와 개머리판이 숨이 끊어질 때까지 난타했다. 마른 풀더미에 불을 붙이자 시신 그을리는 냄새가 신작로를 휘감았다.

금녕·태동·어등 세 곳에서 정미소를 돌리고, 동력선을 사서 잡은 고기를 성산까지 실어 나르며, 어등마을공동목장조합의 간사로 뛰던 안동근. 가을 수수를 추수하러 가던 그는 쉰셋의 나이로 처참하게 죽임을 당했다. 인호도 그를 따라 쓰러졌다. 쉬영목엔 흘러내린 핏자국이 오랫동안 낭자했다. 까마귀가 낮게 선회하며 까악까악 울었다.

학살이었다.

그날 이후 남아 있던 젊은이들마저 산과 동굴 속으로 숨어 들었다. 군인들은 그들을 잡겠다며 마을을 휘젓고 다녔다. 어른, 아이 가릴 것 없이 붙잡히면 무사하지 못했다. 다그치는 고성과 폭력이 난무했다. 토벌대는 쉬영목·도래비·정들머들·톤솔 일대에서 수색을 벌였다. 문오는 동굴 밖으로 나와 그들의 동정을 살폈다. 잡힌 사람은 짐승처럼 끌려다녔다. 들녘 군데군데서 불길이 솟았다. 동굴에 불을 넣어 태워 죽이기도 했다. 대열을 갖추고 한모살 길로 접어든 군가 소리가 가까워졌다. 지휘관이 손짓하면 병사들이 튀어나가 샅샅이 훑었다.

'여기서 들키면 끝이다. 그래도 이 동굴을 아는 건 우리 가족뿐…….'

심장이 미친 듯 뛰었다. 수수밭에 불을 지르면? 생각이 꼬리에 꼬리를 물었다. 동굴에 남을지, 담벼락 수풀에 숨을지, 그는 결심했다.

'거리를 두자. 수수밭 건너 담 쪽에 붙었다가 가까이 오면 달아나자.'

다행히 그날 토벌대는 한모살 밭을 스치듯 지나 덕천으로 넘어갔다.

수색이 있을 때마다 몇 사람이 줄에 묶여 끌려 내려왔다. 낮이면 '빨갱이 사냥'에 미쳐 날뛰고, 밤이면 포획한 사람을 끌고 주둔지로 돌아와 '전과'를 자랑했다.

민가에서 남의 음식을 탈취해 배를 채우는 일도 서슴지 않았다. 멀찍이 살핀 문오는 그들이 내려가자 동굴에 숨어 수수알을 질근질근 씹었다. 긴장이 풀리자 잠이 쏟아졌다.

사람들은 낮에는 몸을 낮춰 들녘에 나가 있다가 밤 깊어지면 마을로 돌아왔다. 며칠 잠잠해 보여 토벌대가 떠난 줄 알고 산에서 내려오는 이들도 있었다.

그러나 11월 7일, 토벌대는 재차 마을을 덮쳤다. 닥치는 대로 쏘고, 가옥을 불태웠다. 들에 있던 사람들까지 '빨갱이와 내통하려고 밭에 나왔다'며 끌고 가 학살했다.

"살려줍서! 아무것도 모릅니다. 검질만 메러 와수다! 무슨 죄가 이수꽈!"

그러나 애원은 귀에 닿지 않았다. 사냥개를 풀어놓은 듯 토벌대는 미쳐 날뛰었다.

11

아무 죄도 없이

집 안 아궁이에 숨어 있던 동근의 아내는 만삭의 큰딸 문영과 어린 외손녀를 어떻게 지켜야 할지 전전긍긍했다. 믿고 의지하던 남편은 잔인하게 죽임을 당했고, '피해 있으라'던 문학의 소식은 깜깜했다. 영기동산으로 달아난 문오마저 생사를 알 수 없었다.

"다 살앙 이실 꺼라…… 조왕할망, 살펴줍서. 무슨 죄가 이성 사람들을 다 죽염수꽈. 우리 큰아덜, 작은아덜 잘 살펴줍서, 아무죄도 어수다."

정화수를 떠놓고 두 손을 비는 동안 문영도 '동생들은 잘 이실 거우다'며 어머니를 달랬지만 불안은 가시지 않았다.

토벌대에게 대역죄인처럼 끌려가 목숨을 잃은 동근의 시신은 까마귀밥이 되어가고 있었다. 그러나 가족은 감히 수습할 엄두조차 내지 못했다. 낮이면 군인들이 '빨갱이 색출'이라며 들이닥치고, 밤이면 산에 숨은 자식들과 동네 사람들이 먹을 것을 구하러 내려왔다. 날이 밝으면 토벌대가 곧장 들이쳐 '누가 다녀갔으며 뭘 주었느냐?'고 다그쳤다. 원하는 대답이 나올 때까지 발길질과 주먹, 고문은 멈추지 않았다.

둘째를 임신한 문영은 산달이 다가왔다. 큰사위는 어느 날 마실 나가듯 집을 나선 뒤 소식이 끊겼고, 문영은 첫째 순이와 친정에 와 부모 일을 돕다 출산을 기다리고 있었다. 그때 마을에 토벌대가 들이닥쳤다.

"어멍, 군인들이 집집마다 불 질루멍 댕겸수다. 저는 만삭이라 같이 도망 못 가쿠다. 집 안에 숨엉 이시쿠다. 어멍은 순이 데령 절간으로 먼저 피허영 이십서. 설마 애기 밴 사람을……"

어머니는 고개를 저었다.

"궤찌 걸라. 시간 없다."

문영은 거동이 불편한 자신이 짐이 될까 망설였다.

"애기가 곧 나올 꺼 담수다. 어멍이랑 순이랑 궤찌 도망갑서, 설마 죽이쿠꽈. 지들도 사람아니꽈……"

"아범도 죽었고 아들들 생사도 모르는데, 나만 살앙 뭣허느니. 너랑 궤찌 이시켜."

결국 둘은 집에 남았다.

11월 7일, 군용 트럭이 금산목에 멈추고 총칼 든 토벌대가 마을로 밀려들었다.

"여긴 빨갱이 집이다. 불 질러! 숨어 있는 새끼들 다 끄집어내!"

불길이 초가지붕을 핥자 온돌방 아궁이에 숨어 있던 동근의 아내와 문영은 더 버티지 못하고 밖으로 뛰쳐나왔다.

"살려줍서! 우리가 무슨 죄가 이수꽈!"

"이 새끼들 왜 이제야 나와!"

총구가 번쩍 귀먹을 총성을 내며 동근 아내의 목 언저리를 스쳤다. 그녀는 피 터진 목을 붙잡고 쓰러졌다. 이어 총구가 문영의 하체로 향했다. 세 발의 총성이 울렸고, 총알은 허벅지와 음부 옆을 관통했다. 문영은 피를 쏟으며 거꾸러졌다. 뱃속 태아는 한동안 꿈틀대다 이내 멎었다.

"순이야…… 너는 꼭 살아야 한다. 살아그네 이 한을 풀어다오……."

다섯 살 순이는 어머니 품에 매달려 울었다.

토벌대가 지나간 한참 후에야 동근 아내는 정신을 차렸다. 목에서 피가 뚝뚝 떨어졌다. 그녀는 하얀 수건을 풀어 왼쪽 목 상처를 동여맸다. 총알은 다행히 목을 스치며 지나간 듯했다.

불에 타 잿더미가 된 집터를 둘러보다 '사람 살려……' 하는 가냘픈 소리에 고개를 돌리니, 문영이 피웅덩이에 엎어져 있었다. 그녀는 허겁지겁 헝겊을 찾아 문영의 허벅지 안쪽 상처 부위를 묶었고, 옷가지를 덧대 더 단단히 동여맸다. 하지만 좀처럼 지혈은 되지 않았다.

집에 무슨 일이 벌어졌는지 알 수가 없는 문오는 동굴 속에서 살아남는 법을 터득하고 있었다. 토벌대는 밤에는 수색을 멈추고, 해가 떠오르면 들녘을 샅샅이 훑었다.

"폭도들이 반드시 어딘가 동굴에 숨어 있다. 동굴을 찾아내 불을 질러라."

피에 굶주린 외침이 들판 너머로 메아리쳤다. 사람들을 앞세워 동굴 위치를 불게 했지만 한모살 수수밭 한가운데 숨은 문오의 동굴은 작고 입구도 바위에 가려 있었다. 낮엔 구석에 웅크리고, 밤이면 살금살금 나와 주위를 살폈다. 입구엔 흔적을 남기지 않았다. 멀리서 보면 그저 풀무더기처럼 보이게 소꼴을 바위 위에 덮어두기도 했다.

토벌대는 동굴이 발각되면 입구에 불을 질러 연기로 질식시켰다. 출구가 있는 동굴은 더 위험했다. 연기가 새는 방향을 따라가 숨이 막혀 기어나오는 이를 총으로 쏘았다. 그들에게는 재판도 죄명도 필요 없었다. 불길과 총성, 곤봉 아래에서 수많은 이가 죽어 갔다. 그게 그들이 말하는 '폭도 생포의 성과'였다.

늦가을 햇살이 퍼진 들녘은 황금빛이었지만, 그 아래엔 피비린내만 진동했다. 볼레가 붉게 익었어도 문오는 감히 따 먹지 못했다. 달빛이 옅어질 때까지 기다렸다 나무에 다가가 잎과 열매를 가릴 겨를도 없이 손으로 훑어 한입 가득 넣었다. 텁텁하고 떫어도 그것만이 생명줄이었다. 목이 마르면 우물로 갔다. 소에게 물 먹이던 우물에서 밤마다 목을 들이밀어 허기진 배를 채웠다.

며칠 지나자 은신 생활은 익숙해졌지만, 가족의 안부가 견딜 수 없이 궁금했다.

'어머니는, 누님은, 형님은, 순이는……'

걱정과 두려움이 엉켜 잠을 이룰 수 없었다. 그날 밤, 문오는 결심했다. 집으로 가보자.

서쪽 길 대신 도래비 숲길로 범주리통을 타고 숨어들었다. 들판엔 적막이 흐렸고 달빛조차 싸늘했다. 영기동산 기슭에서 내려다 보니 중앙국민학교 쪽에서 벌건 불길이 솟고 있었다.

"빨갱이 철퇴! 대한민국 만세! 이승만 대통령 만세!"

토벌대의 구호가 들려왔다. 문오는 불에 타 앙상한 그림자만 남은 집터 쪽으로 몸을 낮춰 다가갔다. 그곳엔 피범벅이 된 누나가 쓰러져 있었고, 어머니와 어린 순이가 곁을 지키고 있었다.

"아이고, 어떵허민 좋고, 어떵허민 좋고……. 조왕할망, 우리 살려줍서……."

동근의 아내는 중얼거리며 기도했다.

"어머니, 누님……."

문오는 낮게 불렀다. 처음엔 알아듣지 못했지만 다시 속삭이자 어머니가 고개를 들었다.

"뭐, 문오가?"

"예, 문오가 와수다."

"아이고, 우리 문오! 살아 있었구나……."

"쉬잇."

문오는 손가락을 입에 대고 조용히 하라는 신호를 보냈다.

"문오야, 다친 데는 어시냐. 살아줭 고맙다, 내 아들아."

"어떻게 된 일이꽈? 무슨 죄가 이성 만삭인 몸에 총을 쏜단 말이꽈? 걱정하지 마십서. 어머니, 누님 꼭 살리쿠다."

"문오야, 살아줭 고맙다. 잘못허민 토벌대에 걸령 죽는다. 얼른 떠나라. 숨엉 있당 조용해지면 다시 오라."

"예, 어머니, 걱정 마십서. 자주 와서 살피쿠다."

문오는 헝겊을 찾아 어머니와 누나의 상처를 단단히 싸매고 소막으로 업어 옮겼다. 불길에 탄 지붕이 일부 남아 있어 그나마 바람을 막을 수 있었다. 돌담을 받쳐 솥단지를 올려 놓고, 새통우물에서 물을 길어 항아리에 채워 두었다. 땔감도 챙겨 두고, 동이 트기 전 다시 산으로 올랐다. 뒤돌아본 마을은 파헤쳐진 무덤처럼 처참 그 자체였다.

'폭도와 내통했다', '빨갱이다' — 그 한마디 누명 아래 수많은 이가 이유도 모른 채 죽어 갔다. 젊은이들은 산으로 숨었고, 마을에 남은 노인과 아이들은 오도 가도 못한 채 매일을 두려움 속에 버텼다.

문오는 누구와도 말을 섞을 수 없었다. 이웃에게 인사 한마디 건네는 것조차 위험했다. '폭도가 내려왔다'는 말이 새면 어머니와 누나, 순이까지 죽임을 당할 게 뻔했다.

그는 숨어 있던 동굴로 달려갔다. 손에 쥔 건 딱딱하게 굳은 수수 열매뿐. 이를 악물고 천천히 씹었다. 삼킬 때마다 목이 찢기는 듯 아팠지만, 그래도 먹어야 했다. 씹고 또 씹었다. 텁텁한 수수 냄새가 동굴을 가득 채웠다. 그 고요 속에서 문오는 꼭 살아남아야겠다고 결심했다.

11월 7일, 불길에 휩싸인 어등마을을 뒤로하고 토벌대는 주둔지로 철수했다. 그러나 다음 날 그들은 다시 돌아왔다. 마을 구석구석을 샅샅이 뒤지며 살아남은 사람을 찾아냈다.

"집 안에 숨어 있는 놈들은 전부 나와라! 손 들고 나오면 살려주겠다.

걸리면 전부 폭도로 간주한다!"

그들의 외침은 비명처럼 골짜기를 울렸다. 전날의 방화와 학살로도 모자랐는지, 이번엔 남은 사람들까지 모조리 쓸어 없애려는 심산이었다.

"오늘 저녁 6시까지 공회당으로 모여라! 공회당으로 오는 자는 살려 주겠다!"

겁에 질린 주민들이 하나둘 모여들었다. 늙은이도, 아이도, 부녀자도 예외가 없었다. 공회당 안은 불안과 체념의 숨결로 가득했다.

"하르방, 우리 안 죽일 꺼라, 예?"

"설마 죽이기야 허쿠꽈. 아무 죄도 어신디……."

그때 총소리 세 발이 공기를 갈랐다. 탕, 탕, 탕! 웅성임이 뚝 끊겼다.

"조용히 해라! 지금부터 소리 지르는 놈은 빨갱이로 간주해 즉시 사살한다!"

대장으로 보이는 자가 고함을 쳤다.

"어등마을은 폭도들에게 밥을 주고 숨겨준 놈들이 많다. 다 알고 있다."

한 노인이 떨리는 목소리로 말했다.

"그런 사람 어수다. 폭도도 어수다."

말이 끝나기도 전에 대장의 손짓이 날아갔다.

"누구야? 지금 떠든 놈 앞으로 나와."

노인은 고개를 숙인 채 앞으로 걸어 나왔다.

"저 새끼가 빨갱이다. 죽여 버려."

곧 총성이 울렸다. 노인의 몸이 뒤로 꺾이며 바닥에 쓰러졌다.

"지금부터 빨갱이와 내통한 자를 아는 사람은 말하라! 말하지 않으면 전부 죽는다!"

숨소리마저 공포에 묻혔다.

"폭도들하고 내통한 적이 어수다. 우리는 아무것도 모르는 사람이우다."

대장이 눈을 부릅떴다.

"이 새끼, 앞으로 서!"

개머리판이 머리를 내리쳤다.

"아버지!"

"여보!"

절규하며 달려온 이들은 곧 '폭도 가족'이라 불리며 한쪽으로 몰렸다. 남녀노소, 노인과 부녀자까지 한 줄로 세워졌다.

"이놈들은 폭도들과 내통한 빨갱이다. 끌고 가서 처형해라."

"살려줍서! 우리는 아무 죄도 어수다!"

절규는 탕탕탕 총성과 함께 흩어졌다.

어둠이 내릴 무렵, 토벌대는 포박된 사람들을 고분자 우영밭으로 끌고 갔다. 변명은 허락되지 않았다. 한 사람, 또 한 사람…… . 총성이 울릴 때마다 그들의 몸은 힘없이 풀썩 무너졌다. 핏줄기가 검은 하늘로 솟았고, 바람은 비명을 실어 날랐으며, 대지는 그 피를 삼켰다.

한쪽에서 살상이 벌어지고 있는 동안 다른 부대는 남은 집들을 샅샅이 뒤지고 있었다.

"공회당에 모이지 않은 놈들은 전부 내통자다! 불 지르기 전에 나와라!"

온전한 지붕이 남은 집마다 들이닥쳐 '살려 달라'고 애원하는 이들을 끌어냈다.

“아이고, 잘못해수다. 살려줍서…….”

그 말은 총칼 앞에서 무참하게 흩어졌다. 손을 든 사람도, 무릎을 꿇은 사람도 하나같이 총구 아래 쓰러졌다. 마을 곳곳에 불길이 타올랐다. 어등마을 사람들은 그렇게 '아무 죄도 없이' 광란의 불빛 속에서 죽어갔다.

12

형은 떠나고, 아우는 남다

11월 17일, 제주도 전역에 계엄령이 선포되었다.

〈해안선으로부터 5킬로미터 이상 중산간 지대를 통과하는 자는 폭
도로 간주해 사살한다.〉

그 한 줄의 포고문이 곧 생사의 경계가 되었다.

잠시 고요하던 어등마을에도 또다시 광풍이 몰아쳤다. 공회당 학살
의 피비린내가 채 가시지도 않은 열흘여 만인 11월 19일 오전, 군용
차량 여러 대가 마을로 들이닥쳤다. 차량에서 내린 군인들은 망설임
없이 민가를 향해 박격포를 쏘아댔다. 포연과 비명이 뒤섞였고, 도망
치는 주민들을 향해 기관총을 갈겼다.

"모두 공회당 앞으로 모여라!"

그날 마을 사람 30여 명이 무참히 목숨을 잃었다.

그 이후 마을은 고요했다. 바람 소리마저 스산했다. 초토화된 중산간 곳곳에서 불길은 꺼졌으나, 그을린 땅에는 풀 한 포기 개미 한 마리도 보이지 않았다. 잿빛 어둠만이 남았다.

그 무렵, 토벌대를 피해 산으로 숨어든 문학은 현무암 바위가 겹겹이 쌓인 정들머들 골짜기에 몸을 감추고 있었다. 가족이 살아 있는지조차 알 수 없었다. 들녘 아래로 들려오는 확성기 소리만이 산속 공기를 흔들었다.

"산속에 숨어 있는 주민들은 내려오면 살려준다. 모두 내려와라. 이유는 묻지 않겠다."

들판에는 붉은 글씨로 인쇄된 전단이 흩날렸다.

'살려준다' — 문학은 그 글자를 오래 바라보다 중얼거렸다.

"이게 끝인가, 아니면 또 다른 속임수인가."

며칠을 망설인 끝에 문학은 산을 내려왔다.

마을은 처참히 부서져 있었고, 불탄 냄새가 흙 속에 배어 있었다. 그는 살아 있는 친구들을 먼저 찾았다. 우영밭 한 귀퉁이에 젊은이 몇이 모여 있었다. 서로를 보자마자 껴안고 울었다. 살아 있다는 사실만으로도 눈시울이 뜨거웠다.

"문학아, 자네 부친이…… 쉬영목에서 제일 먼저 학살당하셨다."

그 한마디에 문학은 주저앉았다.

"그리고 자네 어머니랑 누나도 총을 맞았댄 햄져."

심장이 그대로 멈춰버리는 듯했다.

"나…… 집에 가봐야겠다."

"안 돼! 지금 내려가면 자네도 잡혀 죽어. 어디든 숨어 있어야 해."

그날 밤, 청년들은 서로를 의지하며 둘러앉았다. 불빛 하나 없는 들판에 바람이 차갑게 스며들었다.

"야, 너무 춥다. 불이라도 피우자."

"미쳤냐? 불 피웠다간 잡혀 죽어."

"우리가 무슨 죄가 있어. 폭도에게 신호 보낸 것도 아닌데."

"믿어줄까? 요즘은 숨만 쉬어도 빨갱이라 혀."

"얼어 죽을 순 없잖아. 잔불이라도 피우자."

끝내 성냥이 그어졌다. 작은 불꽃이 타오르자 모두 그 주위를 둘러앉았다. 얼굴마다 피로와 슬픔, 막연한 희망이 어렸다. 그들은 오래도록 말없이 불빛만 바라봤다.

1시간쯤 지났을까. 멀리서 거친 구령이 들려왔다.

"이 빨갱이 새끼들, 거기서 뭐 하는 거야!"

금녕지서 경찰들이 들이닥쳤다.

"손 들어! 당장 이리 나와!"

"우린 그냥 추워서 불 쬐고 있어수다."

"뭐라고? 폭도들에게 신호 보내는 거 아니야? 너희들이 폭도지?"

"무슨 신호 말이꽈. 절대 아니우다!"

말은 통하지 않았다. 10여 명의 청년은 순식간에 포박됐다. '불빛으로 폭도와 교신했다'는 누명 아래 그들은 금녕지서로 끌려갔다.

"이름! 나이! 부모 이름!"

질문이 퍼부어졌다.

"불을 왜 피웠어?"

"추워서 손 좀 녹이잰 해수다."

"거짓말하지 마! 누가 시켰어!"

"아무도 아니우다. 살고 싶어서 불 피운 죄밖에 어수다."

문학은 고개를 숙였다.

지서 안엔 침묵이 내려앉았다. 경찰 중엔 구좌면 출신도 있었다. '누구 아들' 하면 다 아는 사이였다. 죽이자니 찜찜했고, 풀어주자니 불안했다.

잠시 뒤 지서장이 말했다.

"놈들을 그냥 풀어주면 또 무슨 일을 벌일 지 모른다. 군부대로 넘겨라. 군에서 처리하도록 하겠다."

그 한마디에 청년들의 운명은 헤어 나올 수 없는 수렁 속으로 던져졌다. 태동리 중앙국민학교에는 제2연대 12중대가 주둔 중이었다. 금녕지서장은 포박된 젊은이들을 끌고 그곳으로 향했다.

"어등마을 놈들입니다. 밤에 불을 피웠기에 체포했습니다. 사상적으로는 폭도 같지 않지만, 행동이 수상해서 넘겨 왔습니다."

책임 회피의 변명이었다.

"알았다. 놔두고 돌아가라."

소대장의 짧은 말 뒤 군인들의 시선이 포박된 청년들에게 쏠렸다.

"빨갱이 맞지? 산에 숨어 있다 내려온 폭도 새끼들이잖아."

"아니우다. 절대 아니우다. 우린 아무 죄도 어수다."

"그럼 왜 산에 숨어 있었어?"

"무서웡 숨어수다. 죽어가는 사람들 보난 겁이 낭 숨어 이서수다. 불은…… 그냥 추워서 손 좀 녹이잰 해수다."

잠시 지켜보던 중대장이 다가왔다.

"사상은 알 게 뭐야. 일단 부대에 두고 잔심부름이나 시켜. 나중에 판단하자."

그날부터 문학과 친구들은 군인들의 심부름꾼이 되었다. 우물에서 물을 길어 채우고, 병영을 청소하고, 배설물까지 치우며 하루하루를 버텼다.

낮이면 군인들은 '폭도 색출'을 명분으로 수탈과 고문, 살해를 자행했다. 밤에는 술을 마시며 '빨갱이 토벌 성공'을 외쳤다. 태동리와 어등리 일대는 그렇게 군홧발에 짓밟혀 갔다.

한 달 남짓 중앙국민학교에 머물던 12중대에 이동 명령이 떨어졌다.

"우리 12중대는 폭도 색출과 관련자 처단의 목적을 달성했다. 오늘 밤 푹 쉬고 사흘 뒤 아침, 동쪽으로 이동한다."

"예, 알겠습니다! 충성!"

그날 밤, 중대장과 소대장은 한 달 동안 심부름을 해온 청년들을 어떻게 처리할지 의논했다.

"데리고 갈까, 풀어줄까, 사살할까?"

중대장의 의중에 청년들의 생사여탈권이 담배연기처럼 오갔다.

"이놈들은 이미 빨갱이 사상이 몸에 밴 자들입니다. 풀어주면 폭도와 내통할 겁니다."

험상궂은 소대장이 먼저 말했다.

"알았어. 알아서 처리해."

중대장은 귀찮다는 듯 손을 내저었다.

"살려줍서. 우리가 무슨 죄가 이수꽈. 시키는 대로 다 허쿠다."

"겁나서 산에 숨어 있었을 뿐이우다. 내려오면 살려준다고 해서 내려와수다."

청년들의 애원은 바람 속으로 흩어지고 꺼져갔다.

"필요 없어. 끌고 가 사살해."

소대장의 명령이 떨어졌다.

포박된 청년들은 한겨울 들판으로 끌려 나갔다. 얼어붙은 땅 위에 무릎을 꿇렸다.

"사격 준비."

"사격!"

탕, 탕, 탕—.

총성이 울렸고 붉은 피가 튀었다. 누군가는 쓰러졌고, 누군가는 아직 숨이 붙어 있었다.

"확인 사살해."

개머리판이 내려 찍히고, 피와 흙, 살점이 뒤섞인 대지 위에 젊은 숨들이 맥없이 꺼져갔다.

1948년 12월 13일, 그날 마을은 거듭 피로 물들었다. 누구도 시신을 수습하지 못했다.

이틀 뒤 군인들은 '태동·어등리 지역 빨갱이 소탕 완료'를 보고하며 중앙국민학교를 떠났다.

그들이 남긴 것은 '평정'이 아니라 참혹한 공백과 지워지지 않을 낙인이었다. '빨갱이, 폭도' — 그 단어의 뜻을 아는 사람은 없었다. 산에 올라가면 빨갱이, 마을에 있으면 내통자. 숨 쉬는 것조차 죄가 되던 시대였다.

그 이후, 어등마을엔 형은 떠나고 아우만 남았다. 살아남은 것이 죄였고, 죽지 못한 것이 또 하나의 형벌이었다.

중앙국민학교 주둔 토벌대의 이동 소식이 퍼지자, 겨우겨우 숨만 쉬며 버티던 사람들이 하나둘 모습을 드러냈다. 산과 집 구석구석에서 기어나온 이들이 마주한 건 폐허였다. 지붕은 불에 타 사라지고 돌담과 흙벽의 앙상한 뼈대만 남아 있었다. 집집마다 수습되지 못한 시신이 나뒹굴고, 까마귀가 어귀담에 앉아 눈치를 보며 살점을 쪼아 먹고 있었다.

동굴에서 마을 동정을 살피던 문오도 토벌대가 떠났다는 말을 들었다. 형 문학이 지서에 끌려가 군부대로 넘겨진 뒤 고분자 우영밭에서 총살당했다는 소식도 이미 알고 있었다.

'혹시 유인책일지 모른다. 며칠만 더 지켜보자.'

그는 영기동산과 동굴 사이를 오가며 시기를 살피다가 총성이 끊기고 토벌대의 움직임이 사그라들자 조심스레 산을 내려왔다. 새까맣게 그을린 얼굴, 깡마른 몸. 수개월 동굴에 숨어 지낸 탓에 문오는 사람이라 부르기도 민망한 몰골이었다.

어머니와 문영 누나는 소막에 누운 채 거동조차 못했고, 다섯 살 순이가 곁을 지키고 있었다. 섯동네 강 씨 집안에 시집간 둘째 누나 문자와 매형이 그나마 목숨을 부지해 두 사람을 돌보고 있었다.

"어머니, 누님, 매형…… 살아계셨군요."

반가움과 비탄이 한꺼번에 북받쳤다. 문영의 상처는 곪아 고름이 줄줄 흘렀고, 하루 한 모금 물로 겨우 숨을 붙이고 있었다.

"토벌대가 다른 마을로 옮겨 갔다지만 언제 들이닥칠지 몰라."

둘째 매형이 낮은 소리로 말했다.

"문오야, 내가 없어도 잘 치료해 드려야 한다. 장모님, 처형, 우린 집으로 가보쿠다."

매형 내외가 떠나자 열일곱 살 문오는 눈앞의 현실과 맞닥뜨렸다. 약은 없었다. 우선 비바람을 막게 소막을 손봐야 했다. 바닥 군데군데 돌을 박고 그 위에 널판을 얹어 쉴 자리를 만들었다. 솥을 씻어 구석에 놓고, 마른 나뭇가지를 주워 물부터 끓였다. 겨울을 날 땔감을 구하러 산에 오르는 이들이 들녘에 가득했다.

먹을 것도 찾아야 했다. 어머니가 잿더미가 된 고팡을 헤치더니 검붉은 마대를 꺼냈다.

"좁쌀이 있구나. 죽을 쑤면 며칠은 버티겠다. 물은 네가 맡아라."

"알아수다. 새통에 물을 길어다 가득 채워놓우쿠다."

날이 밝으면 아버지와 인호 형의 시신부터 수습해야 했다.

"형수님, 아버지랑 인호 형님 시신을 모셔오젠 햅신디 귀치 강 모셔오게 마심."

문오는 인호네를 찾아가 말했다.

형수는 눈물만 흘렸다. 어린 아들들은 어선에 태워 먼 데로 피신시켰다며 '살았는지 죽었는지 모르겠다'고 했다. 문오와 형수는 지게에 가마니, 칡끈, 새끼줄을 싣고 쉬영목으로 갔다.

시신은 이미 알아보기 어려울 정도로 부패되어 있었다. 몇 구는 어디론가 수습된 뒤였고, 세 구만 남아 있었다. 짚신과 아래옷으로 아버지를 겨우 식별했다. 튀어나온 내장을 배 안에 넣고 옷을 감싼 뒤 칡끈으로 동여매서 가마니에 올려 새끼줄로 단단히 묶었다.

"아버지, 편안한 곳으로 모시겠습니다. 불효를 용서하십시오."

문오는 지게를 일으켜 한모살 밭으로 향했다. 문자 누나 부부가 얼어붙은 모래땅을 괭이로 파고 있었고, 어머니와 순이도 곁에 섰다. 간단히 제를 올리고 아버지를 임시로 모셨다. 이어 인호의 시신도 수습해 같은 밭에 가묘를 마련했다.

"아버님, 형님, 잠시만 이곳에서 쉬십서. 곧 더 나은 산터로 모시쿠다."

앙상한 가지 위로 칼바람이 스쳤다.

자연도 때가 오면 다 벗어내는구나. 사람 사는 것도 다르지 않겠지. 억울함은 가슴에 묻고, '아버지는 시대를 잘못 만나 떠났다' 여기며 스스로 다독였다.

그날 밤, 큰누나의 신음이 어둠을 가르며 소막을 꽉 채웠다.

"조상님, 날 데려가 줍서……."

문오는 미어질 듯한 슬픔으로 잠을 이룰 수가 없었다.

이튿날 새벽, 그는 가마니를 얹은 지게를 지고 고분자 우영밭으로 향했다. 얼음장 같은 공기 속에 시신 썩는 냄새가 코를 찔렀다. 수습하러 나온 사람들 사이에서 형의 흔적을 찾았다.

까마귀 떼를 돌멩이로 쫓아도 눈발은 더욱 굵어지고 손은 얼어붙었다. 형의 시신은 보이지 않았다. 할 수 없이 볕이 나면 찾기로 하고, 문오는 집으로 돌아왔다.

"찾아시냐?"

"아직 못 찾아수다. 눈이 너무 쌓여수다. 내일 가보쿠다."

불길에 손을 녹이고 새통우물에서 찬물로 얼굴을 씻자 가슴까지 저렸다. 무슨 일이 있어도 내일은 형을 찾고야 만다. 그는 일찍 눈을 붙였다.

어머니는 새벽부터 조반 불을 지폈다. 간이 아궁이에서 시커먼 연기가 피어올랐다. 문오는 먼저 마을 분위기부터 살폈다. 토벌대가 되돌아올지 모른다는 두려움이 몸을 옥죄었다.

"한 술이라도 뜨고 가라."

"아니우다. 형님 시신부터 먼저 찾아야 되쿠다. 늦으면 까마귀밥이 될 수 이수다. 형님 시신 찾으면 새장밭에 안치허쿠다. 꼭 찾앙 가쿠메 이땅 새장밭으로 옵서."

지게에 괭이와 멍석을 얹고 고분자 우영밭으로 향했다. 이른 시각임에도 사람들은 벌써 몰려와 각자의 가족을 찾고 있었다. 동쪽에서 햇살이 들자 얼어붙은 형체들이 하나둘 윤곽을 드러냈다. 앞으로 엎어진 시신, 뒤로 누운 시신, 아이와 어른, 남녀가 뒤엉켜 널브러져 있었다. 청년들을 묻은 자리 위에 또 학살이 벌어져 참혹함은 더했다. 통곡이 고분자 우영밭을 가득 메웠다.

"아이고, 조왕할망, 이게 무슨 일이꽈."

"사람을 어찌 짐승만도 못하게……."

문오는 한 구 한 구 조심스레 들추었다. 까마귀 떼가 담 위에서 파닥거리자 이를 악물고 돌을 던졌다. 그때 동네삼촌의 흥분한 외침이 날아왔다.

"이디 왕보라! 문학이 닮아!"

달려가 보니 부패가 심했지만 얼굴선과 옷차림은 분명 형이었다.

"맞수다! 우리 형님이우다."

문오는 형의 시신을 끌어안고 목 놓아 울었다.

"아이고 형님, 무사 내려옵디가…… 서울에 이서시민 살아실 건디 결혼도 못허곡……."

눈물을 삼킨 뒤 가마니를 펼쳐 시신을 올리고 칡끈으로 단단히 동여맸다. 지게에 올려 소에게 물 먹이던 혁통 옆 새장밭으로 옮겼다. 어머니와 문자 누나와 매형, 그리고 혼례를 올리지 못한 지순이 와 있었다.

"문학아……."

"오빠……, 우리 다시 만나 혼인하자던 약속이……."

말 대신 괭이질이, 울음이 이어졌다. 남쪽 양지 바른 자리를 파고 형을 모셨다.

"형님, 잠시 동안만 여기서 쉬엄십서. 세상이 잠잠해지면 더 좋은 산터로 모시쿠다."

축을 고하며 목이 메었다.

돌아오는 길, 헉통의 얼음을 돌로 깨고 물 한 모금을 삼켰다. 뼛속까지 할퀴는 냉기에도 답답함은 풀리지 않았다.

집에선 큰누나 문영의 총상 후유증이 점점 심각해졌다. 자궁 쪽 상처가 썩어 들어가 고름이 흐르고 숨소리마저 고르지 못했다.

"동생아, 순이 맡아도라. 아방도 어디강 죽은 거 담다."

동네 어른들이 와도 뾰족한 수가 없었다. 그때 옆집 여편삼촌이 귀띔했다.

"범주리통 대물 가다 보면 가시 돋친 한백나무가 이서. 나무껍질 벗겨 다린 물로 바르면 좀 조울 꺼여. 한번 해보라."

문오는 곧장 달려가 한백나무의 껍질을 벗겨 왔다. 누렇게 우러난 물을 모시 헝겊에 적셔 상처에 대고 또 댔다. 며칠을 지극정성으로 돌봤지만 염증은 온몸으로 번졌다.

"배 속 애긴 세상도 못 봥 죽었져……. 아방도 어신 순이 같은 핏줄이여. 잘 좀 살펴도라이."

결국 다음 해 4월, 문오가 온 정성을 쏟았지만 큰누나 문영은 갖은 고통 끝에 숨을 거뒀다.

1949년에도 '폭도 소탕'이라는 말과 총성이 바람을 타고 들려왔다. 그러나 어등마을은 사뭇 고요했다. '산 사람은 살아야 한다'며 남은 이들은 긴장을 늦추지 않은 채 서로 힘을 모아 돌담을 세우고 지붕을 얹었다. 숨어 있던 사람들도 하나둘 돌아왔다. 어떤 집은 육지나 일본으로 자식을 피난 보냈다.

문오네도 새 식구가 들었다. 혼례는 못 올렸으나 문학과 혼인을 약속했던 지순이었다.

"안 씨 집안에 뼈를 묻우쿠다."

동근 아내는 지순을 꼭 껴안았다.

"고맙다, 내 며늘아가야."

그날부터 지순은 어머니와 순이, 문오와 함께 살림을 도왔다. 넷이 한 식구가 되어 숨처럼 가벼운 삶을 겨우겨우 이어갔다.

문영의 장례 후 문오가 할 일은 산더미였다. 가매장한 아버지와 형, 큰누나의 시신을 새로 모셔야 했고, 총상 후유증에 시달리는 어머니와 어린 순이를 돌봐야 했다. 앙상한 흙담만 남기고 무너진 집 세간을 손보고, 씨앗과 모종도 구해 와야 했다.

시간이 흐를수록 살림은 나아지기보다 자꾸만 팍팍해졌다. 심지어 아버지가 남긴 빚 독촉이 이어졌다. 동근은 정미소일 외에도 생선을 성산포를 통해 육지에 내다 팔 요량으로 돈을 빌려 동력선을 샀었다. 손재주 좋고 살림 일으킬 의욕이 넘치던 사람이었지만, 그 꿈은 무자비한 총칼 앞에서 무너졌다. 그가 죽자 얼마 지나지 않아 '동근이 빌려 간 돈을 갚으라'며 몇몇이 문턱이 닳도록 찾아왔다.

"이 시국에 무신 돈이 이시쿠꽈?"

어머니가 버텼다.

"폐주도 없이 빌려 준 돈을 내가 뭘 믿엉 갚을 수 이수꽈."

폐주가 없는 빚은 끝내 거절했고, 문서가 있는 빚은 '시간이 걸려도 갚겠다'고 약속했다. 그렇게 얼굴 붉히는 날이 잦았다.

그 즈음 또 한 식구가 늘었다. 고모의 딸 득순이가 찾아왔다.

"작은오빠도 이번 시국에 돌아가시고…… 있을 데가 없어."

"그래, 어렵지만 함께 살자."

의욕만으로 세워질 살림은 아니었다. 그러나 혈육의 울타리를 의지하지 않고는 더더욱 버틸 수가 없었다.

밤이면 문오는 불 꺼진 마당에 서서 하늘을 올려다보곤 했다.

"아버지, 형님, 누님…… 제가 집안을 일으키쿠다. 그곳에선 부디 편히 쉬십시오."

풍상이 스쳐 가는 겨울밤, 문간에 걸린 허름한 새끼줄이 바람에 미세하게 떨렸다. 그래도 집은 있었다. 가족도 있었다. 그리고 내일 해야 할 일이, 또 있었다.

거짓

진실 규명의 첫발
좌절과 낙담의 길

법원은 힘없이 땅을 빼앗긴 원고의 주장을 외면하고,

특별조치법 취지에 반해 타인의 토지를 무단 이전한

피고의 손을 들어줬다.

13

진실 규명의 첫발

민우는 아버지가 평생 짊어져 온 가족의 4·3을 이제 자신이 이어 감당해야 할 짐이라 여겼다. 제주의 4·3은 앞으로도 한국 사회가 풀 방법을 찾아가야 할 숙제였다.

김정석을 만난 뒤로 민우의 분노는 묵직해졌다. 물러설 수 없는 일이었다. 끝까지 부딪치기로 마음먹은 두 사람은 수시로 연락하며 진실을 바로잡을 방도를 모색했다.

"우선 주인도 모르게 넘어간 토지를 상속받아야 할 후손들을 모읍시다. 한자리에 모여 부당성을 알리고 대책을 논의합시다. 그리고 마을에도 찾아가 토지 반환을 공식 제안해 봅시다."

민우의 제안에 김정석도 동의했다. 피해 토지 상속인을 신속히 파악하려면 민우가 본격적으로 뛰어야 했다.

어등마을은 민우가 태어나고 자란 곳, 서울에 살아도 틈틈이 내려오던 본가가 있는 곳이었다. 지번만 알면 상당수 상속인을 가늠할 수 있었다. 민우가 모르는 사람은 김정석이 가가호호 찾아다니며 확인했다. 그렇게 파악된 피해자 후손이 50명을 넘어섰다.

지역별로 날짜를 정해 모임을 열었다. 제주 거주자는 제주에서, 수도권 거주자는 서울에서 모였다. 다른 지방에도 찾아가 특별조치법의 부당성과 마을 유지들의 부도덕성을 알리고, 환수를 요구하기로 뜻을 모았다.

이렇게 해서 '어등마을토지진실규명위원회'가 꾸려졌다. 민우와 김정석은 〈정관〉을 마련해 제주시내 한 식당에서 창립 모임을 열었다.

"상상도 못했던 일들이 벌어졌습니다. 일부 마을 유지들이 특별조치법을 악용해 일본·육지 거주자와 4·3으로 돌아가신 분들의 토지를 법을 악용해 이전해 갔습니다."

사회를 맡은 민우의 말에 참석자들의 눈빛이 흔들렸다.

"어떤 토지는 브로커를 통해 육지 사람에게 팔리고, 덕천·서동 등 이웃 마을 사람에게 넘겨졌으며, 마을목장회 소유로 둔갑하기도 했습니다. 조사된 것만 40만 평이 넘습니다. 진실을 밝혀 권리관계에 부합하지 않는 토지를 원소유주 후손들에게 돌려주어야 합니다."

순식간에 웅성거림이 퍼졌다.

"위원장은 지금까지 일을 주도해 오신 김정석 씨로 하겠습니다. 어떻습니까?"

"좋습니다!"

우렁찬 박수가 터졌다.

민우의 소개로 김정석이 일어섰다.

"김정석입니다. 이처럼 많이 모여 주셔서 감사합니다. 우연한 계기로 알게 된 후로 조사를 시작했고, 안민우 씨가 큰 힘을 보태 오늘에 이르렀습니다. 이제부터가 진짜 시작입니다. 여러분의 적극적인 협조가 필요합니다."

결연한 표정의 음성에 박수가 이어졌다.

"먼저 조직을 구성해야 합니다. 위원 명단에 서명해 주십시오. 조직적으로 움직여야 힘이 생깁니다. 두 번째는 자금입니다. 돈 없이 활동은 어렵습니다. 형편이 어려우신 분은 30만 원, 여유 있는 분은 더 보태 회비를 모읍시다. 자금이 마련되면 시위도 하고, 필요시 소송도 진행하겠습니다."

참석자들이 동의 의사를 밝혔다.

"오늘 못 오신 분들은 제가 직접 찾아가 가입 서명과 회비를 받겠습니다. 저는 오늘부터 하던 일을 접고, 오로지 우리의 토지를 되찾는 일에 매진하겠습니다. 식사하며 의견을 듣겠습니다."

박수 속에 질의응답이 이어졌다. 민우는 준비한 〈정관〉을 낭독했다. 목적은 '어두운 역사 속 특별조치법에 의해 탈취된 각 회원의 사유재산권을 정당하게 회복해 동향인의 화합과 상생적 유대를 조성한다'는 것이었다. 회원 자격, 탈퇴, 임원 임기 등을 규정한 〈정관〉은 박수로 통과되었다. 〈정관〉의 제정과 조직 결성이 마무리되며 첫 회의가 성공리에 끝났다.

다음 날 저녁, 두 사람은 특별조치법 시행 당시 보증인 중 한 사람을 찾아갔다. 금 씨 형제 중 둘째 금이남이었다. 다른 형제들과 함께 어등마을 토지를 들었다 놨다 하던 인물이었다.

"삼촌, 말할 게 있어 와수다. 들어가도 되쿠꽈?"

집으로 들어섰다.

"니, 누게고? 문오 아들 아니가? 무사 와신디?"

김정석이 토지 이전 서류들을 펼쳤다.

"이거 어떵된 거꽈? 삼촌의 형님 명의 토지는 원래 하나도 어신디, 언제 토지주 후손들과 매매계약서를 써서 이전해 가수꽈? 뭘 알앙 보증서에 도장 찍어수꽈?"

민우의 물음에 금이남은 당황하더니 돌연 둘을 향해 욕설을 퍼부었다.

"너, 이노무 새끼들. 내가 배운 거 하나도 없댄 내물엉 찾아왔지? 문오 아들은 서울서 공무원햄댄핸게, 잘 배워부난 나것추록 못 배운 사람 협박햄구나! 내가 우리 형님한테 들어신디 정당하게 계약서 작성 허영 이전해서. 이 새끼들이 뭔 헛소리냐. 나가!"

욕설이 거칠게 이어졌다.

"나가! 이놈들아!"

"이거 완전 도둑놈들 아니꽈? 우리가 모르는 줄 알암수꽈? 전부 조사해 바르게 돌려 놓을 테니 두고 봅서."

김정석이 얼굴에 노기를 띠며 말했다.

"불쌍한 사람들 토지를 함부로 도둑질해? 뭘 알아서 도장을 찍어! 우리 할아버지는 4·3에 돌아가셔신디, 언제 땅속에서 나와 도장을 찍

었단 말이꽈!"

민우의 분노도 치솟았다.

고성이 오가자 여편삼촌이 말렸다.

"그만허라. 우리 아방은 계약서 보고 보증서에 도장 찍어준 거밖에 어신디, 무사 영 큰소리라."

"두고 봅서. 언젠가 진실이 드러날 거우다."

민우는 마음을 가라앉히고 자리를 떴다.

밤 10시를 넘긴 시각, 두 사람은 근처 어르신 댁에서 소주 한 잔으로 속을 달래며 앞으로의 계획을 의논했다.

민우는 다른 한편으로는 고향집이 걱정되기도 했다. 어등마을 일로 부모님이 해코지를 당하지 않을까 마음이 편치 않았다. 강직했던 아버지는 예전보다 여려져 종종 눈물을 보이기도 했다.

다음 날, 민우는 부모님께 전후 사정을 말씀드렸다.

"아버지, 혹시 알고 계실지 모르겠지만 증조부·조부님 명의 토지가 있었는데, 특별조치법으로 아무 권리도 없는 덕천 사람, 금 씨 형제들, 어등마을목장회로 넘어갔수다. 제가 다 찾아내쿠다. 경 알앙 이십서."

아버지는 놀라지 않았다.

"대강 어디에 토지가 있는지는 알아도 밭 번지도 모르고, 알 길이 없어서 놔뒀다. 특별조치법인가 뭔가 허멍 넘어갔구나? 넘어간 거 어떵허느니, 그냥 내불라."

아버지는 전부터 짐작하고 있었다는 듯 담담했다.

"몰랑 이전 못한 거 어떵허느니? 너는 공무원 아니냐. 제주 왔다 갔다 허잰허민 차비도 들고 직장도 소홀해질 텐데, 걱정이다."

어머니도 거들었다.

"일도 바쁠 텐데, 욕심 많은 사람들이 먹었구나 하고 잊어불라."

그 말에 민우는 울컥했다.

"어렵게 일군 조상 땅을 살아 있는 후손이 지키지 못하는 게 가장 큰 불효라고 생각햄수다. 아버지는 조용히 지내길 바라시겠지만 저는 그럴 수 어수다. 끝까지 파헤쳐 소송이라도 해서 찾아내쿠다. 서울로 올라가쿠다."

인사를 하고 나오니 어머니가 울담 밖까지 따라나서 눈시울을 붉혔다.

"어머니, 걱정허지마랑 이십서. 제가 알앙 허쿠다. 자주 내려오쿠다."

민우는 어머니를 꼭 안아주고 서울로 올라갔다.

얼마 후 김정석에게서 연락이 왔다. 마침 민우는 계양 주말농장에서 작은 텃밭을 가꾸고 있었는데, 김정석의 집과 가까웠다. 김정석은 사업을 접고 제주 토지 진상 규명에 매달리고 있었다.

"이제 어떻게 합니까? 마을은 대화도 안 하고 우리를 나쁜 사람이라 욕하는데, 소송이라도 해야 할 것 담수다."

"과거에 내 동생이 조부 토지를 찾겠다고 소송했다가 패소한 일도 있다. 회유에 밀려 접어버려서 진 소송……."

"그래도 이번엔 이깁니다. 대동아전쟁 강제동원 후 귀향했다 돌아가신 분 토지를 '기부'라며 이전했고, 우리 집도 조부가 4·3에 돌아가셨는데 빼앗겼습니다. 형님네는 아버님이 병환 중 돌아가셨는데 계약 일자가 사후로 되어 있고요. 공문서 위조 아닙니까?"

민우는 금 씨 형제들이나 어등마을목장회의 행태에는 기대를 접은 상태였다.

"대화도 안 되고 이제 막다른 길목에 왔습니다. 소송밖에 답이 없습니다."

"그렇다면 나는 네 건을 한꺼번에 해보려고 하네. 그래야 판사가 전모를 인지하고 우리 편에 설 여지가 생기지 않을까 하는데."

"네 건을 동시에 진행하면 비용도 하영 들고 준비서면 쓰는데도 한참 걸립니다. 선택과 집중이 필요허우다. 여러 건을 동시에 하면 복잡하기도 하니, 한 건만 허게마심."

민우는 제주말로 강하게 몰아쳤다. 김정석과 소송 건수를 두고 이견이 있었지만, 소송 자체에는 합의했다. 변호사를 만나 계획을 확정하기로 했다.

사흘 뒤, 김정석의 전화는 실망감을 안겼다.

"변호사 말이, 특별조치법으로 이전된 토지는 원인무효 소송에서 이긴 판례가 드물고 승소가 어렵다네."

"그럴 리가요? 누가 봐도 답이 뻔한데……."

"나도 같은 생각인데, 특별조치법이 그렇단다."

"법이 문제라기보다 사실관계가 분명합니다. 권리 없는 자들이 국가가 만든 법을 방패로 남의 권리를 자기 걸로 만들었습니다. 그게 어떻게 소송에서 이기기 어렵다는 겁니까?"

"다음에 같이 변호사를 만나 보자. 들어보면 이해될 거야."

"알았습니다."

두 사람은 곧 제주로 내려가 K 변호사 사무실을 찾았다. K 변호사는 명문대 출신에 부장판사까지 지낸, 제주에서 이름 있는 변호사였다.

"들어보니 억울합니다만, 판단은 쉽지 않습니다. 특별조치법으로 이전된 토지는 권리관계가 분명해도 승소 사례가 극히 드뭅니다. 드물게 이기는 건 보증인이 잘못을 인정할 때입니다."

일반인이 '법'에 의지하는 상식적 기대가 한순간에 무너지는 자문이었다.

"한두 건이 아니라 40만 평이 넘는 토지가 좌지우지됐습니다. 한 건의 소송에 원고를 여럿으로 하면 가능성이 커지지 않겠습니까?"

억울하게 패소할 가능성이 적지 않았지만 결국 소송을 진행하기로 했다. 김정석의 제안대로 4인 원고의 소송 쪽으로 방향을 잡았다. 비용이 문제였지만 어떻게든 마련하기로 했다. 소송계약서를 쓰고 사무실을 나섰다.

사실 파악에 착수한 지 2년여 만에 마침내 시작되는 소송. 결의와 긴장감이 교차했다. 빌딩 사이로 뭉텅뭉텅 구름이 흩어지고 있었다.

고향집으로 가는 길, 민우는 근심이 앞섰다. 부모가 소송을 만류할까 염려되었기 때문이다. 평소와 달리 불편한 마음으로 대문을 열었다.

"아버지, 어머니! 민우가 와수다."

문오 부부는 자주 내려오는 아들이 반가웠지만, 걱정의 그림자도 따라서 짙어졌다.

식사 말미에 민우가 조심스레 운을 뗐다.

"아버지, 어등마을의 형편없는 사람들이 남의 땅을 자기 땅인 것처럼 이전해 큰소리치멍 살아감수다. 보고만 있을 수 어수다. 제가 알고 있는 이상 마을이 시끄럽더라도 소송을 진행해야 허쿠다."

부모는 말없이 들었다. 잠시 침묵 끝에 문오가 입을 열었다.

"무슨 말인지 알았다. 네 마음이 그러허면 알앙 허라. 다만 비용도 많이 들고 회사 일도 소홀해질까 걱정이다."

"걱정 마십서. 제가 알앙 허쿠다. 아버지는 지켜만 보십서."

아버지의 묵인은 민우에게 큰 힘을 주었다. 마음 한편의 짐이 조금 가벼워지는 듯했다.

상경 후에도 김정석과 함께 후손을 찾고 대화하는 데 시간을 쏟았다. 문헌자료를 찾는 일도 쉽지 않았다. 바쁜 업무 속에서도 민우보다 김정석이 훨씬 더 앞장섰다.

"민우야, 이번 토요일 피해자 가족들이 시위를 하기로 했다. 금 씨 형제들 집과 마을을 다같이 걸으면서 돌 거다. 시간이 나면 내려와라. 자네는 공무원이니 시위 참여는 어렵겠지만 지켜보며 응원해라."

민우는 가만히 있을 수 없었다. 금요일 저녁 비행기에 올랐다.

집회 일시는 2006년 4월 24일 오후 2시였다. 조금 이르게 1시 30분부터 회원들이 모여들었다. 머리에는 '토지를 돌려 달라'는 문구의 띠를 두르고, 손에는 '어등마을 을사삼적을 몰아내자'는 피켓이 들렸다. 위원장 김정석이 연설했다.

"대동아전쟁, 4·3과 6·25 때 억울하게 돌아가신 조상들의 토지를 소위 유지라는 사람들이 특별조치법의 맹점을 이용해 이전해 갔습니다. 마을 소유로, 개인에게, 이웃 마을과 서울 사람에게까지 팔아 넘겼습니다! 우리는 바라만 볼 수 없습니다. 이것은 심각한 인권 유린입니다. 되돌려놔야 합니다. 우리가 일어서서 해결해야 합니다!"

"맞습니다! 땅을 돌려 달라! 원상회복하라!"

함성이 울렸다. 시위대는 마을을 돌며 피해 사실을 알리고 참여를 호소했다. 이어 '어등마을 을사삼적'이라는 피켓을 든 채 금 씨 형제들 집 앞에서 외쳤다.

"땅을 돌려내라! 이 나쁜 놈들아, 남의 땅을 왜 처먹냐!"

"후손들이 멀쩡히 살아 있는데 왜 말 한마디 없이 가져갔느냐!"

"돌아가신 분하고 언제 계약했단 말이냐, 이 도적놈들아!"

이들은 특별조치법 당시 이장과 보증인으로 규탄 대상이었다.

"뭐야, 이것들은?"

당황해 움찔하던 그들은 곧 뻔뻔한 태도를 보였다.

"나는 정상적인 매매계약과 법적 절차로 이전했다. 계속 소란 피우면 경찰에 신고하겠다!"

시위대가 물러서지 않자 금 씨 형제들은 얼굴이 파래져 집 안으로 들어가 방문을 걸어 잠갔다. 이 일은 다음 날 지역신문에 크게 보도되었다.

마을은 당시 이장이 개인적으로 빼앗은 토지를 돌려 달라는 주장과 소송에는 박수를 보냈지만, 마을 소유가 된 목장회 토지는 '마을 자산’이라며 대책 마련에 나섰다. 때문에 피해자 가족은 금 씨 형제들과 마을을 상대로 소송을 제기하는 대척점에 섰다.

어등마을 입장에서는 목장회 소유 30여 만 평을 지키려면 금 씨 형제들을 보호할 수밖에 없었다. 특별조치법에 따른 원인무효소송에서 ‘보증인’의 입장은 결정적이었다. 보증인이 잘못을 인정하는 순간, 목장회 소유 토지는 후손에게 넘어간다. 막대한 ‘마을 재산’을 지키려면 마을은 금 씨 형제의 편을 들어야 했다.

진실 앞에 기가 막힌 역설이었다. 피해자 가족은 마을 토지 이전 비리를 밝혔음에도 마을과 금 씨 형제들에게서 배척받는 존재가 되고 말았다.

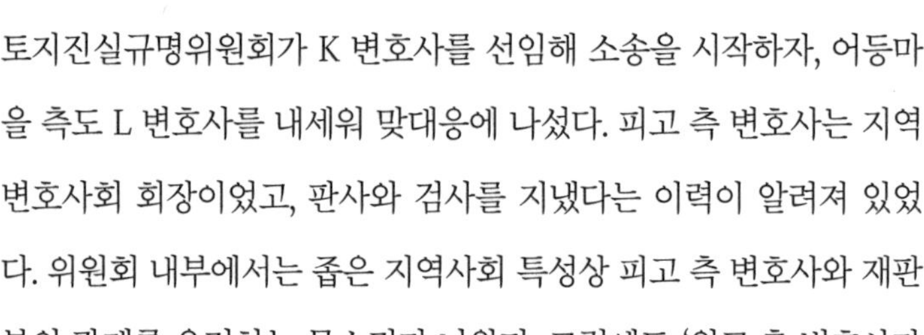

14

좌절과 낙담의 길

토지진실규명위원회가 K 변호사를 선임해 소송을 시작하자, 어등마을 측도 L 변호사를 내세워 맞대응에 나섰다. 피고 측 변호사는 지역 변호사회 회장이었고, 판사와 검사를 지냈다는 이력이 알려져 있었다. 위원회 내부에서는 좁은 지역사회 특성상 피고 측 변호사와 재판부의 관계를 우려하는 목소리가 나왔다. 그럼에도 '원고 측 변호사가 제대로 대응하면 판사도 바른 판단을 할 것'이라는 기대를 버리지 못했다.

첫 변론기일. 바쁜 업무로 민우는 참석하지 못했고, 김정석에게 상황을 들을 수밖에 없었다. 법정 앞에는 피고인 어등마을 주민 30~40명이 모였고, 원고 측에서는 김정석만 자리했다. 위원회 회원들은 재판에 참석했다가 마을로부터 완전히 외면당할까 두려워했다. 판사는 젊고 예리하며 정의감이 있어 보였다.

"피고 어등마을은 어떤 근거로 이 많은 토지의 소유권을 특별조치법으로 이전했습니까? 이해관계자 동의는 받았습니까?"

예상과 달리 사정을 훤히 꿰고 있는 듯 질문이 이어졌다.

"1943년 일제강점기에 구좌면에서 조사해 제주도사에 제출한 어등마을 공동목장철에 '기부지'로 되어 있어 마을총회를 거쳐 이전했습니다. 이는 토지주가 마을에 기부했다는 증명으로 적법합니다."

피고 측의 주장이었다.

"상속자 동의는 받았습니까?"

"특별조치법에 따라 열람공고를 했고, 15일 이상 주민공고 기간 동안 이의가 없었습니다. 정해진 법 절차에 따라 이전했으니 하자는 없습니다."

이에 원고 측이 반박했다.

"원고 측 후손들은 선대 토지가 있었는지도, 특별조치법으로 넘어갔는지도 몰랐습니다. 마을 이장 등 지역 유지는 상속등기가 안 된 토지가 있으면 후손을 찾아 등기하도록 돕는 게 도리입니다. 그런데 이를 사익을 위한 수단으로 악용했습니다."

피고 측 변호사가 말을 받았다.

"공동목장조합철에 '기부지'라고 명시되어 있어 이전했습니다. 더 무슨 설명이 필요합니까?"

원고 측은 맞받았다.

"기부나 매매라면 개인이 기부·양도했다는 서류가 있어야 합니다. 일제 강압에 '제공'된 사실 외에 증빙이 없습니다. 그것을 근거로 마을 공동자산으로 이전한 건 천인공노할 일입니다.”

공방을 들은 판사가 1차 공판을 정리했다.

“다음 기일에는 현장 확인을 하겠습니다. 도청에 보관된 목장철도 직접 확인하겠습니다.”

재판은 그렇게 종결됐다. 원고 측 변호사도 ‘나쁘지 않다’고 평가했고, 민우와 김정석은 ‘기류가 좋다’고 느꼈다.

어등마을에서는 30여 만 평의 땅을 지키겠다며 이장을 중심으로 똘똘 뭉쳤다. 지역 유지 몇몇은 ‘목장회로 이전된 땅은 이미 토지주가 기부한 토지’라며 입장을 고수했다. ‘임대·매매 수익을 주민들이 나눠 가질 것’이라는 말이 돌았고, ‘가구당 몇 억’이라는 풍문이 사람들을 흔들었다. 더 나아가 ‘소송 원고 측과 뜻을 같이하면 어장피해보상금·풍차유지보상금·목장 땅 매각 수익 배당에서 배제하겠다’는 협박까지 이어졌다. 피해자 가족과 마을은 완전히 갈라졌다.

2차 기일은 도청 현장 방문이었다. 판사는 관련 부서 계장을 만나 1943년에 읍·면이 제주도사에게 제출한 118개 마을 자료가 편철된 ‘목장철’을 직접 열람했다.

“도에 보관 중인 목장철은 어떤 의미입니까? 토지의 마을 소유를 증명합니까?”

“일제강점기부터 내려온 자료라 내용은 자세히 모르고, 폐기하기도 어려워 보관만 하고 있습니다.”

“여기 기록된 토지는 마을 소유로 봐야 합니까? 마을 소유로 간주하라는 공문이 있습니까?”

"그 부분은 아는 바가 없습니다. 답변하기 곤란합니다."

결국 큰 소득 없이 조사는 끝났고, 다음 기일에는 목장 현장 검증을 하기로 했다.

3차 현장 검증 날, 마을 사람 30여 명이 모였고 원고 측에서는 김정석과 K 변호사만 나왔다. 간편복 차림의 판사는 마을 목장을 촘촘히 둘러보았다. 오뉴월이라면 소를 방목할 시기이지만 목장엔 소 한 마리 보이지 않았다. 들녘에도 마찬가지였다. 농기계 보급으로 소를 키우는 농가는 드물어졌고, 쟁기에 소를 매는 풍경은 사라진 지 오래였다. 풀과 나무가 무성한 목장엔 칡넝쿨이 사방으로 뻗었고, 깊게 팬 웅덩이와 무너져 뒹구는 돌담이 곳곳에 보였다.

"이 무너진 돌담들은 무엇이죠?"

판사가 물었다.

"제주에선 사유지 경계를 돌담으로 구분합니다. 이렇게 돌담이 있다는 건 필지별 경계를 명확히 표시해 놓은 겁니다."

원고 측 변호사가 답했다.

"우마 방목지라면 왜 돌담이 필요하죠?"

판사가 되물었다. 그러자 마을 사람들이 말했다.

"돌담을 쌓아야 소들이 밖으로 안 나갈 거 아니우꽈. 집집마다 한 사람씩 차출해 무너진 돌담 정비를 자주 하러 다녀수다."

판사는 외곽 담은 이해하지만 내부 곳곳에 담을 쌓았다는 설명엔 의아해 했다. '목장은 여러 필지라도 경계 없이 우마를 방목하는 넓은 초지'라는 인식과 달랐기 때문이다. 그 순간, 마을 사람들 사이에서 웅성거림이 일었다.

"판사님, 우리는 옛날에 소에 붙은 진드기 잡으러 분무기 약 치러 왔고, 돌담 정비도 하러 다녀수다."

한 주민이 큰소리로 말했다.

"필지별 경계가 분명하네요."

K 변호사가 차분히 말했다. 일제 때 '사정'된 토지를 각자 돌담으로 경계 짓고 관리해 왔다는 방증이었다.

"목장 땅은 마을 땅이다!"

마을 사람들은 마음이 급해졌는지 외쳐댔다. 김정석과 K 변호사는 속으로 쾌재를 불렀다.

현장 검증을 마친 뒤 김정석이 민우에게 전화했다.

"민우야, 오늘 잘 끝났다."

"어떤 점에서요?"

"판사가 예리해. 사유지별 돌담 경계를 중요하게 봤어. 우리에게 유리하다더라. 변호사도 같은 의견이고."

"잘됐네요. 자기 땅이라고 뻔뻔하게 주장하는 걸 보면 기가 찹니다. 끝까지 잘 대응하죠."

소송은 원고 측에 유리해 보였다. 3차 현장 검증이 끝날 무렵, 한 해가 저물고 있었다.

민우는 2007년 새해를 제주에서 맞았다. 부모님과 아침 식사를 하며 '올해는 좋은 일만 가득하길' 바랐다. 변호사는 '피고 측에서 새 증거가 없고, 판사가 변론기일을 다시 정하지 않으면 2월 중 판결이 날 것'이라 했다. 정의 구현이 머지않았다는 생각에 마음이 부풀었다. 그러나 변수가 생겼다.

"민우야, 큰일 났다. 1심 판사가 정기인사에 이동할지도 모른대."

"판결을 앞두고요? 판결하고 이동해야 하는 것 아닙니까?"

"피고 측이 말도 안 되는 장문의 준비서면을 냈다. 기일을 늦추려는 속셈이지. 판사가 이걸 무시하고 판결하긴 어렵고……. 우리도 반박서를 내야 해."

민우는 망치로 세게 얻어맞은 듯 힘이 쑥 빠져나갔다. 사법부를 향한 의심이 스멀거렸다.

2월 들어, 우려는 현실이 되었다. 사건을 객관적으로 보던 민사부 판사는 형사부로 가고, 형사부의 Y 판사가 민사부로 이동했다.

판사가 바뀌자 피고 측과 마을 사람들은 들떠 보였다. 원고 측은 '판사가 바뀌어도 진실은 하나'라며 서로를 다독였다. 민우는 전임 판사처럼 현장 방문이 필요하다고 봤다. 피고 측은 새 준비서면으로 사건을 혼탁하게 만들었고, 원고 측은 그간의 내용을 정리해 제출하며 추가 변론기일을 요구했다. 그러나 바뀐 판사는 변론을 열자마자 선고기일만 정하고 끝냈다. '피고 변호사와 친분이 있다더라, 함께 식사했다더라'는 등의 풍문이 돌았지만 판사는 예정대로 판결을 선고했다.

원고 측은 1심에서 패소했다. 민우와 김정석은 혼란에 빠졌다. 억울하다 못해 피눈물이 났다. 희망은 멀어졌다. 법원은 힘없이 땅을 빼앗긴 원고의 주장을 외면하고, 특별조치법 취지에 반해 타인의 토지를 무단 이전한 피고의 손을 들어줬다.

첫째 이유는 이랬다. '특별조치법에 따라 마쳐진 등기는 실체적 권리 관계에 부합하는 등기로 추정되며, 보증서·확인서가 허위·위조라는 입증 없이는 그 추정은 번복되지 않는다.'

민우는 탄식했다. 피고 측인 마을에서 보증인을 꾸려 보증했는데 허위였다는 자백이 가능하겠는가.

둘째 이유는 원고가 '강제 제공이지 기부가 아니다'라고 한 주장에 반해, 법원이 '어등마을공동목장조합 부지대장에 각 토지가 기부지로 명기되어 있으니 선대가 증여한 것'이라고 본 점이다. 그러나 당시 '목장용지 실태조사'에서 사유지는 '기부지', 공유재산은 '차수지'로 기술한 구분일 뿐 개인의 '기부' 의사표시가 아니다. 이를 기부로 인정한 건 납득하기 어려웠다. 이 논리대로라면 '후손이 보존등기를 마친 토지도 소송하면 마을로 환원될 수 있다'는 말과 다르지 않았다. 나아가 '제주도 118개 마을의 유사 토지 전부를 마을에 돌려줘야 한다'는 결론에 이른다.

마지막 이유는 '어등마을목장회 소유 토지는 선대부터 주민 대부분이 조합원이 되어 우마를 방목해 온 사실 등으로 보아 공동목장조합은 마을 공동재산의 성격이 강하다'는 판단이었다. 즉 1930년 조직된 공동목장조합과 1981년 특별조치법에 따라 토지 이전을 위해 만든 목장회는 별개로 보기 어렵다는 것이다.

민우는 사법부의 공정성만 믿었던 자신을 한탄했다. 판결문을 여러 차례 읽어도 상식으로는 도저히 이해할 수 없었다. 잠도 이루지 못했다. 부모님 얼굴이 떠올랐다. 마을에서 철저히 외면당할 부모님을 생각하니 막막했다. 그래도 결심은 흔들리지 않았다.

'여기서 멈출 수 없다. 진실을 파헤치는 것이 나의 책임이고 의무이다.'

민우는 김정석과 서울 근교 식당에서 만나 점심을 먹으며 향후의 대처방안을 논의했다. 아쉽고 속상했지만 서로 '수고했다'며 마음을 다잡았다.

"우리가 너무 쉽게 접근했어. 한 건만 집중했어야 했는데……. 집단소송으로 가다 보니 증거 모으기도 힘들었고. 그래도 항소해야지."

"동의합니다. 1심 논리로 계속 싸울 수밖에 없을 텐데, 그건 피고도 마찬가지일 겁니다. 특단의 방법이 필요해요."

"일단 변호사부터 만나보자."

"그렇게 하시죠. 그런데 변호사가 너무 소극적이에요. 패소했으면 법정에서라도 목소리를 내야 하는데……."

"나도 그렇게 본다. 변호사가 먼저 '항소하자'고 힘을 줘야 하는데……."

그들은 물러서지 않겠다고 결의를 다지고 항소를 결정했다. 하지만 위원회는 흔들렸다. 십시일반 모은 자금으로 진행한 소송이 패하자 불만이 터져 나왔다.

"내 돈만 허공으로 사라졌다. 돌려달라."

마을 측은 이런 불만을 부추겼다.

"정부 녹 먹는 누구 꼬임에 속아 돈만 날렸다."

이간질이 이어졌지만 포기할 수 없었다.

변호사 사무실에서 K 변호사를 만났지만, 그는 형식적인 인사만 건넸다.

"항소해야 하지 않겠습니까? 피고 주장만 반영된 판결입니다."

"의뢰인께서 원하니 항소하고 최선을 다해봅시다."

그의 의례적 태도는 불안을 키웠지만, K 변호사와 항소계약을 체결했다. 변호사가 해야 할 '여기서 멈출 수 없으니 항소합시다'라는 말은 끝내 듣지 못했다. 1심 패소 원인으로 그는 '피고 서증 허위를 입증하지 못했다'고만 했다.

민우는 답답했다. 입증 책임은 남의 땅을 가져간 피고에게 있지 않은가. 일제강점기 사정·방목·강요의 '제공' 사실 외에 무엇을 더 입증하라는 말인가.

피고는 1934년 〈어등마을공동목장조합 정관〉 부속서류에 같은 해 '제공 토지 현황'을 빼고, 1943년 '목장용지 실태조사'를 목장관계철로 묶어 첨부했다. 1943년 각 마을이 제주도사에게 제출한 운영 현황 서류를 마치 1934년 〈정관〉과 일체인 양 꾸몄다. 사실상 공문서 조작 수준이었다.

민우와 김정석은 여기에 초점을 맞췄다. 첨부된 목장관계철의 허위를 밝히고, 마을 측이 제출한 〈목장회 정관〉·결의록이 1960년 문서가 아니라 최근 제작물임을 파헤치기로 했다. 즉 1943년 어등마을이 구좌면목장연합회에 제출한 관계철을 근거로 특별조치법 시행 시 목장회를 급조해, 관계철에 '기부지'로 표시된 개인 소유지를 '기부·

매매’ 보증서로 꾸며 이전했다는 점을 입증하는 것이 핵심이었다.

항소심은 광주고등법원 제주지원에서 열렸다. 부장판사와 배석판사 2명. 법정 앞엔 역시나 마을 주민 수십 명이 모였다.

“삼촌들, 고생햄수다.”

민우는 동네 어른들이라 인사를 건넸다.

“누게 때문에 고생허는 줄 알아그네 귀람서?”

뻔뻔스럽게 쏘아붙인 자는 그들 곁에 있던 금이남이었다.

“뭐라고요? 당신 때문에 어등마을 주민 토지 30만 평이 특별조치법으로 넘어갔는데, 그 입으로 그런 말을 합니까? 완전 날도둑들 아니우꽈? 두고 봅시다. 끝까지 가서 누가 이기는지.”

민우는 분노를 억누르기 힘들었다.

“민우야, 어르신께 막말하면 되나?”

마을 선배가 나섰다.

“내가 화를 안 내게 생겨수꽈? 도둑질한 놈이 큰소리친다더니, 정말.”

언쟁은 감정을 더욱 뒤틀었다.

재판이 시작되었다. 판사는 서류를 훑더니 물었다.

“어등마을목장회, 〈정관〉이 있습니까?”

“예, 있습니다.”

“다음 기일까지 제출하십시오. 오늘은 여기까지.”

피고는 법원 준비서면에 〈정관〉을 첨부해 제출했다. 특별조치법으로 이전한 후인 1997년 작성 문서인데, 1960년 3월 작성으로 위장했을 가능성이 짙었다.

“1960년에 타자기로 정관을 정리했다? 그때 어등마을에 타자기가 있었겠습니까. 허위입니다.”

“항소심에서 반드시 진실을 밝혀야 한다.”

민우와 김정석, 두 사람은 어이가 없어 서로를 바라보았다.

항소심이 본격화되자 마을의 협박과 욕설은 피해자 가족들을 향했다. 서울에 사는 김정석 가족은 덜했지만, 민우의 부모님은 면전에서 모욕을 감내해야 했다.

“잘난 당신 아들 때문에 도적놈 마을로 만들어놔서, 노인당 오는 게 부끄럽지도 않허꽈?”

“당신 아버지가 기부한 땅인데 이 난리를 치는 건 뭐꽈?”

안문오는 해병대 기개가 흐려질 만큼 지쳐갔다.

“민우야, 토지는 할아버지가 마을에 기부한 거라고 생각하고 잊어버렸으면 좋겠다. 네 일에 충실해라.”

“아버지, 죄송허우다. 그럴 수는 어수다. 부당하게 빼앗긴 조상의 토지를 지키는 건 후손의 도리우다.”

민우의 답은 한결같았다. 재판마다 김정석은 홀로 맞섰고, 민우는 업무 탓에 함께하지 못해 마음이 편치 않았다.

“재판에 가면 30~40명이 우르르 몰려온다. 피해자 측은 나 혼자다.”

“형님, 힘내십시오. 다음엔 제가 꼭 참석하겠습니다.”

“오늘은 〈정관〉의 ‘문서필적 감정’ 얘기가 나왔다. 원고 측이 제안했으니 비용은 원고가 부담하라네.”

"감정하면 사실이 드러날 겁니다. 1960년엔 마을에 타자기도 없었을 테니 유리합니다."

주말마다 둘은 준비서면을 쓰고 대응책을 논의했다.

"형님, 항소심과 별개로 금삼남 개인을 상대로도 소송을 합시다. 영순삼촌 부친 토지가 적당해 보여요. 일제 때 일본으로 떠난 뒤 고향에 오신 적이 없다는데, 언제 매매계약을 체결해 이전했다는 겁니까. 전선을 분산시켜야 합니다."

"소송비는?"

"우리가 보태야죠. 영순삼촌네 사정은 아시잖아요."

"나도 돈이 없다. 집안도 힘들고……."

"그래도 가야죠. 제가 100만 원 보태겠습니다. 개인소송은 이겨봅시다. 제주 내려가면 영순삼촌 설득해 보겠습니다."

다음 기일, 민우는 연가를 내고 법정에 섰다. 법정은 버스에서 내린 마을 사람들로 가득했다. 아는 얼굴도 많았다. 민우는 분노를 누르고 호흡을 고르며 자리에 앉았다. 재판부가 들어왔다.

판사는 준비서면을 훑고 말했다.

"지난번 주장—〈목장회 정관〉이 1960년 작성이 아니라 1997년 작성이라는 점—에 대해 검증합니까?"

피고는 머뭇거리다 '1960년 것이 맞다'고 했다. 판사는 '검증은 필요하겠다'며 정리했다.

"원고 주장을 받아들여 법원 지정 문서검증기관에 의뢰하십시오. 결과는 기관에서 직접 법원에 제출합니다. 비용은 원고 부담. 오늘은 여기까지."

10여 분 만에 재판은 끝났다. 그래도 성과였다. 문서를 허위로 입증하면 〈정관〉도 무너진다. 그러면 이길 수 있다.

그때 금삼남이 민우를 붙잡았다.

"자네, 고생이 많네. 그래도 소송은 못 이겨."

"뭔말이꽈, 왜 못 이깁니까? 서류도 조작인데. 당시 리장해나시난 이제라도 바른말 헙서?"

"그러지 말고……. 내가 마을에 잘 얘기해주커라. 목장회 땅을 팔면 자네 집엔 세 찍을 주도록 허지. 조상님들이 땅을 기부했으니 세 찍 어떤가?"

순간 머리가 핑 돌았다.

"뭐라고, 이 양반아! 이게 다 누구 때문인데!"

민우가 언성을 높이자, 마을 대표가 급히 금삼남을 끌고 갔다.

"걸읍서게, 말할 필요가 뭐 이수꽈? 걸읍서."

마을 사람들은 대절 버스로 향했다. 동원된 마을 사람들은 재판이 끝나면 점심을 먹고 '참석 수당'을 받는다는 소문도 들려왔다.

다음 기일에도 민우는 직접 참석했다. 문서감정 결과는 '시기 특정이 어렵다'였다. 목장회 측은 '모든 절차가 정상'이라며 공세를 폈고, 원고 측의 '1934년 〈정관〉 첨부물에 1943년 관계철을 끼워 넣은 허위 공문'이라는 주장은 받아들여지지 않았다. 결과는 항소심 기각. 재판부는 '공동목장조합의 모든 것을 목장회가 승계했다'는 피고 주장을 재확인했다. 하늘이 노랗게 변했다. 마을은 잔치를 준비했고, 원고 측은 초상집이 되었다.

변호사 사무실에서 상고 여부를 논의했다. K 변호사는 담담했다.

"특별조치법에 따른 소유권소송은 어렵습니다. 보증인이 허위를 인정하거나, 정확한 증거가 있어야 합니다. 상고 여부는 의뢰인 판단에 맡기겠습니다."

"변호사님, 그렇게 남 일처럼 말할 수 있습니까? 먼저 사과하고, 상고하자고 힘을 주셔야 하는 것 아닙니까?"

"잘 생각해 보십시오. 승소가 어렵다는 말씀을 드리는 겁니다."

민우는 억울함을 참지 못했다.

"여기서 끝낼 수 없습니다. 상고합시다. 비용은…… 고민해 주십시오."

"그렇게 하죠. 상고합시다."

며칠 뒤, '상고이유서가 정리되었다'는 메일이 왔다. 3쪽 남짓, 간략했다. 피고 준비서면은 1·2심과 같은 논지였다. 민우는 '혹시 1·2심 판결을 그대로 인용하는 건 아닐까' 불안했다.

아니다. 대법원은 다를 것이다. 공정할 것이다. 그러나 결과는 '기각'. '1·2심 판결을 인용한다'는 내용이었다. 눈물이 났다. 하소연할 곳도 없었다.

'들어서지 말아야 할 길을 들어섰나……'

자책과 함께 믿고 따라준 사람들에게 미안함이 몰려왔다. 부모님 얼굴을 어떻게 보나. 시작부터 대법원까지 10년 가까이 쏟아 부은 노력이 물거품이 되었다. 두 사람은 허탈감에 빠졌다. 업무도 손에 잡히지 않았다.

계양 근처 선술집에서 소주잔을 기울였다.

"대법 판결은 심리도 안 했대. '심리 불속행'이라고……."

김정석이 말했다. 민우는 처음 듣는 용어였다.

"무슨 뜻이죠?"

"소송가가 2000만 원 이하이면 심리도 안 열고, 법원 사무관 몇 명이 1·2심 판결 검토해서 결론 낸다는 거야."

"예……."

"물론 판결문엔 재판장·주심 대법관 서명이 있지."

"그럼 사무관 검토를 재판관이 사실상 추인하는 꼴이네요?"

"그런 셈이지."

민우의 가슴에 다시 불이 붙었다. 잔치 분위기의 어등마을과 달리 고향집 가족의 얼굴들이 떠올랐다. 특히 등이 굽을 만큼 쇠약해진 아버지가 눈앞에 아른거렸다.

'나는 아버지의 아들이다.'

아버지 안문오는 포기하지 않았다. 4·3을 겪고도, 6·25 전장에서도 끝내 살아남았다. 그에게 '산다'는 것은 옳고 그름의 문제가 아니라 '당연히 살아내야 하는 일'이었다.

"우린 포기하지 않았잖아요."

민우가 두 손을 내밀어 김정석의 오른손을 감싸 쥐었다. 김정석이 왼손을 얹었다. 포개진 두 손에서 말없이 단단한 결의가 전해졌다.

생환

4·3 제주에서 6·25 전장으로

해병대 4기, 안문오 이병

생사를 넘나드는 전선

전투와 전투 속에

살아서 돌아오다

"어머님, 문오가 군대에 가는 것은 죽으러 가는 길이
아니우다. 아버지와 형님, 누님의 한을 풀려고 가는 거우다.
나라를 구하자고 가는거우다."
어머니는 꼿꼿이 앉아 눈물을 삼켰다.
"문오는 죽지 않고 끝까지 살아서 어머님을 다시 뵙겠습니다."

15

4·3에서 6·25 전장으로

아버지 안문오의 일기는 그가 열여덟 살이던 1949년 봄부터 쓰였다. 부친과 형, 큰누나를 잃고 가장이 되어야 하는 현실이 그를 짓눌렀다. 문오는 집을 거의 새로 짓다시피 손봤고 진흙담을 쌓아 수리를 마쳤다. 살아 돌아온 친구·이웃들과 마을 재건에 힘을 보탰다. 사람들은 가매장해 두었던 가족의 시신을 이장하고 묘소를 단장했다. 마을 집집마다 울음은 여전히 그치지 않았다.

문오네도 한모살 밭의 아버지, 새장 밭의 형과 큰누나의 가매장 시신을 이장할 준비를 했다. 산터를 찾아 정하는 일은 어머니와 상의하느라 여러 날이 걸렸다. 어머니는 양지바르고 배수가 잘 되며 앞이 훤히 트인 곳을 찾았다. 굴뚱구석 지경으로 정한 뒤 시신을 거두어 이장을 마치고 간단히 제사를 지냈다.

어머니와 지순 형수, 문자 누나는 눈물이 마르지 않았다. 어떤 위로의 말에도 슬픔은 돌덩이처럼 남았다. 그래도 조카 순이는 건강하게 자랐고, 고종사촌 득순이도 한 가족으로 잘 적응해 갔다. 둘째 매형은 자기 집 일로 바빴지만 처가를 살뜰히 살폈다. 어머니는 문오가 대견스러웠으나 아들의 앞날이 걱정스러웠다.

"문오야, 장례 치르느라 고생했다. 이제 우리 집에 너만 남았다. 건강 챙기면서 네가 집안을 일으켜 세워야 한다. 틈틈이 한글도 읽히고 한문도 읽혀라. 내년에는 중앙국민학교에 중고등 과정인 고등공민학교도 연다 하니 학교도 다녀야지."

국민학교만 졸업한 아들에게 공부를 더 하라 당부했다.

"예, 어머니. 제 걱정은 맙서. 어머니 몸 걱정이나 하시고, 너무 일 많이 하지 맙서."

바쁜 일상 속에서도 문오는 공부를 게을리하지 않았다. 일제 강점기 국민학교에서 배우지 못한 한글과 한문을 금세 깨쳤고, 마을에서 일어나는 일을 기록하는 데도 꼼꼼했다.

그즈음 문오는 이웃에 사는 혜자를 마음에 두고 있었다. 혜자는 문오보다 세 살 어려 "오빠, 오빠" 하며 잘 따랐다. 4·3 때 부모와 산속에 숨어 있어 가족이 모두 무사했고, 불타 없어진 집을 새로 지으려 온 가족이 땀을 흘리는 중이었다.

열다섯 혜자는 키가 크고 밝은 인상에 귀여운 티가 나는 예쁜 얼굴이었다. 옅은 홍조를 띠고 가끔 문오를 찾아와 검질불에 구운 고구마를 쥐여 주곤 했다.

"오빠, 배고프지? 가족 잃고 힘들 텐데, 이거 먹어."

"고맙다, 혜자야. 너네도 어려울 텐데, 고맙구나."

문오는 먹을 것을 가져다 준 혜자를 꼭 안아주곤 했다. 이런 사정을 모르는 어머니는 아들의 색싯감을 알아보고 있었다. 그러나 누구 하나 '내 딸을 데려가라'고 나서지 않았다. 4·3으로 부형과 누나를 잃은 데다 갚아야 할 빚도 많은 집안임을 너무나 잘 알았기 때문이다.

"어머니, 걱정마십서. 제가 알앙 허쿠다. 열심히 일해서 돈도 벌고 아버님 부채도 다 물고 나면 어떤 사람이 저에게 딸을 안 주쿠꽈? 걱정하지 말고 계십서."

어머니가 혼사로 실망할 때마다 문오는 안심시키며 혜자를 떠올렸다. 한 해가 저물 무렵, 토벌대가 중산간에 숨어든 무장대를 소탕하는 작전을 벌인다는 소식이 간간이 들렸다. 그때마다 '혹시나 마을을 다시 뒤집어 놓지 않을까' 긴장과 근심이 커졌다. 그럼에도 마을은 차츰 평온을 되찾아 갔다. 바깥소식은 여전히 멀었다.

1950년 새해가 밝았으나, 신정이 아니라 설을 쇠는 풍습 탓에 명절 분위기는 없었다. 문오는 첫날 지풍게 바닷가를 거닐며 일출을 바라보았다. 이른 아침 공기는 날카롭고, 태양은 성산일출봉 너머로 어김없이 떠올랐다. 그는 바다 위로 솟는 해를 향해 '올해는 우리 식구들이 건강하고 농사가 풍년이 들게 해 달라'고 빌었다. 힘든 세월 속에서도 새해의 기대감은 설렘으로 시작했다.

한겨울, 문오는 산에서 땔감을 구하고 소똥과 말똥을 주워 오느라 하루가 바빴다. 불을 지피려면 마른 나뭇가지와 솔잎이 필요했고, 온돌을 따뜻하게 유지하는 데는 소똥과 말똥이 요긴했다.

2월, 중앙국민학교에 개설된 구좌중앙고등공민학교가 입학생을 모집한다는 소식이 들렸다. 문오는 학교에 성명·나이·주소를 적은 입학원서를 냈다. 중고등 과정은 1947년 개교 예정이었으나 경찰 발포 사건과 4·3 무장 봉기로 미뤄졌다. 문을 열면 국민학교 수업이 끝난 빈 교실을 오후에 중고등 과정이 사용하는 방식으로 운영될 예정이었다.

일제강점기에 근무하던 국민학교 교사들은 온데간데없고, 마을에서 '배웠다'고 인정받는 분들이 선생으로 왔다. 입학원서를 내러 왔다고 하자 반갑게 맞아주었다.

"젊은이들이 살아 있어서 다행이다. 나라가 어려울수록 열심히 공부하는 길밖에 없다."

격려를 받으며 문오는 3월 2일부터 학교에서 공부하게 되었다. 뒤늦은 입학이었지만 설렘이 컸다. 학생은 20명 남짓, 태동·어등 마을과 서동리 젊은이들이 전부였다. 나이는 열다섯에서 스무 살까지 제각각, 여학생도 3~4명 있었다.

"문오야, 왔구나."

"석범야, 문주야, 동호야! 모두 정말 반갑다."

동년배 친구들이 같이 입학했다는 사실이 너무 좋았고 공부 의욕도 생겼다. 수업은 오후 3시간씩, 오전에는 집안일을 돕고 오후에는 학교에 가서 기본 교과를 배웠다.

입학한 지 한 달쯤 지났을 때 문오는 몸에 열이 나며 힘이 빠져 도저히 일어날 수가 없었다.

"몸이 왜 이러지?"

온몸이 땀에 젖어 신음하는 아들을 보며 어머니의 걱정은 이만저만이 아니었다.

"문오야, 이게 무슨 일이냐? 아이고, 내 아들아. 이게 무슨 일이냐."

어머니는 급히 물을 끓여 헝겊을 적셔 아들의 온몸을 닦아 주었다. 문오는 서서히 혼수상태에 빠져들었다. 때 아닌 열병 같았다. 문자 누나가 달려왔고 지순 형수와 가족이 문오 곁을 지켰다.

좁쌀미음을 먹이고, 열에 좋다는 쑥을 달여 마시게 해도 차도는 없었다. 원인은 알 수 없었다. 다만 산속에서 지낼 때의 긴장과 굶주림의 후유증, 돌아와서도 쉼 없이 이어진 고된 노동의 피곤이 한꺼번에 덮쳤으리라 짐작할 뿐이었다.

병은 깊어졌고 학교에도 갈 수 없었다. 어머니는 학교에 찾아가 '완쾌할 때까지 휴식이 필요하다'고 전했다. 새벽마다 부엌에 정화수를 떠놓고 아들의 열병이 빨리 낫길 빌었다. 칡뿌리와 엉겅퀴뿌리를 달여 먹이는 등 온 정성을 다했다.

문자 누나는 섯동네 집에서 네 살 딸과 같이 와서 한동안 지내며 간호했다. 둘째 매형도 무너진 집 수리를 멈추고 처남의 회복에 신경을 썼다. 산에서 쑥을 뜯고 바다에서 소라와 문어를 잡아 된장에 비벼 가져왔다.

"문오야, 일어나 앉아보렴. 이 물 먹어. 봄 쑥을 끓인 물이야. 먹으면 열이 내릴 거야. 얼른 마셔라."

문오는 쑥물을 들이켰다. 씁쓸했지만 약이라 생각하며 천천히 넘겼다. 된장에 무친 소라와 문어가 먹고 싶었지만 아직 기운이 나지 않았다.

몸을 일으켰다가도 금세 힘이 빠져 이불 속으로 들어갔다. 잠깐 잠이 들려 하면 아버지와 문학 형, 문영 누나 얼굴이 번갈아 나타났다 사라졌다.

"문오야, 너만은 살아서 집안을 일으켜야 해. 꼭 일어나야 한다."

"예, 아버지, 형님, 누님."

손을 뻗으며 이들을 부르다 가물가물 눈이 떠졌다. 그러나 눈앞엔 어둠뿐이었다.

한 달 남짓 지나자 병세가 조금씩 호전되었다. 가족들이 지극정성으로 보살핀 덕에 5월 중순에는 등교도 가능할 만큼 나아졌다.

"어머니, 몸이 다 나은 거 담수다. 거뜬허우다. 어머니, 누님, 매형, 가족 덕분이우다."

"고맙다. 문오야, 살아줘서 고맙다."

어머니는 아들을 껴안고 눈물을 흘렸다. 완전히 회복한 문오는 다시 학교에 나갔다. 선생님과 친구들이 반갑게 맞아 주었고, 교실은 오랜만의 인사로 시끌벅적했다.

"석범아, 문주야, 동호야, 잘 이서난?"

"문오야, 이제 다 나았지? 반갑다."

서로 얼싸안고 어깨동무를 했다. 문오에게 심한 열병은 지난날의 고통과 상처를 씻어낸 통과의례처럼 느껴졌다. 새롭게 태어나 앞날의 꿈을 그려볼 의욕이 샘솟았다. 그러나 시대는 희망을 용납하지 않았다.

학교생활을 다시 시작한 지 한 달 남짓 지난 6월 25일, 북한 김일성이 중무장 탱크를 몰고 대한민국을 기습했다. 선전포고 없는 일요일 새벽 4시경, 북위 38도선 전역에서 남침이 시작되었다.

신탁통치로 38선 이북에는 소련군이 진주했고, 소련은 북한에 공산정권을 세워 김일성을 조선노동당 중앙위원회 위원장으로 앉혔다. 소련 군정이 끝나자 김일성은 무상몰수·무상분배의 토지개혁 등 체제를 정비하고, 소련이 넘긴 전차·전투기 등 중화기로 전력을 증강했다. 그는 남한 공산화를 노렸고, 스탈린에게 전쟁 승인을 받았다. 대한민국정부는 정세를 살피지 못한 채 무방비 상태였다가 기습 공세에 속수무책으로 당했다.

서울을 함락한 북한군은 남쪽으로 진격의 기세를 올렸다. 희생자는 눈덩이처럼 불어났고 피난 행렬은 줄을 이었다. 월요일 오후까지 등교했던 구좌중앙고등공민학교 학생들은 상기된 표정으로 들어온 선생님의 발표에 놀라움과 두려움에 휩싸였다.

"학생 여러분, 북한 김일성 괴뢰도당은 우리 부모형제, 가족을 죽인 것도 모자라 남한 전체를 빨갱이 소굴로 만들겠다며 탱크를 앞세워 전쟁을 일으켰다. 우리 구좌중앙고등공민학교 학생들은 그 만행에 분개하여 목숨을 바쳐서라도 어려운 나라를 구해야 한다."

선생님은 강한 어조로 열변을 토했다.

"우선 집으로 돌아가라. 집을 떠나지 말고, 학교는 절대 결석하지 마라. 학교에 오지 않는 학생은 전부 빨갱이로 간주하겠다."

평소 무섭지 않던 선생님이 엄명을 내렸다. 귀가하는 학생들은 갑작스러운 상황에 혼란스러웠다.

“전쟁, 전쟁이 뭐야?”

“김일성이가 쳐들어왔다고? 미친 놈.”

“같은 동포끼리 뭘 어쩌려고……. 살육을 하겠다고?”

“친구들아, 우리 어떻게 하면 좋냐? 어떻게 해야 돼?”

한동안 떠들던 아이들은 이내 풀죽은 모습으로 고개를 떨궜다. 문오는 가족에게 ‘전쟁이 났다’는 사실을 당분간 말하지 않는 편이 낫겠다 생각했다.

근심과 걱정에 잠을 설쳤고, 다음 날 학교로 향했다. 발걸음은 무겁고 떨리는 마음은 가라앉지 않았다. 금산목을 지나 매번 마주하는 모살동산 소나무도 잿빛 구름에 휩싸인 듯했다. 교실에서는 누구도 선뜻 입을 열지 않았다. 불안한 마음은 모두 비슷했다. 자리에 앉자마자 선생님이 급히 들어왔다.

“구좌중앙고등공민학교 학생 여러분! 북한 김일성의 침략으로 우리나라의 도로와 건물들이 파괴되고 수많은 사람이 죽어나가고 있다. 이승만정부는 전력을 다해 북괴군과 맞서 싸우는 중이다. 북한 빨갱이들을 쳐부수는 데 학생들도 힘을 모아야 한다는 지시가 있었다.”

엄숙한 분위기 속 훈시가 이어졌다.

“우리나라를 침략한 북한 괴뢰군은 여러분의 부모형제를 죽인 원수다. 여러분도 전장으로 나가 적과 싸워야 한다. 우리 구좌중앙고등공민학교 학생들도 동참해 주기 바란다. 소년지원병에 자원하면 가족에게 씌워진 빨갱이 오명을 벗을 수 있다.”

선생님은 강하게 말하면서도 머뭇거렸다. 어린 제자들을 전장으로 보내야 하는 무거운 책임과 그들을 지켜줄 수 없는 안타까움이 뒤섞여 있었다.

'빨갱이 새끼'라는 오명. 문오와 가족은 빨갱이 사상이 뭔지도 몰랐다. 하지만 4·3 난리통에 아버지와 형, 큰누나가 빨갱이 취급을 받으며 창졸간에 억울한 죽임을 당했다. 문오는 '빨갱이로 손가락질 받는 것이 곧 죽음을 뜻할 수도 있다'는 사실을 누구보다 잘 알았다.

'내가 나섬으로써 이 끔찍한 오명을 벗어버릴 수 있다면…….'

문오가 번쩍 손을 들며 일어섰다.

"저는 자원하겠습니다. 지원서를 쓰겠습니다."

"저도요, 저도요."

문오가 맨 먼저 자원의사를 밝히자 학생들은 너나없이 손을 들었다.

지원서를 낸 지 30일 만에 제주도 일간신문 1면에 소년지원병 합격자가 보도되었다. 문오는 명단 22번째에, 석범·문주·동호 등 친구와 동네 선후배 이름도 보였다. 가슴 밑바닥부터 형언하기 어려운 소용돌이가 일었다. 바늘이 맨살을 찌르는 듯 찌릿했고 손바닥엔 식은땀이 흥건했다.

어머니를 두고 전장에 나갈 생각에 마음이 편치 않았다. 내가 입대하면 하루하루 얼마나 애태우며 세월을 보내실까. 생각할수록 피가 거꾸로 돌고 설움이 복받쳤다. 문오는 눈물을 참느라 이를 악물었다.

'아, 어머니는 4·3 사건으로 남편과 큰아들, 큰딸을 잃고 커다란 슬픔에 빠져 계신데……. 총상 입은 목의 흉터를 수건으로 가린 채 슬픔

을 누르고 살아가시건만.'

작은아들이 살아 돌아올지 알 수 없는 전장으로 간다 하면 마음이 얼마나 미어질지 가늠하기 어려웠다. 소식을 들은 문자 누나와 매형이 단숨에 달려와 문오를 안았다.

"어이할꼬, 어이할꼬……."

문자 누나가 문오를 껴안았다.

"매형은 육군으로 징집영장이 나온다고 해……."

문자 누나는 가슴을 치며 울부짖었다. 이십대인 매형도 입대를 피할 길은 없었다.

"이제 너희 매형도 군에 가고, 너도 군에 가면 우리는 누구를 믿고 살아야 한단 말이냐?"

"누님, 어쩔 수 없는 시국이우다. 그래도 누님, 걱정하지 맙서. 이 동생과 매형은 반드시 살아서 돌아오쿠다."

"그래, 꼭 살아와야 한다."

"제가 없는 동안에 누님이 어머니 잘 모셔주시고, 순이 조카랑 순덕 조카랑 득순이랑 건강하게 살암십서. 어떤 일이 있더라도 이 동생 살아서 돌아오쿠다. 누님, 어머니께는 당분간 말하지 맙서. 입대 날짜가 다가오면 소리 없이 떠나쿠다."

"아니다, 문오야. 어머니도 곧 알게 될 거야. 매형도 인사하러 가야 하고……."

문오의 자원입대 소식은 삽시간에 동네에 퍼졌다. 자원한 청년들의 이름이 이집 저집에서 확인됐다. 혜자도 소식을 듣고 달려왔다.

“오빠, 자원입대를 한다면서? 나는 어떡하라고……. 꼭 살아서 돌아와야 해.”

“그래, 혜자야. 지원하고 나서 말하려고 했어. 근데 너무 상심할 것 같아 말을 못했어. 오빠는 무슨 일이 있더라도 꼭 살아서 돌아올게. 걱정 마.”

문오는 눈물을 훔치는 혜자를 꼭 껴안아 주었다. 입대 날짜가 가까워질수록 초조와 불안이 거친 바닷바람처럼 몰아쳤다.

“바다야. 우리 어머니를 지켜다오, 꼭 살아서 돌아오겠다.”

불안이 쌓일수록 지풍게 바닷가를 걸으며 크게 외쳤다. 가족 산소에도 들렀다.

“아버지, 형님, 누님! 자원입대합니다. 가족 잘 지켜주시고, 저도 잘 살펴줍서.”

어머니의 상심이 클 것 같아 말없이 떠나려 했지만 어머니 역시 알고 있었다. 다만 내색하지 않을 뿐이었다. 문오는 어머니를 마주할 용기가 없었으나 결국 마음을 굳혔다.

“어머님, 문오가 군대에 가는 것은 죽으러 가는 길이 아니우다. 아버지와 형님, 누님의 한을 풀려고 가는 거우다. 나라를 구하자고 가는 거우다.”

어머니는 꼿꼿이 앉아 눈물을 삼켰다.

“문오는 죽지 않고 끝까지 살아서 어머님을 다시 뵙겠습니다. 어머님, 소자가 살아서 돌아오는 날까지 마음을 단단히 먹고 몸 성히 계십시오.”

"하느님아, 하느님아."

어머니가 통곡했다. 그때 문자 누나와 매형이 들어섰다.

"어머님, 저는 문오가 소년지원병에 자원한 줄은 몰라수다. 처남이랑 같이 군에 가면 행동도 같이하고 서로 의지하고 도와줄 수 있어 좋을 텐데, 저는 육군으로 가게 되수다."

둘째 매형도 입대 사실을 알렸다.

"제 각시랑 내 딸 순덕이를 어머님께서 잘 살펴줍서. 문오랑 꼭 같이 살아서 돌아오쿠다."

입대일이 하루 앞으로 다가왔다. 찌는 듯한 날씨에 모기까지 기승을 부렸다. 문오는 마지막일지도 모를 조상님과 아버지, 형, 큰누나의 묘소를 다시 찾았다.

"잘 살펴줍서. 살아서 돌아오겠습니다."

살아서 돌아오겠다는 다짐을 거듭했다. 그리고 동네 친지와 어르신을 만나 일일이 손을 잡고 인사를 드렸다.

"아이고, 내 새끼, 이게 뭔 일인고, 꼭 살앙 돌아오라."

모두가 '살아오라'는 말만 강조했다. 혜자 부모님께도 인사를 드렸다. 집을 나서자 혜자가 따라왔다. 문오는 혜자에게도 '꼭 살아서 돌아오겠다'고 다짐했다.

입대일은 양력 8월 28일, 음력으로는 7월 15일이었다. 문오는 밤새 잠을 이루지 못했다.

아침 일찍 부형의 삭망제를 올리고 1차 집결지인 구좌중앙고등공민학교로 향했다. 이웃집 삼촌과 어르신 등 많은 사람이 소년지원병을 환송하러 집 앞으로 모여들더니 학교 앞까지 긴 행렬을 이루었다.

어머니는 아들이 떠나는 모습을 차마 볼 수 없어 문오가 마당을 나서자 뒤돌아 집안 어딘가로 사라졌다. 문자 누나와 매형이 나왔고, 조카 순이와 순덕이도, 사촌동생 득순이도 눈물을 글썽이며 배웅했다. 먼발치엔 혜자가 눈물을 훔치며 서 있었다.

1차 집결지에서는 친구들과 인사를 나눌 겨를도 없었다. 선생님이 인원 점검부터 마쳤다.

"우리가 집결할 곳은 금녕국민학교다. 거기까지 걸어서 간다. 서둘러야 한다. 나를 따라와라."

아무 위로의 말도 없었다. 선생님은 맡겨진 책임만으로도 무거운 표정이었다. 그의 임무는 소년지원병을 금녕국민학교까지 데려가 다음 인솔자에게 인계하는 일이었다. 스물도 안 된 청소년을 군대로 보내야 하는 현실 앞에 선생님의 얼굴은 수심으로 그늘져 있었다.

소년지원병들은 줄지어 앞서 걷고, 부모와 마을 사람들은 뒤에서 눈물을 훔쳤다. 가는 길에 둘째 매형을 만났다.

"매형, 다녀올게. 매형도 곧 군에 갈 텐데, 몸조심해야 돼. 매형, 우리 꼭 살아서 다시 만나야 해. 알았지?"

"그래, 알았다. 문오야, 우리 꼭 살아서 다시 만나자."

두 사람은 '살아서 돌아오자'고 다짐하며 눈물을 삼켰다. 그러나 이것이 마지막 대화가 될 줄은 누구도 몰랐다.

1시간 남짓 뒤, 어등마을과 태동리 소년지원병들은 금녕마을에 도착했다. 도로엔 수십 대의 차량이 줄지어 있었고, 금녕국민학교 운동장은 태극기를 휘날리는 소년지원병들로 가득했다. 확성기에서는 '학도호국단 노래'가 반복해 흘렀다.

"쳐부수자, 김일성! 무찌르자, 공산당! 대한민국 만세!"

소년지원병들은 어색한 구호로 기세를 돋웠다. 2차 집결지에서 신원 확인을 마친 문오는 앞에서 두 번째 대기 중인 군용 트럭을 배정받았다.

'꼭 살아 돌아오리라. 내가 나라를 구하리라.'

스스로 다짐하며 환송객을 돌아보았다. 문자 누나의 퉁퉁 부은 얼굴이 보였다.

"누님, 울지 마십서. 제가 누님이 걱정하는 마음을 무사 모르쿠꽈? 동생은 부형의 원수를 갚고 명예를 회복허젠 떠나는 것이우다. 기어코 살앙 돌아오쿠다."

"문오야, 집에는 내가 이시난 집안 걱정은 허지 말아라."

"홀로 계신 어머니, 잘 위로해 주십서. 누님을 믿고 떠나오니, 돌아오는 그날까지 굳게 집안을 살펴주십서."

"아무쪼록 몸조심해서 꼭 살아서 돌아오는 날만 기다리겠다."

문자 누나는 목이 메어 꾸역꾸역 소리쳤다.

"누님, 매형과 함께 꼭 살아서 돌아오겠습니다."

출발 시간이 되자, 소년지원병을 태운 군용 트럭들이 요란한 엔진 소리를 내며 금녕리를 출발했다. 수많은 소년지원병의 '대한민국 만세' 함성과 가족들의 울음이 뒤섞였다. 환송객의 그림자는 점점 뒤로, 아득히 멀어졌다.

<u>16</u>

해병대 4기, 안문오 이병

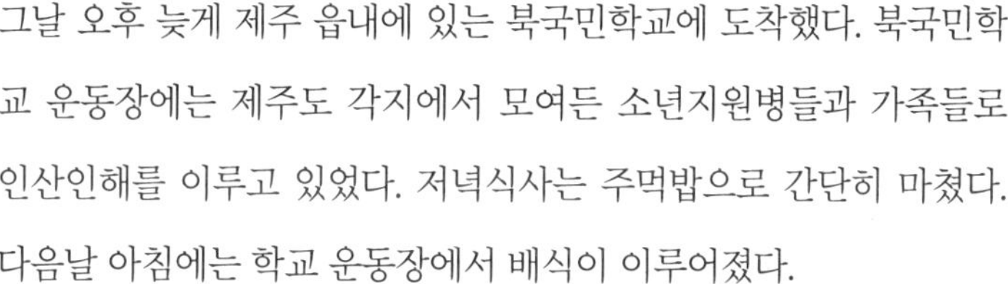

그날 오후 늦게 제주 읍내에 있는 북국민학교에 도착했다. 북국민학교 운동장에는 제주도 각지에서 모여든 소년지원병들과 가족들로 인산인해를 이루고 있었다. 저녁식사는 주먹밥으로 간단히 마쳤다. 다음날 아침에는 학교 운동장에서 배식이 이루어졌다.

모든 인원의 집결이 완료된 시각은 오전 10시쯤이었다. 문오는 해병대 4기, 4중대 3소대로 자대 배치되었다. 소년지원병들은 군 교육대를 거쳐 일정 기간 훈련을 받은 후 현역으로 복무하는 경우와 야전부대에 직접 배치되는 경우로 나뉘었다. 문오는 해병대에 자원해 현역 복무를 선택했다.

오후에는 중대와 소대별로 구분되어 오와 열을 갖춰 집합이 이루어졌다. 군복이 배급되었다.

"여러분은 오늘부터 대한민국 군인이다. 그것도 영광스러운 해병이다. 아무나 해병대에 들어올 수 있는 것이 아니다. 지금부터 보급 받은 군복으로 환복한다. 실시!"

하사관이 큰 소리로 외쳤다. 문오는 운동장에서 군복으로 갈아입었다. 입고 온 옷들은 집 주소를 적어서 황토색 박스에 넣었다.

입대식은 8월 31일에 성대하게 열렸다. 군 계급에 아직 생소한 문오의 눈에는 조회대 위에 선 군 장교가 가장 높아 보였다.

"여러분의 해병대 지원을 축하한다. 여러분의 부모형제를 죽인 북한 김일성 빨갱이들이 우리 평화로운 대한민국을 공산화하기 위하여 쳐들어왔다."

지휘관이 훈시를 하며 소리를 높였다.

"빨갱이들의 손에 잡혀 죽겠느냐?"

"아닙니다!"

지휘관의 물음에 해병들은 큰 목소리로 대답했다.

"아니면 부모형제를 죽인 빨갱이들과 싸워서 부모형제의 원수를 갚고 대한민국을 살려내겠느냐?"

"대한민국을 살려내겠습니다. 빨갱이를 쳐부수겠습니다. 나라를 구하겠습니다."

해병들의 결의에 찬 함성이 이어졌다.

"싸워서 이겨야 한다. 이겨야 고향으로 돌아올 수 있다. 나는 해병을 믿는다."

지휘관의 연설을 들으며 문오는 정신을 바짝 차리고 눈에 힘을 주었다.

9월 1일, 문오는 산지항에 계류해 있는 LST에 몸을 실었다. 산지항

입구는 환송을 온 수많은 사람으로 눈물바다를 이루고 있었다. 멀리 부둣가에 선 가족들의 간절한 얼굴이 '살아오라'는 염원으로 메아리쳤다. 읍내 각 학교 관악대가 군가를 합주했다.

함정은 고동을 울리며 산지항을 떠났다. 제주도는 점점 시야에서 멀어졌다. 문오는 배를 타본 경험이 별로 없었다. 아버지가 노를 젓던 배를 타고 연안에서 우럭과 잡어를 잡아본 것이 전부였다. 문오는 아득해지는 고향 하늘을 바라보았다.

'아, 언제면 정든 고향 산천을 또다시 찾아 걸어볼 수 있을까.'

눈물이 앞을 가렸다. 그 감상도 잠시, 소대장의 불호령에 퍼뜩 자세를 바로잡았다.

"전쟁터에 가는 새끼들이 눈물을 흘려? 정신 빠진 새끼들 아냐? 지금부터 복창한다."

소대장이 선창을 하고 해병들이 복창하도록 했다.

"나는 무적해병이다."

"나는 무적해병이다."

"나는 빨갱이들과 싸워서 반드시 이기겠다."

"나는 빨갱이들과 싸워서 반드시 이기겠다."

해병들의 복창이 이어졌지만 소대장은 큰 소리로 질타했다. 그러더니 정신을 못 차리도록 해병들을 굴렸다.

"이 새끼들, 목소리 봐라! 밥을 안 쳐 먹었나? 앞으로 굴러, 뒤로 굴러, 앉아, 일어서!"

정신적·육체적 훈련은 새벽녘 진해에 도착할 때까지 계속되었다. 동료들과 얘기할 틈도 주지 않았다.

"어느 누구하고도 말하지 마라. 오로지 어떻게 적과 싸워 이길 것인가만 고민해라. 너희들은 대한민국 해병이다. 알았나?"

"예!"

해병들은 한층 우렁찬 소리로 답했다. 진해항에는 해가 뜰 무렵에 닿았다. 뱃멀미로 쓰러진 해병도 있었지만 소대장은 가차 없었다. 인정사정없이 걷어차면 오뚝이처럼 일어나야 했다. 모두 진해항 집결을 마쳤다.

"우리는 진해통제부로 간다."

진해통제부로 갈 때도 소대장은 가만히 있지 않았다.

"이 새끼들이 벌써 기합이 빠졌어. 여기서부터 곧장 전쟁터야. 정신이 흐트러지면 다 죽어. 오와 열을 맞춘다!"

소대장은 '뛰어', '걸어', '멈춰', '엎드려', '일어서'를 반복하며 1시간 행군 길을 숨 쉴 틈 없이 만들었다. 긴장과 고통의 강도를 높이는 정신훈련이었다.

진해 해병훈련소에 도착하니 '해군신병교육대'라는 간판이 보였다. 문오는 '모든 훈련을 이겨내겠다'고 단단히 각오했다.

훈련소 도착 후 소대 배치를 받고 저녁 순검 시간이 시작되었다. 팔각모를 쓰고 하사 계급장을 단 훈련소 소대장이 내무반에 들어왔다. 빨간 명찰에 각이 선 군복 차림, 지휘봉을 든 그의 매서운 눈빛에 해병들은 얼어붙었다. 모두 소대장을 따라 기립한 채 움직이지 않았다. 1시간여가 지날 무렵, 힘이 들어 더 이상 서 있을 수 없는 해병들이 하나둘 주저앉았다.

"이것 봐라, 이 새끼들. 아이고? 이빨 보이지, 이 새끼들."

첫 대면부터 '엎드려', '일어서', '앉아', '일어서'를 반복하는 기합 훈련이 실시되었다.

"여러분은 자랑스러운 대한민국 해병이다. 그것도 자원입대한 해병이다. 여러분의 해병대 입대를 축하한다."

해병들의 군기를 잡은 소대장은 환한 표정으로 환영 인사를 하고, 이름을 부르며 소총과 군번줄을 나눠주었다.

"오늘부터 여러분의 계급은 이등병, 이병이다. 지금은 전시 상황이다. 정신 차리지 않으면 모두 죽는다. 알겠나?"

"예, 알겠습니다."

"김석범!"

"예, 이병 김석범!"

"이동호!"

"예, 이병 이동호!"

"안문오!"

"예, 이병 안문오!"

"총은 나의 생명이다. 이병, 총은 뭐라고 했나?"

군번줄과 소총을 나눠준 소대장은 해병들에게 소리쳤다. 문오가 답했다.

"예, 이병 안문오. 총은 나의 생명입니다."

"이것은 군번줄이다. 여기에는 군번이 쓰여 있다. 지금 즉시 암기한다."

소대장이 군번줄을 들고 주의를 집중시켰다.

"군번은 해병들이 이동할 때, 전쟁터에서 전사했을 때 신원 확인용으로 쓰인다. 군번을 암기해두지 않으면 적으로 몰려 죽는다. 알겠나?"

"예, 알겠습니다."

"안문오, 군번."

"예, 이병 안문오! 군번 9202868."

힘껏 소리쳐 외쳤다.

"군번은 여러분의 생명이다. 지금 목에 차면 여러분이 전시에 나가서 죽든 살아 있든 절대 벗어서는 안 된다. 항상 목에 걸고 있어야 한다."

"예, 알겠습니다."

"목소리 봐라, 알겠나?"

"예, 알겠습니다."

해병들은 죽을힘을 다해 목청을 키웠다.

"그리고 오늘부터 인사는 '필승'으로 거수경례를 한다."

"필승, 이병 안문오."

"좋다. 여러분은 훈련을 받는 와중에도 언제든지 전쟁터로 향할 수 있다. 긴급사태 발생 시 즉시 출동할 수 있도록 항상 완전무장을 하고 행동한다."

그날부터 해병들은 완전무장한 채로 식사하고, 완전무장한 채로 훈련을 받았다. 총검술·사격·행군 등 강도 높은 6일 간의 훈련이 이어졌다. 배고픔과 피로감이 몰려왔다. 해병들은 무엇이 배식되든지 간에 하나도 남김없이 먹어치웠다. 문오는 그나마 고향 친구들이 함께 있어서 힘든 순간에도 위로와 의지가 되었다.

9월 4일에는 중대가 재편성되었다. 문오는 25중대로 편성되었다. 이튿날, 25중대만 남겨 놓고 다른 중대는 군용 트럭을 타고 작별 인사도 없이 뿔뿔이 떠나갔다. 왜 25중대만 남았는지 중대원 누구도 그 이유를 알지 못했다. 엄격한 군율에 상급자에게 물어볼 용기는 나지 않았다. 귀동냥으로 들으니 일부 중대는 전쟁터로 출동했다는 말이 들려왔다. 다른 일부 중대의 이동은 장비와 피복을 수령하러 간 것이라고 했다. 진해훈련소에는 25중대만 남아서 대기하게 되었다.

9월 7일 저녁, 중대장이 25중대원을 집결시켜 전투 명령을 하달했다.

"지금 북한군이 통영까지 내려와 전투 중이다. 우리 25중대는 통영 전투에 투입된다. 5분 후에 출발한다."

실감이 나지 않았다. 해병들은 재빨리 진해통제부에서 함정에 승선했다. 모든 게 비밀리에 이루어졌다.

"우리의 목표는 통영에 상륙해 매일봉 고지를 사수하는 것이다. 우리 해병이 선전하고 있다고는 하나 곳곳에 북괴군이 숨어 있을 수 있다. 고지를 사수해 적의 침략을 방어하는 것이 우리의 임무다. 이상."

함정에 오르자 중대장은 구체적인 작전을 알렸다. 8월 경부터 낙동강 전투 상황이 계속되고 있었다. 그 사이 북한군은 무방비 상태였던 통영반도와 거제도까지 점령한 뒤 마산항과 진해만을 봉쇄하려 들었다.

해병대는 이를 저지하기 위해 밤새 공격 작전을 감행하여 8월 18일 새벽 방어진을 구축해 놓고 있었다. 당시 통영은 해병대 참모장인 김성은 부대가 총괄 지휘하고 있었고, 2중대와 3중대가 8월 18일 새벽 원문고개로 진격해 방어진을 구축했다. 7중대는 통영전투에서 승패의 관건이 되는 매일봉을 점령했고, 북한군과 교전을 벌이고 있었다. 함정이 통영에 가까워지자 25중대원들은 무릎을 꿇어앉은 자세로 상륙 준비에 들어갔다. 자정이 훌쩍 지난 고요한 시간이었다. 높게 솟은 검은 물체가 눈앞에 다가왔다. 저곳이 우리가 탈환하고 지켜야 할 매일봉이구나. 문오는 직감했다.

"적들의 총구가 우리를 겨냥하고 있을지 모른다. 상륙하자마자 낮은 자세로 앞에 보이는 매일봉 능선을 향해 뛴다."

통영 상륙 지점에 가까워지자 중대장은 중대원들을 선상에 집결시켜 낮은 목소리로 지시했다.

"소리 내지 말고 1소대는 나를 따라 정면으로 직진한다. 2소대는 왼쪽 대각선, 3소대는 오른쪽 대각선 방향으로 뛴다. 그리고 목표 지점에서 합류한다."

중대장의 작전을 숙지하는 동안 함정은 높은 파도에도 안전하게 통영에 닿았다. 상륙하자마자 해병들은 낮은 포복과 달리기를 병행하며 적진으로 달려 나갔다. 다행히 25중대는 전원이 합류 지점에 도달했다.

25중대가 진격하는 목표 지점은 해병 2중대와 3중대가 9월 5일에 이미 상륙해 큰 접전 없이 점령한 상태였다. 해군 함정은 통영 시내로 진입하려는 북한군 후속부대를 포격했다.

해병이나 북한군의 목표는 같았다. 어느 쪽이 먼저 매일봉 고지를 점령해 진지를 구축하고 형세를 유리하게 끌어가느냐가 관건이었다. 서로 고지를 차지하려고 교전이 거듭되었다. 해병 7중대의 맹렬한 사격으로 북한군은 많은 사상자를 낸 뒤 정량리 방면으로 도주했다. 목선을 타고 달아나는 북한군을 해상경비정이 쫓아가 격침시켰다.

25중대의 임무는 점령한 매일봉 고지를 사수하는 지원 병력 역할이었다. 고지를 점령하지 못한 북한군은 분산 도주 중이었다. 중대원들이 고지를 오르는 동안 미처 도주하지 못해 능선 곳곳에 숨은 채 마지막으로 항전하는 북한군과의 교전이 잇따랐다.

문오는 세상에 태어나 처음으로 사람에게 총을 겨눴다. 엇갈리는 총성 속에서 누가 쏜 총에 맞았는지 몰라도 적군들이 꼬꾸라지고 쓰러졌다.

낮은 포복으로 고지를 향해 천천히 올라갔다. 긴장을 잠시라도 늦추면 숨어 있는 적들에게 공격당할 위험이 컸다. 한 번의 교전 이후로는 고지까지 계속해서 진진을 멈추지 않았다.

"해병들, 상륙 작전부터 큰 피해 없이 고지에 도착하느라 수고했다."

고지에 오르자 중대장의 치하가 있었다.

"여기는 매일봉이다. 이 고지는 이미 김성은 장군 부대가 점령했다. 우리는 이곳에서 방어진을 구축하고, 적들이 습격해 오면 섬멸해야 한다. 특히 경계근무에 철저를 기하기 바란다."

해병 25중대원들의 함성이 고지에 울려 퍼졌다.

처서가 지나고 아침이슬이 내린다는 백로 즈음이었다. 매일봉 정상의 밤공기는 서늘해 초겨울처럼 한기가 온몸에 스며들었다. 바람에 나뭇잎 바스락거리는 소리에도 귀를 기울이며 총구를 겨누고 빈틈없이 경계근무에 임했다. 풀벌레 울음이 깊어질수록 고향에 계신 어머님 품이 절실히 그리웠다.

25중대는 야간에는 민가와 매일봉 입산 지점에 접한 한빛다리에서도 경계근무를 섰다. 주간에는 고지에서 내려와 용산국민학교에서 훈련에 열중했다. 소대장이 직접 지휘하는 해병대원들의 훈련은 견디기 힘들 정도로 가혹했다.

"우리 해병은 강한 훈련으로 몸이 다져져야 적의 기습에 신속하게 대응할 수 있다."

소대장은 끊임없이 훈련을 강조했다. 언제 어디서 어떻게 기습해 올지 알 수 없는 적을 대비한 최선의 방법임을 해병들에게 주입시켰다. '해병은 단결이 최우선이고 단 1명의 낙오자도 있어서는 안 된다'는 것이 그의 훈련 방침이었다.

훈련을 마치면 온몸은 땀과 흙으로 뒤범벅이 되곤 했다. 25중대원들은 훈련 후 한빛다리 근무자를 제외하고 매일봉으로 올라 진지를 사수하며 적군의 동태를 살폈다. 적들이 야간에 간헐적으로 이동한다는 정보가 있었기 때문이다.

매일봉 정상에서 통영반도를 둘러싼 푸른 바다를 보면 눈이 부시도록 아름다웠다. 나무와 바위틈 사이에 펼쳐진 풍광은 전쟁 중이라는 사실을 잠시 잊게 했다. 가을이 깊어가며 병풍처럼 들어앉은 섬들의 자태는 환상 그 자체였다.

매일봉에 방어진을 구축하고 경계근무를 한 지 열흘쯤 지났을 무렵, 〈해병뉴스〉는 인천상륙작전 소식을 전했다. 중대장은 25중대와 진해훈련소에서 보급하러 갔던 타 중대가 인천상륙작전에 참전한다고 알렸다.

"통영은 우리 해병대가 점령했다. 북괴군을 섬멸하고 통영은 평온을 되찾아가고 있다. 25중대는 인천으로 이동한다."

중대장의 명령에 따라 25중대원들은 통영 해안에 정박 중인 함정을 타고 인천으로 출발했다. 함정에서는 먼저 승선해 휴식 중이던 미군들이 해병들을 반겨주었다.

정신훈련은 함정에서도 강도 높게 이어졌다. 해병들의 얼굴은 긴장으로 굳어 있었지만 두려움은 없어 보였다. 함정에서의 고된 훈련 덕분인지 뱃멀미를 하는 해병은 아무도 없었다.

하루 반나절이 지났을까. 인천 항구에 가까워지고 있었다. 셀 수 없는 함정들이 작전 지시에 따라 오와 열을 맞춰 인천부두 앞으로 집결했다. 군함들은 뭍으로 대량의 함포 사격을 쏟아냈다. 인민군사령부가 진지를 구축하고 연합군에게 반격을 가하는 월미도에는 전투기들이 폭격을 멈추지 않았다.

"인천항에 도착하면 25중대는 하선 즉시 일사불란하게 적진 앞으로 돌진한다. 주변을 살피며 목적지까지 분산 이동하도록!"

중대장이 하선 명령을 내렸다. 해병들은 함성을 외치며 함정에서 내려 앞으로 나갔다.

낮은 포복과 돌격형 전진을 번갈아 하며 인천 연안에 닿았다. 이어 해병들의 함성이 터졌다. 적의 진지는 함포 사격과 전투기 폭격으로 진압되었다. 인천시내는 불바다로 변해 있었다.

인천에 상륙한 문오는 참혹한 인천 시가를 바라보았다. 집중 포화로 건물들은 폐허가 되었고 연막이 걷히지 않았다. 길가에는 남루한 차림의 사람들이 나와 만세를 부르며 국군과 연합군을 환영했다.

인천에 상륙한 해병들이 북한군을 격파하며 서울 방면으로 행군 대열을 이루자 더 많은 시민이 몰렸다.

"대한민국 만세! 왜 이제야 왔어요!"

태극기를 들고 울먹이며 행군하는 해병들을 응원하는 시민들의 모습이 눈에 들어왔다. 9월 15일 새벽부터 실시된 인천상륙작전은 북한군의 저항을 막아내며 성공적으로 수행되었다.

다음 날 동틀 무렵, 중대장이 집합 명령을 내렸다.

"우리 25중대는 서울을 탈환하기 위하여 서울로 행군한다. 우리 해병은 서울을 탈환하여 중앙청에 태극기를 꽂을 것이다."

중대장은 숨어 있는 적을 찾는 수색부대 임무를 강조하며 경계를 단단히 하라고 일렀다. 25중대는 전열을 가다듬고 전방을 수색하며 서울로 향했다. 해병들은 앞서거니 뒤서거니 적을 소탕하며 계속 전진했다. 드디어 9월 28일, 해병대는 독립문 안산을 넘어 서울을 완전히 탈환했다.

"대한민국 만세! 해병대 만세!"

중앙청에 태극기를 꽂아 입성식을 거행하는 순간, 만세 소리와 해병대 군가가 우렁차게 울려 퍼졌다.

서울 탈환 후 해병대는 북진에 나섰다. 약 100리쯤 전진했을 때 중대장이 대열을 멈추게 했다. 특별 명령이 하달되었다.

"우리 25중대는 별도 작전을 수행한다. 인천으로 되돌아간다. 인천에 도착한 후 새로운 명령을 기다린다. 이상!"

17

생사를 넘나드는 전선

10월 9일 인천에 도착한 해병들은 잠시 휴식을 취했다. 그리고 이튿날 인천 항구에서 미 함정에 올라 원산상륙작전을 감행하게 되었다. 원산 앞바다에서도 함포 사격으로 적군의 기세를 꺾었다. 해병대는 서울을 탈환한 주역이라는 자부심으로 사기가 하늘을 찔렀다.

문오는 해병대에 자원입대한 어등마을 친구들과는 각각 배치 받은 부대로 뿔뿔이 흩어진 뒤로 만나지 못했다. 그래도 작전에 참가한 해병들 속에 그들이 있으리라는 생각이 문득문득 들곤 했다.

"석범아, 동호아, 문주야…… 친구들아, 조심해라. 공산당을 무찌르고 통일이 되어 고향에서 보자."

문오는 친구들을 떠올리며 전의를 다졌다. 원산에는 미 함정을 타고 이동한 지 17일 만인 10월 27일에 상륙했다. 해병들은 원산에 상륙해 안변과 통천, 장전, 고성 등 각각 다른 집결지로 떠났다. 25중대가 속한 부대의 집결지는 고성이었다.

25중대는 고성 북부의 고저로 상륙하게 되었다. 상륙 시 적의 저항은 만만치 않았다. 한국 해병과 미 해병은 함정에서 함포를 쏘아가며 적진을 뚫고 나아갔다.

일부 해병은 매복해 있던 적의 총탄에 맞아 쓰러졌다. 악에 받친 해병들은 적진에 기관총을 난사하며 반격했다. 살아남은 적들은 숲속으로 숨어들었다. 고저에 상륙한 후 25중대는 수색 작전을 벌이며 가시덤불 무성한 숲을 가로질러 고성으로 진군했다. 해병은 완전무장을 한 채로 통천을 지나 사흘 밤낮을 생사를 넘나들며 400리 길을 걸었다.

11월의 고저는 벌써 초겨울 문턱에 다다라 있었다. 찬바람이 쌩쌩 불고, 살을 에는 듯한 추위가 계속되었다. 계속된 행군으로 눈길에 푹푹 빠진 군화에는 물기가 스며들었다. 여기저기 해진 양말은 더 이상 발을 감싸주지 못했다. 물집이 생기고 터지기를 반복해 진물이 나는 발가락은 부기가 빠지지 않았다. 그래도 행군은 계속되었다. 쓰라린 통증이 송곳처럼 온몸을 찔렀다. 저절로 터져 나오는 비명을 삼켜야만 했다.

"우리는 이곳에서 잠시 휴식을 취한다. 휴식 시간은 30분. 대소변을 보더라도 절대 혼자 이동은 안 된다. 반드시 3인 1조가 되어서 1명은 대소변을 보고 나머지 2명은 경계를 철저히 한다."

계속 행군하던 즈음, 중대장의 지시가 떨어졌다.

"혹시 매복해 있을 적들이 대소변 냄새를 맡고 추격할지 모른다. 땅을 깊이 파고 대소변을 본 뒤에는 흙으로 덮도록! 알겠나?"

중대장은 손가락을 입술에 갖다 대며 대답은 못하게 했다.

문오는 소변을 보고 군화를 벗었다. 물집이 터져 진물이 굳은 발바닥이 양말에 달라붙어 있었다. 엄청난 고통이 밀려왔다. 맨발바닥을 보려고 해도 살갗과 양말이 엉겨 붙어 분리할 수 없었다.

양말을 신은 채로 발바닥을 확인했다. 도저히 자신의 발이라고 볼 수 없을 정도로 만신창이였다. 문오는 배낭에서 손수건을 꺼내 발바닥을 동여맸다. 그 위로 남은 양말을 하나 더 없어 신었다. 한 발 한 발 움직일 때마다 찢어지는 고통이 정수리를 짓눌렀다. 그러나 걸음을 멈출 수는 없었다.

행군 끝에 도착한 곳은 외금강역이었다. 수정봉·문주봉 등의 높은 봉우리들이 한 폭의 화첩처럼 외금강을 둘러싸고 있었다. 울긋불긋했던 산은 어느새 잎을 떨구고, 눈 덮인 하얀 봉우리들이 고요히 다가왔다.

해병들은 기차에 승차해 집결지로 향했다. 고성에 도착하자마자 문오의 분대원들은 2킬로미터쯤 떨어진 인도교에 방어 진지를 구축하는 임무를 받았다. 그곳에서 근무 중에 몇 명의 문어 장수를 만났다. 민간인들과 마주쳤다는 것 자체가 무척 반가웠다.

문오는 한 마리에 80환을 부르는 문어를 샀다. 들어올리기도 힘들 정도로 큰 문어였다. 마침 11월 5일은 음력으로 아버지 기일이었다. 입동이 사흘 앞으로 다가와 있었다. 문오는 군인 신분이지만 간단하게라도 아버지 제사상을 차리는 게 도리라고 생각했다.

교대근무 시간에 문오는 분대원들에게 양해를 구하고 무작정 민가를 찾아갔다. 쉰 줄 가량 되어 보이는 부부의 오막살이였다.

"아주머니, 아저씨. 바로 위 해병대 주둔지에서 고지를 지키고 있는 안문오 해병입니다. 오늘이 아버님 기일이라 제를 지낼 수 있을까 해서 찾아왔습니다. 돈은 충분히 드리겠습니다."

문오는 조심스럽게 부탁했다.

"아이고, 그러세요. 잠시만 기다리세요. 저희가 약소하게나마 준비해 드리지요."

부부는 '돈은 절대 필요 없다'며 따뜻하게 문오의 청을 받아주었다. 잠시 후 밥상 위에 술과 과실, 쌀밥 등이 오른 제사상이 차려졌다. 구입한 문어도 올렸다.

"아버님, 소자 문오는 강원도 고성에서 몸 건강히 잘 지내고 있습니다."

갑자기 눈물이 흘러내렸다.

"아버님, 하늘나라에서 편히 쉬고 계십시오. 저는 꼭 살아 돌아가서 묘소나마 잘 모시겠습니다."

제사를 마치자 부부는 동료들과 나눠 먹으라며 음식을 담아 건네주었다. 문오는 부부에게 어떻게든 감사를 표하고 싶었다. 쌀 한 되와 과일값 등을 합쳐 어림잡아 300환을 사양하는 부부 손에 꼭 쥐어드리고, 근무 중인 인도교로 내려왔다.

"해병들, 오늘 이 일은 절대 비밀로 해주게."

문오는 갖고 온 제사 음식을 분대원들과 나눴다.

"수고했네. 안 해병."

분대원들도 문오에게 고마움을 표했다. 날이 새자 분대원들은 인도교 입구 경계근무를 마치고 교대해 고지를 지켰다.

며칠 후, 25중대장으로부터 '완전무장하고 30분 후 인도교 앞에 집결하라'는 긴급 명령이 시달되었다.

"지금 통천지구에 공비들이 나타났다. 주민들의 식량을 수탈하고 피해를 입혔다고 한다. 우리 중대는 1대대 1중대와 함께 공비 토벌을 나간다."

중대장의 말이 떨어지자 해병들은 곧장 차량에 탑승해 통천국민학교로 출발했다. 25중대는 통천국민학교에 주둔하면서 민가에 출현하는 적을 섬멸하고, 1중대와 교대해 고지 방어를 하는 임무를 부여받았다.

중대원들은 통천 민가의 경계와 순찰 근무에 최선을 다했다. 수색조를 짜 수시로 수색했고, 적이 들어올 수 있는 길목에서 매복 작전을 폈다.

어둠이 깔리자 통천의 밤은 고요함 자체였다. 그때 어디선가 바스락거리는 소리가 들려왔다. 검은 물체가 보였다.

"적이다. 사격 준비."

분대장은 적이 나타났음을 감지하고 목소리를 낮췄다. 적들은 50미터 전방쯤에서 낮은 포복으로 다가오고 있었다.

"적이다. 사살하라."

명령과 함께 사격이 시작되었다. 적들은 뒷걸음치며 후퇴했다.

"탕, 탕, 탕."

총알이 빗발처럼 쏟아졌다. 해병들은 도망가는 적들을 사격하며 뒤를 쫓았다.

"멈춰!"

분대장이 명령했다.

"적이 파놓은 함정에 빠질 수도 있다. 경계 위치로 돌아간다."

분대장은 침착하게 분대원들을 인솔했다. 신경이 곤두선 상태에서 날이 밝았다. 수색조를 편성해 어젯밤 사살한 시신들을 확인했다. 적들은 통천에 막강한 해병 병력이 진을 치고 있음을 알고는 함부로 민가를 염탐하지 않았다. 간헐적 공격이 있었으나, 점차 안정되어 갔다. 주민들은 날이 갈수록 해병대를 믿고 반겨주었다.

통천은 다른 지역과 달리 먹을 것도 넉넉한 편이었다. 마을 사람들이 제공하는 고기와 찰떡, 민속주도 있었다. 병사들은 지역 주민들과 간단한 오락회도 하면서 고향 같은 분위기에 위로를 받곤 했다.

25중대는 통천국민학교에 주둔하다가 1중대와 교대해 고지로 올라갔다. 저녁 해는 기울어 산 끝자락에 걸려 있었고, 비가 내릴 듯 구름이 군데군데 하늘을 덮고 있었다. 고지에서 바라본 통천의 풍광은 장관이었다. 멀리 파노라마처럼 펼쳐진 금강산의 장엄한 산세가 해병들의 마음을 사로잡았다.

25중대는 11월 23일, 함흥으로 출동하라는 명령을 받았다. 함흥의 장진군 일대에서는 밀려 내려오는 중공군과 연합군 사이에 치열한 전투가 벌어지고 있는 것으로 전해졌다.

"우리 해병은 함흥으로 출동한다. 함흥은 산세가 험하고 적들이 산속에 숨어 있어 기습당하기 좋은 곳이다. 정신을 바짝 차려야 한다."

중대장이 명령을 내리며 주의를 주었다.

"예, 알겠습니다."

중대원들의 대답에 힘이 들어갔다. 함흥 전선에는 눈보라가 몰아치고 칼바람의 한파가 기승을 부리고 있다고 했다.

"함흥? 함흥은 도대체 어디에 있는 거야?"

문오는 낮은 목소리로 동료 해병에게 물었다. 다들 생소한 듯 고개를 갸웃거리며 서로를 쳐다보았다.

"한반도에서 가장 추운 곳이래. 개마고원이라는 곳에서는 얼어 죽을지도 몰라."

김 해병이 살짝 한마디를 던졌다. 대원들은 고개만 절레절레 흔들었다. 배운 것은 '해병은 명령에 따라 죽고, 명령에 따라 움직여야 한다'는 것뿐이었다. 그 외에 문오와 동료들이 할 수 있는 것은 아무것도 없었다. 문오는 '함흥의 위치와 어떤 전투가 벌어지고 있는지'가 정말 궁금했다. 다른 해병들도 마찬가지였다.

모두 긴장한 상태로 군용 트럭에 탑승했다. 〈나가자 해병대〉 군가 소리가 함흥 전선 쪽으로 울려퍼졌다.

"우리들은 대한의 바다의 용사 / 충무공 순국정신 가슴에 안고 /

태극기 휘날리며 국토 통일에 / 힘차게 진군하는 단군의 자손 /

나가자 서북으로 푸른 바다로 / 조국건설 위하여 대한 해병대.”

고성에서 해병대원들을 태운 군용 트럭은 칠흑 같은 어둠을 뚫고 북쪽으로 올라가 밤 11시 무렵 동해안 끝자락의 함흥에 들어섰다. 살을 베는 듯한 영하의 추위에 피로까지 몰려왔다. 문오는 한 치도 움직이지 못한 채 탑승해 있던 탓에 양쪽 발 동상의 통증이 송곳처럼 몰려와 온몸을 파고 들었다. 그러나 아픈 모습을 보일 수가 없었다.

학교 앞에 이르자 차량이 잠시 멈췄다. 소대장이 중대장과 뭔가 논의하고, 해당 대원들에게 다가와 하차 명령을 내렸다.

“우리는 오늘 이 학교에서 내일 아침까지 숙영한다. 여기는 국군 점령 지역이지만 경계근무에 철저해야 한다. 졸거나 태만하면 적에게 스스로 목숨을 바치고, 우리 모든 해병을 죽이는 일이다.”

숙영 준비에 앞서 소대장은 무엇보다 경계근무를 똑바로 할 것을 거듭 강조했다. 그도 그럴 것이, 피로에 지친 병사들이 졸면서 경계근무를 서다가 눈 깜짝할 사이에 적에게 목을 베였다는 얘기들이 심심치 않게 들려왔기 때문이다.

숙영지에서 날이 밝았다. 대원들은 간단히 아침 식사를 한 뒤 휴식을 취했다. 오후 2시쯤 출동 명령과 동시에 배급받은 식량을 짊어지고 또다시 북으로, 북으로 향했다. 자정 무렵, 장진군 남쪽의 제법 고지 높은 골짜기에 들어서서 군용 트럭이 멈췄다.

사방을 살펴보니 눈 쌓인 고산이 희끄무레했다. 적과의 전투에서 유리한 위치에 서려면 설산 고봉을 점령해야 한다. 혹한에 쌓인 눈은 이미 사람 키를 넘어서고 있었는데, 행군을 시작한 지 얼마 지나지 않아 하얀 나비 떼처럼 눈발이 날렸다. 앞서 가는 대원들이 길을 뚫고 나아갔지만, 뒤따르는 행렬이 잠깐이라도 거리를 두면 이어지는 발자국을 지울 만큼 금세 눈이 쌓였다. 순식간에 엄청난 폭설로 바뀌었다. 올라가는 중에 몇 번이나 넘어졌다가 일어났는지 헤아릴 수 없었다. 적들이 매복하고 있다가 공격하면 개죽음이었다. 숨소리조차 죽여 가며 한 발자국 한 발자국 옮길 때마다 긴장의 연속이었다.

두 발을 옮기면 한 발 미끄러지며 산 정상까지 올라가니 시간은 새벽 1시 30분이었다. 최종 목표 지점에 올라 주위를 살피다가 바위틈에서 꿈틀하는 검은 물체를 발견했다. 동물이 아니라 사람의 움직임이었다.

"손 들어! 누구냐?"

해병들은 일제히 엎드려 사격 자세를 취했다.

"국방군, 육군."

바위틈에서 신호를 보내왔다. 아군을 만난 반가움에 해병대와 육군은 서로 껴안고 악수했다.

"적과의 교전으로 양측에서 많은 사상자가 발생했다. 우리는 적들에게서 상당량의 화기를 노획해서 사기가 충만하고, 이 산에 매복해 있는 중이다."

육군이 현 상황을 전했다.

"전방에는 수많은 중공군과 인민군이 집결 중이다. 우리는 주요 산봉우리에 방어진을 구축해 적의 동태를 살피고 있다."

육군은 적진의 동태도 알려주었다. 그렇지만 해병들은 산길을 올라와 피곤함이 극에 달해 있었다. 피로감에 저절로 눈이 감겼다. 2명을 전방 보초로 보내고, 나머지는 잠자리를 만들어 잠을 청했다. 한 길 이상 높이 쌓인 눈을 야전삽으로 치워내고, 몸을 눕힌 모포 속에서 추위할 겨를도 없이 잠들었다.

소대장이 대원들을 집합시킨 건 새벽 4시경이었다. 2시간이라도 자고 일어나니 피로가 풀린 듯 했고 한결 몸이 가벼워졌다.

"지금부터 우리는 작전상 철수한다."

뭔가 분위기가 심상치 않았다.

"신속하게 철수 준비를 하라."

해병들은 적을 향한 적개심이 불타올라 앞으로 진격하고 싶었지만 갑작스런 철수 명령에 아쉬움이 컸다.

"쳐부숩시다. 적이 바로 눈앞에 있는데, 이 목숨 바치겠습니다."

일부 대원이 전의를 불태웠다.

"다시 한 번 명령한다. 작전상 철수한다."

소대장은 단호하게 명령을 반복했다. 해병들은 빠짐없이 장비를 꾸리고 대열을 정비한 다음 신속하게 철수 준비를 했다.

철수하는 길은 꽁꽁 얼어붙고 험한 데다 깜깜했다. 부대원들은 몇 번이나 엉키며 넘어졌다. 한 번 넘어지면 정신이 아찔했다. 동료 전우가 일으켜 세워주면 겨우 행렬을 따라갔다. 한 발을 옮기고, 죽을힘을 다해 다른 발을 내밀며 초주검이 되는 행군을 거듭했다.

"참고 견뎌야 한다. 이것도 못 견디면 해병이 아니다. 힘내라."

상급자들이 격려하며 힘을 북돋웠다. 대원들은 바닥이 해진 군화를 신고 행군했다. 철수 도중 적의 포탄이 아군 기지에 떨어져 많은 사상자가 발생했으나, 문오의 부대는 남쪽으로 쉬지 않고 철수해 아침 7시경 목표 지점에 도착했다.

행군을 멈추니 안도감과 함께 허기가 밀려왔다. 너무나 배가 고픈 나머지 지쳐 쓰러져 있다가도 아침으로 나온 주먹밥으로 허겁지겁 허기진 배를 채웠다. 그마저도 시간 여유가 없었다.

"이동한다! 이동한다!"

소대장이 다급하게 이동을 명령했다. 해병들은 먹던 주먹밥을 입안에 쑤셔 넣고, 되는 대로 손에 음식을 움켜쥔 채 빠르게 다음 목적지로 향했다.

오후 3시경, 신안리에 도착하고 보니 미군들도 집결 중이었다. 해병 각 중대의 주계병들은 음식을 준비하고 있었다. 25중대 주계병 일부도 도착한 상태였다. 이들이 준비된 떡과 과자를 나누어 주었다. 살 것 같았다. 문오는 달콤한 것을 입에 넣으니 온몸이 사르르 녹는 듯했다. 동상 걸린 발도 잠시 통증을 잊을 수 있었다.

나흘쯤 지난 후, 문오의 분대는 대대장으로부터 수색 명령을 받았다. 신안리 앞산 너머에 보이는 효성마을까지 가서 적의 동향을 살피고 오라는 임무였다. 7명의 정탐 분대가 꾸려졌다. 분대장의 지휘 하에 하루 분의 식량을 짊어지고 산속 깊이 들어갔다. 해는 금세 기울어 사방은 순식간에 깜깜해졌다. 산중 농가를 찾아들었다.

"어르신, 전쟁 통에 힘 드시죠? 인민군들은 나타나나요?"

"요사이 인민군들은 보이지 않수다. 그렇지만 어디 숨어 있을지 모르겠수다."

"예, 고맙습니다. 여기서 효성마을까지 가는 길은 어느 쪽이 빠릅니까?"

"저기 산을 넘어야 해요. 산이 가파르고 힘들어요. 그리고 그쪽은 중공군이 자주 출입해서 농민들을 힘들게 하고 있어요. 저 밑에 군이 주둔하고 있으니까 거기서 밤을 지내고 가세요."

상세하고 친절하게 알려주는 노인에게 분대장은 고마움을 표했다. 아군 주둔지로 향하는 도중에는 같은 소대의 다른 분대와 마주쳤다. 분대장끼리 대화가 오갔고, 적의 동향 정보를 교환했다. 경례를 나눈 뒤 두 분대는 헤어졌다.

문오의 분대는 군 주둔지에서 5리쯤 떨어진 한 민가에 찾아들어 대원들의 식량을 전하고 식사를 해결했다. 분대장이 먼저 들어가 사정을 말했고, 오십대로 보이는 집주인이 분대원들을 반겨주었다. 조금 기다리니 식사를 준비해 내어 왔다. 반찬이라고는 묵은 김치뿐이었지만 대원들은 순식간에 밥을 먹어치웠다.

경계병 1명을 밖에 세우고, 분대원들은 모처럼 온돌방에서 눈을 붙였다. 깊은 산촌에 총성의 메아리가 간헐적으로 울려 퍼지며 들려왔다.

문오는 발이 너무 아팠다. 퉁퉁 부은 발은 검게 썩어 들어가 신발을 벗을 수도, 신을 수도 없는 상태가 되어 있었다. 엄동설한에 계속되는 행군과 전투로 달리 손쓸 도리가 없었다. 그렇다고 내색하기도 어려웠다. 고통을 견디다 겨우 잠이 들었는데, 경계병의 외침에 화들짝 눈을 떴다. 새벽닭이 울 무렵이었다.

"기습이다."

곧바로 소총을 들고 밖으로 뛰쳐나왔다. 그런데 적들은 보이지 않고, 전날 저녁에 만났던 타 분대장이 총상을 입고 와 있었다.

"아니, 정 분대장, 어떻게 된 일인가?"

문오의 분대장이 물었다.

"잠시 휴식을 취하던 중 적의 기습에 당했다. 전투 중에 나만 겨우 빠져 나왔네. 모두 사살당한 것 같지만, 혹시 생존해 있을지 모를 대원들을 구출해야 하네."

문오의 분대는 타 분대가 기습을 당했다는 곳으로 출동했다. 중공군은 게릴라전에 능숙해 눈 속에 은폐해 있다가 언제 기습 작전을 벌일지 몰랐다. 조심스럽게 전진하는 중에 부상병들을 옮기는 해병들을 만났다. 본부소대와 소초소대가 어젯밤 적의 기습을 받았다고 했다. 두 소대는 조금 떨어진 곳에서 숙영했는데, 소초소대 불침번 교대자가 나올 때 낮은 포복 중인 중공군들을 발견했다. 발각된 것을 알아챈 중공군들은 재빨리 모습을 감췄고, 소대원들이 신속하게 기동해 추격하는 해병들과 총격전이 벌어졌다. 그 과정에서 아군 사망자와 부상자도 발생했다는 것이다.

본부소대와 소초소대의 교전 상황을 들었으나, 습격당한 타 분대원들의 행방은 알 수 없었다. 문오가 속한 분대원들과 총상 부위를 감싼 정 분대장은 몸을 낮춰 앞으로 나아갔다. 해병들은 무언가가 조금이라도 움직이면 집중 사격을 감행했다. 검은 물체가 일어서다 꼬꾸라졌다. 그렇다고 확인하러 함부로 나섰다가는 적의 전략에 넘어갈 수 있었다.

매복해 있는 중공군과 수시로 교전이 벌어졌다. 핏방울들이 하늘로 치솟다가 땅으로 비처럼 떨어져내렸다. 문오의 분대원 1명도 적군의 총에 맞아 쓰러졌다.

'장하고 위대한 해병들. 사랑하는 나의 전우들. 사랑한다. 조국에 목숨 바친 불굴의 정신, 잊지 않으마.'

문오의 얼굴에 하염없이 눈물이 흘러내렸다. 함경도의 산하에는 끊임없이 눈이 내리고, 피가 번졌다. 피로 물든 눈밭은 계속 내리는 눈으로 하얗게 덮여 갔다. 타 분대원들 중 생존자는 찾지 못했다.

"타앙~!"

정 분대장은 혼자만 살아남았다는 자책감과 상실감, 마음의 상처로 울부짖다 스스로 생을 마감했다. 문오의 분대는 산야에 쓰러져 간 해병들의 시신을 수습하고 나서 어젯밤 머물렀던 민가를 찾았다.

집주인은 군인들이 올 줄을 알고 있었는지 이미 식사를 준비해 두고 있었다. 분대원들은 식사를 하고, 집주인이 따로 만들어 놓은 떡까지 배낭에 담았다.

"필승! 식사를 제공해줘서 고맙습니다."

분대원들은 인사를 하고 행군해 주둔지인 신안리 국민학교로 내려갔다. 마을에서는 해병들이 왔다고 돼지까지 잡고 반겨주었다. 해병들은 모처럼 따뜻한 식사로 배를 채웠다.

문오의 분대는 다시 신안리 본대와 교대하라는 지시를 받고 수송 차량을 기다렸으나 오지 않아 행군해서 가게 되었다. 문오는 동상 입은 발로는 도저히 걸어갈 수 없는 상황이었다. 하지만 숨이 끊어질 때까지 싸우겠다는 결심은 변하지 않았다. 양발을 끌다시피 하며 행군해 밤늦게 본대에 도착했다.

"수고했다. 해병들에게 민가의 따뜻한 방을 제공하라."

대대장으로부터 지시가 떨어졌다. 온돌방에서 잘 수 있는 밤이었다. 문오의 분대는 다음 날 오전 본대와 교대한 후 완전히 중대로 복귀했다. 막사로 돌아온 문오는 동상이 심하게 걸린 발을 분대장에게 보이지 않을 수 없었다. 더는 방치할 수 없는 상태였다.

"분대장님, 위생실에 다녀와야겠습니다."

"아니, 왜?"

"발이 잘 움직여지지 않습니다."

"양말 벗어봐."

문오가 어렵사리 양말을 벗어 보이자 분대장은 깜짝 놀랐다.

"아니, 이렇게 발바닥이 썩어 문드러질 때까지 왜 아무 말도 안 했어? 같이 위생실로 가자."

분대장은 문오를 데리고 위생하사관을 찾았다.

"아니, 대단하다. 안 해병, 어떻게 참고 견뎠나?"

발의 상태를 보고 위생하사관도 놀랐다. 곧장 중대장에게 보고되었다.

"치료가 필요하다. 왜 소대장에게 보고하지 않았나? 안 해병은 그동안 전투 공적도 많다. 치료 후 복귀하도록 하라."

중대장은 문오의 발을 직접 확인하고 치료 명령을 내렸다. 문오는 소대로 돌아가 중대장 명령을 소대장에게 전했다. 중대원들과는 아쉬운 이별을 했다.

"안 해병, 치료 잘 받고 건강한 몸으로 보세."

"김 해병, 장 해병…… 고맙네. 빨리 치료받고 복귀해서 전우들과 생
사를 함께하겠네."

전우들과 인사를 마친 안문오 일병은 12월 10일자로 함흥 해병야전병
원에 이송되었다. 12월의 함흥 하늘에서는 함박눈이 내리고 있었다.
야전병원으로 향하는 길은 쌓인 눈으로 미끄러웠다. 이곳에서도 적은
언제 나타날지 몰랐다. 이송병과 문오는 긴장의 끈을 놓지 않았다.

야전병원은 아수라장이었다. 말만 병원이지, 사람이 죽어 나가고 여
기저기 신음소리가 가득했다. 얼굴이나 목 또는 발목 등의 부위에 붕
대를 감은 부상병들로 병원은 발 디딜 틈도 없었다. 그들에 비하면
문오의 발 동상은 별것 아닐 정도였다.

"뭐 때문에 왔어요?"

1시간 이상을 기다리자 간호병이 물었다. 문오는 발을 가리키며 신
발과 양말을 벗어 보였다.

"이렇게까지 썩도록……."

말을 잇지 못한 간호병이 군의관을 찾았다.

"안문오 해병, 대단하네. 이렇게 썩어 가도록 어떻게 참고 견뎠나?"

군의관이 혀를 찼다.

"전우들은 적탄에 맞아 죽어가는데 말할 시간도 없었고, 말할 수도
없었습니다."

문오가 또박또박 힘주어 말했다.

"여기서는 임시 치료밖에 안 되네. 안으로 썩어 들어가고 있어. 정밀 치료가 필요해."

군의관은 소독약을 바르고 응급처치만 했다. 후방으로 이송해 장기 치료가 필요하다는 판단이 내려졌다.

12월 15일, 문오는 상태가 심한 환자들과 흥남으로 후송되었다. 흥남 비행장에서 적십자 비행기를 타고 부산 수영비행장에 도착했다. 새벽녘까지 비행장에서 밤을 새우다 군용 트럭을 타고 부산 부두로 갔다. 그리고 발동선에 몸을 싣고 진해통제부 해군병원으로 이송되어 제2병동 17호실에 입원했다. 병원은 눈 뜨고는 볼 수 없는 최악 상태의 부상병들로 가득했다.

병원 밖을 지나다니는 사람들의 모습은 보이지 않았다. 입대할 때 푸르렀던 진해의 모습은 온데간데없고, 추운 겨울이라 앙상해진 나무들로 주변은 스산했다. 시간이 지나자 부상병들의 고통스러운 모습에도 익숙해졌다. 입원한 지 4개월여 동안 계절이 바뀌고, 썩어 가던 발바닥과 발가락은 차츰 회복되고 있었다. 문오는 어느새 병원생활에 익숙해졌다.

"이제 어느 정도 치료가 됐으니, 퇴원해도 될 것 같다. 국가와 국민을 위해 해병 용사로서 잘 싸워주게. 위기에 처한 국가를 살려내게, 알았나?"

문오의 담당의가 말했다.

"예, 알겠습니다. 감사합니다. 필승!"

문오는 인사를 하고 돌아섰다. 봄이 왔다. 그토록 기다리던 봄이었다. 따사한 봄 햇살이 퇴원 시기와 맞게 마중하듯 반겨주었다.

문오는 병원에서 1계급 승진하고 완쾌된 몸으로 해병사령부 보호교육대에 전속 받았다. 사령부 옥외 청소와 변소 청소가 하루의 과업이었다. 청소가 끝나면 밖으로 나갈 수도 있었다. 들녘이며 도로며 아름답게 피어오른 벚꽃이 장관을 이루었다. 바람에 흩날리는 꽃잎이 바람결에 눈처럼 쏟아지면 바닥은 연분홍의 꽃길이 되었다. 벚꽃에 뒤덮인 진해의 봄을 누릴 수 있는 시간이었다.

문오는 사흘 만에 군산기지 전령 명령을 받았다. 사령부에 대기하고 있던 신병들과 군용 트럭을 타고 부산으로 가서 보급품을 수령했다. 밀양과 대구를 지나 대전에서 이리를 거쳐 군산에 도착하자, 선임하사관이 해군경비부 파견을 명령했다. 해군 정복을 입고 댕기를 날리며 복무하게 되었다. 그것도 잠시, 해병 6기 후배와 임무 교대를 했다. 군산부두에서 LST에 몸을 싣고 인천항에 닿았다. 다시 백령도에 도착해서는 항구에 대기 중이던 해병들을 승선시켰다. 함정은 백령도를 떠난 이후 목포로 내려갔다. 목포에서는 문오가 전혀 예상할 수 없었던 제주항으로 항로가 잡혔다.

기항지마다 해병 신병들이 함정에 승선했다. 부둣가에는 배웅 나온 가족들이 손을 흔들며 눈물바다를 이루었다. 함정은 신규 입대한 해병을 인솔하는 임무를 수행하는 중이었다. 잔뜩 겁에 질린 어린 해병들이 함정에 승선해 부동자세로 서 있었다.

'함정이 제주항에? 이럴 수가……'

갑작스러운 제주 기항에 문오는 어안이 벙벙했다. 고향 땅을 이렇게 밟게 될 줄 몰랐기에 기쁨과 동시에 조급함도 밀려왔다. 가족과 고향 사람들을 만나고 싶은 마음에서였다. 무엇보다도 어머니가 보고 싶었다. 불과 70리밖에 안 되는 곳에 어머니가 계신다. 모든 걸 팽개치고 달려가고 싶었다. 그러나 군인의 본분을 지켜야 했다. 마음을 가라앉혔다.

'제주 산지항에 도착해서 아는 사람을 아무도 못 만나고 돌아가면 서운해서 어쩌지?'

문오는 설렘과 걱정이 앞섰다. 산지항에 도착하자마자 갑판에 서서 혹시나 아는 사람이라도 있지 않을까 부두를 바라보았다.

"문오야, 문오 아니냐?"

누군가 크게 부르는 소리가 들렸다. 깜짝 놀라 바라보니, 동네삼촌이었다. 소리를 지를 수는 없어 손을 흔들어 반가움을 표시했다. 잠시 후 소대장의 외출 허가가 떨어졌다.

"지금은 오전 08시다. 우리 함정은 오후 15시에 출항한다. 외출했다가 오후 13시까지 복귀하기 바란다. 1분이라도 늦을 경우에는 가차 없이 처벌하겠다."

문오는 즉시 외출증을 끊어 배에서 내렸다. 생각지도 않게 고향땅을 밟을 수 있다니 꿈만 같았다.

동네삼촌에게 달려가 반갑게 인사를 하고, 어떻게 오셨는지 물었다. 집안에 조카가 해병대에 입대하게 되어 배웅을 나왔다고 했다. 문오가 어디로 갈까 고민하고 있는데, 동네삼촌이 동문 근처에 사는 어등마을삼촌을 만나러 가자고 끌었다. 문오도 잘 아는 삼촌이라고 했다.
동문 쪽에 사는 분은 이모부의 동생뻘로, 돌아가신 아버지와도 친분
이 두텁던 삼촌이었다. 만나자마자 삼촌은 문오를 끌어안았다.

"살아 있었구나! 장하다. 문오야, 이게 웬일이니? 이렇게 만나게 될
줄은 꿈에도 몰랐다."

"예, 삼촌, 잘 계셔수꽈? 저의 어머님 소식은?"

"그래 나도 어등마을에 갔다가 집에 들르곤 하는데 어머님은 잘 있
다. 4·3 때 총에 맞은 목의 상처도 잘 치료되고 있는 것 같더라. 그래
도 목숨을 부지했기에 얼마나 다행이냐? 목에 항상 수건을 둘러메고
다니는 불편은 있지만, 어쩌겠나."

"예, 삼촌. 어머니 가끔씩 살펴줍서. 저는 병원 치료 마치고 신병들
모집하는 함정에 근무하다가 제주에 오는 행운을 얻어수다. 어머니
하고 누님께 잘 있다고 안부 전해주십서."

"그래, 알았다. 정신 바짝 차려야 한다. 어머니가 문오만 기다리면서
살아가고 있다는 걸 잊지 마라."

"예, 삼촌. 저는 먼저 일어나야쿠다. 잠시 외출이라 간단히 이발만 하
고 가야 되쿠다. 고맙수다."

문오는 동문의 어등마을삼촌 집을 나섰다. 볼일을 보고 함정으로 돌
아와 소대장에게 복귀신고를 했다. 1~2시간 정도 흐르자 최종 승선
인원 확인이 이뤄졌다. 함정은 고동을 울리며 제주항을 떠났다

<u>18</u>

전투와 전투 속에

1951년 6월 12일, 부산항에 닿자 문오는 곧장 신체검사를 받았다. 다음 날, 부산에서 보급품과 사흘치 부식을 군용 트럭에 싣고 밀양·대구를 거쳐 북상했다. 연대 본부 주둔지에 이르려면 대전과 서울을 지나 강원도 춘천 깊은 산중으로 들어가야 했다. 길이 자갈과 불쑥 솟은 암반으로 울퉁불퉁해 발을 딛기가 힘들었지만 해병들은 정자세를 유지하며 돌발 상황에 대비했다.

6월의 춘천은 진초록 물결로 물들며, 어느새 여름을 맞이하고 있었다. 산새들의 지저귐과 숲 허리를 스치는 바람, 계곡의 폭포수와 바위틈을 흐르는 물소리가 잠깐 동안 불안을 달래줬지만, 지금은 전시였다. 전선 배속을 받은 문오는 마음을 단단히 무장했다.

6월 16일 오후 6시 무렵, 해병 제1연대 본부 야전 주둔지에 도착했다. 저녁 대신 건빵으로 허기를 달랬다. 하룻밤을 연대 본부에서 보내고 날이 밝자 3대대 배속 명령이 떨어졌다. 당일 대대 본부에서 대대장에게 복귀신고를 했다.

"해병들은 전투 경험이 많다. 그대들은 우리 해병대의 최고급 자원이다."

대대장은 지휘봉을 뒤로 하고 열중쉬어 자세로 서서, 문오와 함께 새로 배속된 해병들을 둘러보며 이어 말했다.

"이제 부상도 회복했으니, 그간의 전투 경험으로 적들과의 싸움에서 반드시 승리할 수 있도록 배전의 노력을 기울여주기 바란다."

"예, 알겠습니다."

"지금 도솔산에서는 미 해병과 우리 해병이 중공군을 앞세운 북괴군과 치열한 압박전을 치르고 있다. 여러분은 연합군과 함께 최선을 다해 싸워서 승리해야 한다. 알겠나?"

"예, 알겠습니다. 필승!"

대대장은 대원들 손을 하나하나 굳게 잡으며 어깨를 두드려 주었다.

복귀신고를 마친 뒤, 어둠을 베개 삼아 잠시 눈을 붙였다. 그러다 돌연, "기상! 기상!" 하는 외침이 가까이 다가왔다. 꿈결 같은 순간이었지만 긴장감은 번개처럼 온몸을 타고 돌았다.

새벽 1시, 해병들은 완전군장으로 막사 밖에 집합했다.

"지금부터 나를 따르라."

소대장의 명령에 따라 곧장 고지로 올랐다. 도솔산 등성에서 고지를 탈환하려는 벌떼 같은 중공군과 교전이 벌어졌다. 박격포와 수류탄이 터지며 전장은 생지옥으로 변했다.

문오가 속한 소대 40여 명은 치열한 총격전 속에 고지를 사수했다. 다가오는 중공군을 궤멸시켰다고 판단해 재차 고지로 오르려는 찰나, 장대비 같은 총알 세례가 쏟아졌다.

"모두 은폐·엄폐 위치로!"

"위치로!"

바위와 나무 뒤에 몸을 숨기며 산 정상을 향해 총을 쏘았다. 눈앞에는 끔찍한 광경이 펼쳐졌다. 목이 날아간 전우, 눈구덩이가 패인 전우, 장기가 흘러내리는 전우……. 시신들이 여기저기 널브러져 있었다. 눈 뜨고 보기 힘든 비참함이었다.

"야, 이 개새끼들아!"

"내가 너희들을 개박살을 내줄테니 기다리고 있어라."

참혹한 죽음 앞에서 소대원들은 치를 떨었다. 복수의 불길이 활활 타올랐다.

"전우들의 시신을 산 밑으로 후송하라."

명령이 떨어지자 해병들은 피눈물을 흘리며 시신을 옮겼다. 전방 첨병이 앞을 헤치고 길을 내면, 나무를 잘라 끈으로 엮은 수레에 전사자를 싣고 숲을 가르며 캄캄한 산길을 더듬었다. 후방 첨병은 매복을 경계했다. 몇 번이나 넘어지고 일어나기를 되풀이하다 밤을 새워 후송을 마치니 벌써 정오가 지난 시간이었다.

중대 배치도 되지 않았던 문오는 이어 11중대로 발령을 받았다. 중대 본부에 신고하러 갔을 때는 이미 밤이었고, 적막을 가르는 폭발음은 멎지 않았다.

"필승, 신고합니다. 일병 안문오는 1951년 6월 17일부로 3대대 11중대로 발령받았습니다. 필승!"

신고를 마친 문오는 3소대 2분대로 전속, 분대장 전령이 되었다. 칠흑 같은 밤이 내려앉자, 6월임에도 밤공기는 다소 서늘했다. 바위틈을 찾아 눈을 붙인 뒤 날이 밝자마자 철조망을 산 위로 올리는 작업이 종일 이어졌다. 볕이 따가운 한낮, 철조망을 짊어지고 오르내리자니 목이 탔다. 몇 번이나 쉬었는지 헤아릴 수조차 없었다. 정상 베이스캠프를 두르기 위한 방책이었다.

도솔산에서 내려다보는 전경은 경이로웠지만, 살의는 그 풍광 속에 숨어서 번득였다. 밤이면 부스럭, 낙엽 한 장 소리에도 바짝 긴장해 경계근무를 섰다. 중공군은 낮엔 숨고 밤엔 기습했다. 피로가 쌓인 해병은 경계 중 잠깐 눈을 붙인 사이 기습을 당하기도 했다. 연이은 육박전으로 부상자도 늘었다.

모포와 배낭을 햇볕에 말리고, 장비를 닦고 조이고, 물을 길어 밥을 지어 먹는 일 — 평범해 보이는 일상이지만 산속에서는 너무 고되고 버거웠다. 맑은 날보다 안개와 구름 낀 날이 더 많은 산중생활. 도솔산의 한 달은 쓰라림과 고통 그 자체였다.

그러던 몇 날이 지나고, '해병 1연대가 오랫동안 야전생활만 했으니 미 육군과 교대해 후방으로 빠진다'는 소식이 돌았다. 믿기지 않아도 속으로는 환호했다. 하지만 기쁨은 오래가지 못했다.

"우리 3대대 11중대는 2대대와 같이 대우산을 공격한다."

중대장의 긴급 명령이 떨어졌다. 대우산은 도솔산 북쪽, 강원도 양구

군과 동면 해안에 걸친 장엄한 고산이다. 적은 도솔산 전투에서 패한 뒤 이곳에서 전열을 가다듬고 있었다.

전투 현장에는 총탄·포탄이 비 오듯 쏟아졌다. 전투기가 하늘을 가르며 적진에 포격을 퍼부었다. 대우산은 총성과 포성, 부상병들의 비명과 신음이 불빛과 얽혀 몸살을 앓았다.

해병은 물러서지 않았다. 쏟아지는 탄우를 가르며 '쓸어버리듯' 전진했다. 눈뜨기 힘든 장면이 이어졌다.

"이 빨갱이 새끼들, 내가 다 쳐부수겠다."

해병들이 소리쳤다.

"해병들이여, 전진하라. 적을 무찔러 통일을 이뤄다오."

부상을 입고 쓰러지면서도 마지막까지 투혼을 불살랐다. 인민군 시신은 돌부리와 나무 아래 널브러졌다. 중공군은 공격받으며 후퇴했고, 전투는 끝이 보이지 않았다. 그러다 전투가 갑자기 중단되었다.

"우리 중대는 전략적으로 대우산에서 철수한다."

아군의 희생이 컸던 탓인지, 무리한 전진이 적의 전략에 말릴 우려 때문인지는 알 수 없었다. 해병대는 전우의 시신과 부상자를 이송하며 철수를 시작했다. 대우산에서 물러나 도솔산을 비롯한 점령지를 사수하고 후방으로 이동했다. 7월 28일, 군용 트럭에 올라 우렁차게 〈해병가〉를 부르며 오랜만에 긴장을 풀 수 있었다.

목적지가 '후방'이라는 말에 모두가 조금은 숨을 돌렸다. 도착지는 홍천이었다. 홍천강 부근에 각 대대가 천막을 치고 주둔 중이었다. 여기서 전력을 재정비해, 일명 '김일성고지'인 924고지를 점령하는 것이 목표였다. 도솔산을 빼앗긴 적은 이 고지에 소련제 중화기로 무장한 최강의 인민군 1사단 3연대를 배치해 놓고 있었다.

빽빽한 숲으로 덮인 홍천의 여름은 시원하면서도 무더웠다. 홍천강 가 야전본부에 바짝 붙은 해병들은 내리쬐는 땡볕 속 무더위를 버텼다. 남쪽으로 뻗는 강물소리가 그나마 위안을 주었다. 강을 20미터 거리에 두고 수색정찰과 주·야간 훈련을 병행하며 체력과 전투력을 끌어올렸다. 피눈물 나는 강행군이었다. 피로와 통증은 뒤따랐지만, 기합과 정신훈련이 해병들을 다시 일으켜 세웠다.

말이 '후방'일 뿐 홍천은 언제든 출동 가능한 전술 지역이었다. 8월 28일 밤 9시, 홍천강 훈련 중 출동 명령이 떨어졌다. 숲길을 가르는 군용 트럭 위로 부슬비가 내렸다. 눈 붙일 틈도 없이 날이 샜다.

내린 곳에서는 박격포가 번개처럼 번쩍이며 터지고, 총소리가 연신 울렸다. 간단히 아침 겸 점심을 해결한 뒤 능선을 넘고 또 넘어 최전선으로 향했다. 행군이 길어질수록 기력은 떨어지고 낙오병도 생겼다. 너무 허기져 나뭇잎과 풀을 뜯어 먹는 해병도 있었다.

끝없는 행군을 마친 8월 29일 오후 5시경 ─ 인민군을 600미터 전방에 둔 요새지에 도착했다. 문오의 분대는 12명이 출발했으나 제때 도착한 이는 셋뿐이었다. 나머지는 늦은 밤이 되어서야 겨우 합류했다. 도착과 동시에 배고픔이 졸음을 이겼다.

"우리 중대는 내일 새벽 05시에 924고지 공격을 개시한다. 잠깐 눈을 붙이고, 이탈자 없이 공격에 임할 수 있도록!"

중대장이 명령을 알리자 여기저기서 한숨과 푸념이 새어 나왔다.

"배고픈 걸 해결해야 적과 싸울 거 아닌가? 힘도 없이 공격이라니……."

그래도 얼굴엔 긴장이 역력했다. 대규모 전투가 다가오는 걸 모두 예감하고 있었다. 배낭 속 건빵과 비상식량으로 끼니를 때웠다.

그때, 제주 한림에서 자원입대한 문 해병이 조용히 다가왔고, 애월읍 수산리의 양 해병도 문오 곁에 앉았다. 대정 무릉, 서귀포에서 온 해병들도 모였다.

"제주 해병들아, 전투에서 죽더라도 살아남은 전우가 전우의 고향집을 찾아 해병은 조국을 위해 장렬히 싸우다 전사했다고 전해주는 거 잊지 말자."

어등마을이 고향이라고 밝힌 문오가 말했다.

"우리는 가족이고 형제야. 적을 박살내고 살아서 고향으로 돌아가자."

밤은 깊어갔고, 제주의 해병들은 서로 손을 맞잡고 격려했다. 문오는 분대원들과도 굳게 악수했다. 손끝으로 전해지는 온기와 믿음만으로도 전의가 달아올랐다.

작전은 명료했다. 중대장은 중간 후미에서 총괄 지휘하고, 소대장은 분대장에게 명령을 내린다. 각 분대는 흩어져 좌우종대 공격진을 형성한다. 새벽 5시, 해병들은 전열을 가다듬었다. 고지 위로 안개가 서서히 피어올라 시야를 가렸다.

숲을 훑는 수색, 낮은 포복으로 고지를 향해 전진. 첨병은 9중대, 그 뒤를 11중대가 바짝 붙었다. 나무에서 한 번씩 날아오르는 새 날갯짓 말고는 사방이 고요했다. 적이 매복한 고지 200미터 전방까지 다가

섰다.

사정거리에 다다르자, 중대장은 오른손 검지를 입에 대어 정지 신호를 보냈다. 동작을 멈추고 동정을 살피는 찰나, 적의 화력이 터졌다.

"엎드려! 공격 개시!"

명령과 함께 중대원들은 바짝 엎드려 낮은 포복으로 조금씩 파고들며 사격을 퍼부었다. 전방 곳곳에서 수류탄이 연쇄로 터졌다. 고지의 중공군·북괴군은 화기를 무차별 난사했지만, 첨병 9중대는 전진을 멈추지 않았다. 그러나 압도적인 화력 앞에 하나둘 쓰러져갔다.

전멸. 어젯밤 고향에서 다시 만나자던 약속을 나눴던 제주의 해병 전우들도 차례로 스러졌다. 젊은 7·8기 해병들이 924고지를 앞두고 들녘의 꽃처럼 지고 말았다. 이제 11중대 차례였다.

"돌격이다. 적들을 섬멸하라. 빨갱이들을 죽여라. 돌격 앞으로!"

총성·폭음에 묻혀 명령은 반쯤 묻혔다.

"김 해병, 문 해병! 편히 잠들게."

문오는 전사한 전우들의 이름을 외치며 돌격했다. 총알이 좌우로 스치는 와중에, 왼쪽 옆구리에 서늘한 느낌이 번졌다.

"후퇴! 작전상 후퇴한다! 후퇴한다!"

상황을 가늠할 겨를도 없이 새로운 명령이 복창됐다. 해병들은 전방을 주시한 채 질서 있게 물러섰다. 후퇴 광경은 참혹 그 자체였다. 다리가 잘린 해병, 배가 터져 창자가 나뭇가지에 걸린 해병, 머리에서 피를 흘리는 해병……. 여기저기서 신음과 '살려 달라'는 비명이 산허리를 떠돌았다.

이 전투에서 연대장 김태식 대령도 부상을 입어 후송되었다. 부상자들을 실어 나르며 철수해야 했다.

문오는 마지막 숨을 몰아쉬는 전우들을 바라보며 차오르는 눈물을 억지로 삼켰다. 본부 주둔지에 돌아와 보니, 총탄이 스쳐 지나간 옆구리에서 피가 흐르고 있었다. 위생병으로부터 간단한 처치만 받은 그는 곧바로 다시 전투태세를 갖췄다.

연대장이 후송된 뒤, 대대장과 중대장 등이 연대 참모회의를 마치고 돌아왔다.

"우리는 내일 새벽 05시에 재공격한다. 오늘처럼 정면이 아니라 측면 공격이다. 공격 준비에 만전을 기하도록."

중대장의 명령이었다.

"우리는 이유 여하를 막론하고 924고지를 점령해야 한다. 내일 공격은 큰 부상자만 제외하고 모두 참여한다."

단호한 결의였다.

"다치지 않은 대원들은 전미에, 부상자들은 후미에서 받쳐주면서 공격한다. 공격대형은 횡대행. 각자 10미터 이상 간격 유지."

명령이 하달되자 대원들은 경계를 교대로 서며 짧은 휴식을 취했다.

문오는 일기장에 사무친 심정을 적었다.

'내일 공격에서는 반드시 고지를 점령해야 한다. 죽을 수도 있겠지만…… 조국에 한 목숨 바치는 일이다. 이것 만큼 영광스러운 죽음은 없다.'

동이 틀 무렵, 첨병 10중대가 미 해병 7연대 주둔지에서 출발해 공격에 나섰다. 적은 고지 방어 진지를 완비하고 박격포 등 중화기까지 두른 채 채비를 단단히 하고 있었다. 924고지 탈환전은 본래부터 중과부적이었고, 큰 희생이 따를 전투였다.

공격 대열을 갖춘 10중대는 인민군의 맹렬한 반격에 가로막혀 진격이 여의치 않았다. 전날처럼 사상자가 속출하면서 거의 전멸 상태에 이르렀다. 뒤이어 11중대가 진격했으나 쏟아지는 포·총탄을 뚫고 적진을 무찌를 수 없었다. 더 이상의 손실을 막으려면 철수밖에는 방법이 없었다. 마침내 철수 명령이 떨어졌다.

문오는 부상 당한 소대장과 분대장을 후송하는 길에 숲속 험로를 타고 퇴각 중이었다.

"문오야, 문오야! 나 좀 살려다오."

산 중턱에서 낯익은 목소리가 들려왔다. 같은 중대의 고향 친구, 동호였다. 갑장인 그는 어린 시절부터 문오와 한길을 걸어온 친구였다.

"문오야, 우리 동호 잘 살펴다오. 서로 의지하면서 꼭 살아 돌아오라."

동호의 부모는 문오를 친아들처럼 아꼈고, 입대 날에도 눈물로 부탁했다.

"동호야, 어떻게 된 거야?"

"여러 발 맞았어. 더 이상 걸을 수가 없어."

사타구니 부근 관통상이었다. 피가 콸콸 솟구치고 있었다. 순간 4·3 때 총상을 입고 죽은 문영 누나의 모습이 스쳤다. 같은 부위였다.

'동호를 살려야 한다. 내 친구를 살려야 한다.'

문오는 망설임 없이 동호를 둘러업고 산길을 뛰다시피 내려갔다. 사타구니에서 흐르는 피가 등을 타고 엉덩이 밑으로 끈적거리며 번졌다.

"힘내라, 동호야. 내가 너를 꼭 살린다."

그에게는 달리는 것 말고 다른 선택지가 없었다. 전우들의 시신 사이를 가르고, '살려 달라' 애원하는 해병들도 뒤로 했다. 문오는 눈물을 훔칠 틈도 없이 앞만 보고 내달려 간신히 캠프 근처까지 동호를 업고 내려왔다. 다행히 동호는 살아 있었고 곧장 전방으로 후송되었다.

중대장은 대열을 재정비했다. 문오는 숨 고를 틈도 없었다.

"첨병부대인 9중대, 10중대 해병들이 적군과의 격전 속에서 장렬히 전사했다. 전우들의 죽음이 헛되지 않게 꼭 고지를 탈환해야 한다."

중대장의 음성은 비장했다.

"지금까지는 작전상 후퇴였다. 살아남은 대원 전원을 11중대에 편성해 진격한다. 11중대가 첨병이 되어 924고지를 탈환한다."

"예, 알겠습니다."

5분 휴식이 주어졌다. 사실상 '무조건 점령' 명령이었다. 짧게 숨을 고르고, 신속하게 공격 대형을 갖췄다.

진격이 시작되자 적탄이 장대비처럼 쏟아졌다. 그러나 이번에는 물러날 수 없었다. 11중대는 탄우를 가르며 924고지 턱밑까지 도달했다. 희생은 눈덩이처럼 불어났다.

적은 지형적 우위를 앞세워 능선을 타고 오르는 해병들을 조준 사격했다. 문오는 좌우로 몸을 흔들며 전진했다. 총알이 위아래로 스쳐 갔다.

'여기서 죽을 순 없다. 전우들의 희생을 헛되게 할 수 없다. 반드시 고지를 점령한다.'

다짐과 함께 총탄을 피해 가며 마침내 고지 부근에 다다랐다. 응징 사격과 포격을 가하자, 적은 진지를 포기하고 고지 반대편으로 물러나는 기미를 보였다.

"적들이 도망가고 있다. 지금이 기회다. 치고 올라가라."

명령이 떨어지자 해병들은 육박전을 펼치며 고지로 뛰어올랐다. 당황한 적의 마지막 발악이 있었지만, 해병의 함성은 더 컸다. 밀어내고 또 밀어냈다. 저녁 7시 무렵 양구 북방 해안분지 확보를 위한 4일의 혈투 끝에 국군은 924고지를 점령했다.

"만세, 대한민국 만세!"

너무 많은 희생 뒤의 승리였다. 해병들은 서로를 부둥켜안고 만세를 외쳤다. 그들의 눈물 속에 웃음이, 웃음 속에 눈물이 뒤섞었다. 기쁨과 슬픔이 고스란히 담겼다.

그러나 승리의 숨을 다 고르기도 전에 명령은 다음 목표를 가리켰다. 해병들은 공격의 고삐를 늦추지 않았다. 다음 목표는 '모택동고지'라 불리는 1026고지였다.

"지금부터 1대대와 2대대가 1026고지 점령의 첨병대대로 진격한다. 우리 3대대는 후방 100미터 지점에서 1대대와 2대대의 공격을 방호하며 고지 탈환의 길을 터준다."

대대장의 공격 명령이 떨어지자 1대대와 2대대가 선제공격에 나섰고, 사상자는 걷잡을 수 없이 늘어났다. 후미를 맡은 3대대에서도 희생이 적지 않았다. 전사자와 부상자를 후송하다가도 적탄에 맞기 일쑤였다. 대열을 정비하고 인원을 파악해 보니, 70명에 달하던 11중대 병력은 30여 명으로 줄어 있었다.

소대 규모로 쪼개진 11중대는 후면 지원을 하며 고지 공격의 강도를 끌어올렸지만, 1026고지 탈환에는 역부족이었다. 1026고지를 눈앞에 두고 젊은 해병들은 전장의 흙으로 하나둘 스러져갔다. 그 결과 11중대에는 '당분간 적의 반격을 저지하며 924고지를 사수하라'는 명령이 하달되었다.

'용감한 해병들이여, 그대들의 용맹은 후대에까지 영원히 빛나리라.' 문오는 눈가에 맺힌 슬픔을 애써 삼켰다. 일기장에는 동료 해병에게 바치는 헌사를 남겼다.

험악한 산기슭에 적의 탄막을 육탄으로 막아내며
평화스런 소년인 양 해맑게 웃으며 사라져 간 호국의 꽃이여!
승리의 깃발은 피 젖은 육선에 표연히 소리쳤다.

우국에 불타는 일편단심,
너는 네 어머니 조국을 위해 영광스러이 전사했고
구국의 정열을 뿌리고 간 민족의 영도자였다.
남기고 간 불사조의 씨앗을 고이 길러 승리로 바치리라.

통일의 꽃향기를 뿌리리라.

해병의 영혼들이여, 고이 잠드소서.

인민군의 1026고지 저항은 9월 3일에 막을 내렸다. 미 해병대의 지원이 결정적이었다. 한국 해병대와 미 해병대는 얼싸안고 감격의 눈물을 흘렸다. 924고지와 1026고지 점령으로 전세는 역전되었다.

9월 4일부터는 고지 방어에 들어갔다. 왼편의 우뚝 솟은 가칠봉은 미 육군이, 오른편은 미 해병대가 맡고, 한국 해병대는 중앙에 포진했다.

방어에 앞서 소대 재편성이 있었고, 문오는 선임소대인 제1소대에 편입되었다. 공격에서 방어로의 전환은 또 다른 긴장이었다. 공격은 목표를 정해 전진하며 스스로 목숨을 책임지지만, 방어는 느슨해지기 쉬운 틈을 경계근무자의 눈과 귀에 온전히 맡겨야 한다. 적이 언제, 어떤 형태로 치고 들어올지 알 수 없었다.

후퇴한 적은 2,000미터 전방에서 고지로 포를 쏘아 올렸으나 다행히 낙탄은 없었다. 해병과 미군도 적의 움직임에 맞춰 간헐적으로 포를 발사했다. 적이 가까이 붙으면 즉시 집중 포격으로 전환해야 했기에 해병들은 눈을 떼지 못했다. 어느 쪽에서 어떤 양상으로 습격할지, 예측은 늘 빗나갈 수 있었다. 수색조에라도 들키면 누구든 목숨을 잃을 수 있었다.

방어 태세에서 주간은 수색정찰, 야간은 기습과 잠복근무. 쉴 틈이 없었다. 하룻밤 2교대에 인원은 적고, 피로와 추위, 배고픔이 겹쳐 왔다. 식사는 분대별로 해결했고, 쌀 보급은 2일마다 1인 1컵. 부식은 소금조차 귀했다.

가을은 짧게 스쳤고, 칼바람 매서운 겨울이 되었다. 언제 하산할지, 언제 전쟁의 끝을 볼지 아무도 알 수 없었다. 월동 준비가 시작되었다. 보급은 날로 어려워지고, 비축한 옥수수도 바닥이 났다. 쌀은 언감생심이었다. 급기야 먹을거리도 스스로 조달해야 했다. 토끼몰이, 꿩 사냥……. 부식 추진이 곧 사냥이었다.

가칠봉은 온통 눈으로 잠겼다. 앙상한 가지마다 하얀 눈덩이가 수북이 얹혔다.

12월 중순, 한파가 극성일 무렵 3대대는 예비대로 빠져 후방 1,000미터 지점에서 경계하며 명령을 기다리게 되었다. '후방'이라 해도 같은 가칠봉 자락이었으니, 딱히 달라진 것은 없었다. 다만 식사 준비 문제는 조금 나아졌다.

새하얀 설천, 살을 가르는 바람. 걸음마다 눈 뭉치가 신발 속으로 파고들었다. 양말이 젖어 발바닥의 냉기가 뼛속까지 스몄다. 그런 날씨에도 이동을 마친 해병들은 진지를 구축하고 밤낮으로 다가올 적을 대비했다.

저녁 6시면 칠흑 같은 어둠이 몰려왔다. 눈 무게를 이기지 못한 가지가 '투둑, 투둑' 꺾이면서 눈덩이가 와르르 쏟아져 작은 눈무덤을 만들었다. 적막을 깨는 것은 가지에서 떨어지는 눈덩이뿐이었지만 해병들은 그 소리에도 본능처럼 총구를 들이댔다.

경계 중에는 담배도 대화도 금지였다. 오직 적의 기척만 주시했다. 총구는 어둠을 겨누고, 여차하면 방아쇠를 당겨야 했다. 그것이 전우와 자신의 생명을 지키는 보초의 임무였다.

산속 생활에서 가장 큰 어려움은 물이었다. 눈을 녹여도 밥을 지을 물, 마실 물의 양이 모자랐다. 총을 멘 채 깡통을 들고 설산을 넘어 물을 길어 오면, 손발은 얼어붙고 몸은 천근만근 무거웠다. 어렵사리 물을 길어와 밥을 지어 먹고 나면 교대는 금세 돌아와 쪽잠조차 사치였다.

졸음을 이기는 일은 인내를 넘어 의지의 문제였다. 보초를 서면 5분도 안 되어 배고픔·추위·졸음이 한꺼번에 덮쳤다. 그래도 한순간의 방심은 곧 파국이니, 결코 졸아서는 안 됐다.

가칠봉 좌1선에서의 대치는 길어졌다. 공격과 방어를 번갈아 산중에서 지낸 지 넉 달. 마침내 후방 이동 소식이 들려왔다.

"상황이 좋지 않다. 우리 해병은 수도 서울을 지키기 위해 서부전선으로 이동한다. 행군에 다치는 일이 없도록 철저히 정신무장하길 바란다."

중대장이 당부했다. 문오의 뇌리에는 서울을 탈환하던 그 떨림이 번개처럼 스쳤다.

'무슨 일일까? 후방으로 내려간다는 건 전세가 악화되었다는 뜻 아닌가?'

궁금하고 답답했지만 묻거나 헤아릴 일은 아니었다. 해병은 그저 명령에 따를 뿐이었다.

1952년 4월 16일, 3대대는 가칠봉에서 장단을 지나서 한강으로 단숨에 이동했다. 강행군이었다. 헬리콥터로 도하한 뒤 18일에는 목적지인 김포군 하성면 마조리에 도착했다.

가칠봉에서 장단으로 오는 동안은 민간인을 볼 수 없었지만, 김포에 이르자 집집마다 사람들이 있었다. 3대대는 미군과 교대해 김포지구 일대를 방어했다.

김포 생활 석 달 남짓에 이어 다시 장단으로 캠프를 옮겼다. 7월 18일에 장단 도착 후 20일 동안 강훈련이 계속되었다.

"지금 시각은 17시, 소대장들이 의논해서 18시까지 전투력이 강하고 충성심이 강한 15명의 해병을 차출해 이 자리에 모인다."

대대장 명령을 받은 중대장이 소대장들을 모았다.

"병장 안문오."

"예, 병장 안문오."

"문일복."

"예, 상병 문일복."

"김건우."

"예, 상병 김건우."

소대장들이 협의 끝에 확정한 15명의 이름이 차례로 불렸다. 차출된 해병들은 영문을 모른 채 정면을 응시했다.

"여러분은 11중대에서 가장 전투력이 강하고 용맹하며 조국에 충성심이 강한 해병들이다."

잠시 뒤, 중대장이 15명 앞에 서서 강한 어조로 소리쳤다. 해병들의 표정은 결연했다.

"우리 11중대에 중대한 임무가 떨어졌다. 임진강을 건너서 대남 비방 방송을 하고 있는 인민군을 생포해 오는 작전이다."

말이 끝나기 무섭게 해병들이 일제히 명령을 복창했다.

"한 치의 실수도 용서할 수 없다. 돌격대장은 안문오 해병이 수행한다. 안문오 해병은 수많은 전투에서 용맹을 떨쳤다."

문오는 가슴이 뭉클해졌다.

"해병 병장, 안문오! 돌격대장으로서 적을 생포하고 임무를 완수하겠습니다!"

"해병들이 작전을 수행하는 것을 대대장도 지켜볼 것이다. 해병은 실패가 없다. 임무에 충실하도록!"

"필승! 해병 병장 안문오! 임무 받들겠습니다!"

돌격대는 보름간의 교육과 훈련에 들어갔다. 밀물·썰물 정보, 투입 시간, 소지할 무기까지 세심한 토의가 이어졌다. 임진강변의 수심 유무에 따른 도하 훈련도 실시했다. 밀물에 도하하면 발각 가능성이 조금 줄었다. 적이 서치라이트 불빛으로 쓸어도 잠시 잠수할 수 있기 때문이다. 물이 깊은 곳에서는 수영이 필수였다. 반면 썰물일 때는 은폐할 곳이 없어 포복으로 신속히 감시망을 피해 나가야 했다.

적에게 발각되거나 포로가 되었을 때의 대응 요령까지 익힌 해병들은 '무조건 성공'만을 가슴에 품었다. 한마음으로 뭉쳐 만반의 준비를 마쳤다.

기습을 앞둔 저녁, 대대장이 간단한 격려를 건넸다. 돌격대원 모두에게 각각 포도주 한 잔씩을 따라 주었다.

"필승! 감사합니다. 해병 병장 안문오, 적을 반드시 생포하여 임무를 완수하겠습니다."

돌격대장으로서 문오는 동료들을 안심시켰다. 중대원들은 돌격대원들을 끌어안으며 용기를 북돋웠다.

문오는 대원들을 진두지휘했다. 각자 임무가 부여되었다. 방탄조끼, 휘발유병, 조명수류탄, M2 칼빈과 30발 탄창 두 개씩을 갖추고 밤 11시경 적진으로 향했다.

임진강에는 사람 키를 넘는 억새가 빽빽이 우거져 있었다. 더위는 한층 기승을 부렸으며, 풀모기의 윙윙거림이 귓가를 떠나지 않았다. 간간이 새들이 푸드덕 날아오르기도 했다.

"북괴군은 오늘 20시에 대남비방방송을 멈췄다. 21시까지 하는 방송을 1시간 일찍 끊었으니 경계근무에 더 신경을 쓸지 모른다."

문오는 대원들에게 낮은 목소리로 주의를 주었다.

"현 지점에서 1킬로미터까지는 수색 범위에서 벗어났을 수 있다. 낮은 자세로 전진한다."

더 깊이 고민할 틈은 없었다.

"5미터 간격 유지, 횡대로 분산 전진."

숨을 더 죽이자 임진강은 물결 소리마저 적막해졌다. 자정 무렵, 문오는 돌격대를 멈춰 세웠다.

"지금부터 5명씩 3열 종대, 열 간격 10미터. 지그재그로 전진."

상륙 지점엔 지뢰나 철조망 같은 장애물이 있을 터였다. 미세한 소음이라도 내서는 안 되었다. 해병들은 신중하게 움직였다.

적진이 가까워질수록 수심은 생각보다 깊었다. 강바닥은 개흙이라 발이 푹푹 빠졌다. 돌격대는 계속 전진했다. 썰물에 내륙이 가까워지고, 물살 소리가 잦아들면서 검은 모래가 해안을 따라 길게 드러났다.

푸드득.

바닷새 두어 마리가 하늘로 치솟았다.

"동작 그만."

문오의 명령과 함께 대원들은 모래에 납작 엎드렸다. 적들은 방금 새가 날아오른 지점을 주시할 것이다. 서치라이트가 좌에서 우로 길게 훑고 지나갔다. 대원들은 얼굴을 모래에 파묻은 채 불빛을 피했다. 초소에서 인민군의 웃음소리가 희미하게 들렸다. 근무 병력은 7명 안팎으로 보였다. 문오는 밤하늘을 올려다보았다. 별빛이 유난히 빛났다. 북두칠성이 또렷했고, 가운데 박힌 북극성에 눈길이 머물렀다. 아버지와 형이 별처럼 지켜보며 신호를 보내는 듯했다.

'문오야, 정신 바짝 차려라. 밀고 나가라.'

그 믿음이 용기를 불어넣었다.

"지금부터 5인 1조 횡대 전진. 앞뒤 양옆 5미터. 감시초소를 향해 포물선으로 접근한다."

이제 적과의 거리는 100미터 이내, 사정거리였다. 인민군의 말소리가 더 크게 잡혔다. 희미한 불빛이 간간이 일렁였다. 담뱃불인지, 모닥불인지 모여 있는 수가 적잖아 보였다.

"우리 목표는 사살이 아니라 생포다."

문오는 돌격대를 다시 세웠다.

"여기서부터 조별 간격을 좁힌다. 문 해병 조는 좌측으로 초소 접근, 김 해병 조는 우측, 나머지는 나와 정면 공격. 생포가 불가능하면 사살한다."

손바닥에 땀이 배었다. 온몸이 긴장으로 젖었다. 50미터.

"10미터까지 붙으면 육박으로 돌입, 사격 후 생존자를 생포한다."

그때였다. 우측 대원 하나가 낮은 깡통 방어줄에 머리가 걸렸다.

달그락, 달그락.

빈 깡통이 부딪히는 소리에 공격이 노출되었다.

"적이다! 적이다!"

북괴군 소초병의 고함이 터졌다. 곧바로 기관총이 불을 뿜고 수류탄이 날아들었다.

"사격!"

문오는 불가피하게 발포를 명령했다.

"돌격 개시!"

"돌격 개시!"

명령이 복창되고, 방어와 공격의 난사가 뒤엉켰다. 돌격대는 소총을 쏘고 수류탄을 던지며 달려가 초소를 장악했다. 소초병 셋은 이미 목숨이 끊겨 있었고, 나머지는 혼비백산하여 달아났다. 돌격대도 피해가 발생했다.

"대장님, 맞았습니다. 어깨 관통!"

"대장님, 허벅지에 피가……!"

부상자 둘. 그러나 증원 병력이 들이닥칠 시간이었다.

"후퇴한다. 부상자를 둘러업고 후퇴! 실시!"

문오는 곧장 결단했다. 숲을 가로질러 임진강변으로 달렸다. 아니나 다를까, 도주했던 소초병들과 합세한 인민군이 바짝 추격해 왔다.

"적이다! 사살하라!"

인민군의 사격이 뒤통수를 때렸다.

"이 개새끼들!"

문오는 뒤돌아 응사하며 퇴로를 열었다. 수류탄을 던지고, 사격을 멈추지 않은 채 후퇴를 엄호했다.

"대장님, 돌아오십시오! 빨리!"

대원들의 고함 사이, 인민군의 대응이 잠시 소강상태로 접어들자 문오는 재빨리 몸을 돌려 본진 쪽으로 뛰었다. 돌격대는 아군 내륙으로 향해 부상자들과 함께 김포지구로 무사히 복귀했다.

그러나 무거운 침묵뿐이었다. 누구도 입 밖에 내지 않았지만, 작전은 실패였다. 죽음의 문턱을 넘어 돌아왔지만 질책을 피하기 어렵다는 걸 모두 알고 있었다.

인민군 셋을 사살하고 대남비방방송 기지를 박살 낸 공적을 올렸다. 하지만 '성공'이라 부르기에는 모자랐다.

'왜 꼭 생포였을까?'

문오는 고개를 갸웃했다. 근처 언덕에서 망원경으로 지켜보던 대대장과 장교들은 이미 돌아갔고, 중대장도 보이지 않았다. 부상자는 병원으로 후송시키고 나머지는 본대로 복귀했다.

돌격대는 '임무 미완성' 평가를 받았다. 이어진 일주일은 기합의 시간이었다. 모두가 혹독한 기합을 견뎌야 했다.

9월 6일, 문오는 소대장에게서 일선 방어 배치를 받게 되었다는 소식을 들었다. 김포지구를 떠나 동료들과 헤어진다고? 문오는 낙담했다.

마침 하반기 보급품을 실은 트럭이 김포지구에 도착했다. 문오는 이틀간 벙커에서 대기하며 배당된 보급품을 수령해 무장 속에 넣었다.

"안 해병님, 축하드립니다."

임 해병이 달려와 느닷없이 인사를 건넸다.

"뭘?"

"안 해병님, 하사관교육대 발령입니다. 소초본부로 오랍니다."

"뭐라고? 하사관교육대? 그래, 알았다."

의외의 소식에 기쁨과 의아함이 교차했다. 문오는 소대장에게 보고했다.

"장하다, 안 해병. 축하하네. 안 해병만 한 해병이 없어. 더 큰일을 하라고 교육을 보내는 걸세. 자네의 충성심과 전투력은 모두가 알아."

"필승! 소대장님, 감사합니다."

중대장에게도 보고했고, 격려는 이어졌다. 3대대 11중대에서 해병대 4기생 중 3명이 하사관교육에 차출되었다. 문오와 두 해병은 선임 장교에게 보고를 마친 뒤 중대를 떠나 하사관교육대로 향했다.

19

살아서 돌아오다

하늘은 청명했고, 무성하던 숲은 초록을 지나 울긋불긋 단풍으로 물들고 있었다. 통영상륙작전, 인천상륙작전, 함흥 전선, 도솔산 전투까지 2년여 해병생활이 주마등처럼 스쳐 갔다. 생사고락을 함께했으나 적의 총탄에 생을 마감한 전우들을 떠올리니 눈시울이 뜨거워졌다. 연대본부를 떠나 문산을 거쳐 서울역에서 열차를 타고 진해 해병교육단에 도착했다. 각 대대에서 차출되어 하사관 교육에 임하는 해병은 35명이었는데, 적지 않은 숫자라 할 만했다.

진해 해병교육단에서는 동향인 김 해병과 박 해병을 만났다. 김 해병은 하사관 교육 중이었고, 박 해병은 부상 후 원일봉교육단에서 근무하고 있었다. 박 해병은 곧 의가사 제대를 앞두고 있었다. 셋은 끌어안고 웃다가 울다가 그간의 사연을 나누며 동향의 정을 확인했다.

하사관 교육을 마친 뒤 상남에서 거창한 수료식이 거행되었다. 문오와 김 해병은 10월 6일부터 휴가를 받았다. 함께 눈물을 흘리며 고향을 떠났다가 살아서 돌아가게 되었으니 그 기쁨은 이루 말할 수 없었다. 더구나 하사관 임관을 앞둔 휴가라 마음이 들떴다.

어머니, 문자 누나, 지순 형수와 조카들 얼굴이 떠올랐다. 외삼촌과 동네 어르신들, 그리고 혜자도 생각났다. 입대하던 날 먼발치에서 눈물을 훔치던 혜자도 이제 어엿한 여인이 되어 있을 것 같았다.

'어머니, 드디어 문오가 휴가를 갑니다. 조금만 더 기다려 주십시오.'

마음을 가라앉히려 애썼지만 고향으로 내달리는 마음을 붙잡을 수 없었다. 여러 전우와 함께 경화역을 떠나 마산을 거쳐 부산에 닿았다.

10월 8일, 부산 제1부두에서 평택함에 승선해 제주해를 건넜다. 갈매기 떼는 마치 귀향하는 해병들을 맞듯 공중 곡예를 그리며 뱃머리를 맴돌다 해안으로 먼저 날아갔다. 갈매기가 춤추는 허공을 바라보니 구름에 가려 있던 한라산이 희끗희끗 모습을 드러냈다.

"한라산이다. 한라산이 보인다. 고향 하늘이 보인다."

해병들은 누가 먼저랄 것도 없이 얼싸안고 춤을 추었다. 많은 동료가 전선에서 싸우다 포로가 되거나 전사했다. 살아 있음에 감사하는 동안 한라산이 점점 선명하게 가까워졌다.

10월 9일 정오, 평택함은 산지항에 입항했다. 오후 1시 무렵 하선한 문오는 어등마을까지 단숨에 달려갔다. 해가 서산에 기울 즈음 마침내 고향 땅을 밟았다.

'얼마 만의 고향인가. 2년여 만이 아니던가?'

문오는 군복 차림에 비상시 대비로 권총까지 차고 귀향했다.

'내가 살아서 다시 집에 오다니, 이게 정말 꿈은 아니겠지?'

허벅지를 꼬집어 보았다. 아픔이 느껴졌다. 꿈이 아니었다. 비록 휴가였지만 약속대로 죽지 않고 살아서 돌아왔다.

제주 4·3에 불타 없어져 돌담만 남았던 집은 군에 가기 전 수리해 두었던 초가지붕 형태를 간신히 유지하고 있었다.

"어머니, 문오가 돌아와수다."

문오가 큰소리로 외쳤다. 어머니는 4·3 당시 토벌대에게 입은 총상 때문에 목에 하얀 천을 두른 채 아궁이에 불을 지피고 있었다. 어머니는 갑작스런 아들의 목소리에 깜짝 놀라 뛰쳐나와 말문이 막힌 채 문오를 꼭 껴안았다.

"어머니, 잘 계셔수꽈?"

문오는 어머니의 어깨를 부여잡고 눈물을 흘렸다. 목 부위에는 총상 흔적이 남아 주름이 더 도드라져 보였다.

문오가 휴가 왔다는 소식에 문자 누나, 지순 형수, 조카들, 외삼촌, 마을 사람들이 모여들었다. 반갑게 인사를 나누고 전쟁터의 실상을 밤 늦도록 이야기했다. 동고동락하다 전사한 전우들, 동상으로 고생한 일, 포로로 잡힌 동포를 보살펴 줬던 일, 총에 맞아 죽을 뻔했던 순간들까지.

사람들이 하나둘 돌아가고 집안 식구들만 남자 어머니가 정성스레 밥상을 차렸다. 보리쌀을 조금 섞은 조밥에 멸치젓갈과 상추, 간장에 절인 콩잎, 멸치 생선국, 그리고 탁주 한 주전자가 올라왔다.

"문오야, 배고플 텐데 얼른 먹어라. 고생했다. 살아 돌아오니 어미는 너무 기쁘다. 한동안 소식이 없어 죽은 줄만 알았다. 그래도 꼭 살아 돌아올 거라는 희망의 끈은 놓지 않았다. 고맙다. 고맙다."

"소자, 어머니만 생각하며 정신줄 놓지 않고 열심히 싸워수다. 죽을 고비도 많았지만 돌아가신 아버님이 저를 여러 번 살려줘수다."

문오가 말하는 동안 문자 누나는 눈물을 감추지 못했다.

"문오야, 작은 매형은 백마고지 전투에서 전사했다는 통보를 받았다. 그런데 시신은……."

"아! 매형이 돌아가셔수꽈? 육군 소식은 접할 길이 어서수다. 몸 성히 계실 거라 믿고 있었는데……."

한동안 말을 잇지 못했다.

"매형이……."

문오는 매형의 죽음이 실감 나지 않아 문자 누나를 끌어안고 눈물만 흘렸다.

"사람 목숨이 지 목숨이가? 하늘이 데려가켄 허는디, 흑흑흑……."

문자 누나는 옷고름으로 눈물을 훔쳤다. 가족 모두가 목 놓아 울었다.

"어머니, 누님. 제가 살아 돌아왔으니 매형의 시신도 찾아내고 집안도 살리쿠다. 걱정 마십서. 어머니, 이번에 제가 하사관으로 승진해수다."

"승진?"

"전쟁 중이라 제대하겠다는 말은 못해수다. 하사관이 되면 부하도 있고 월급도 높아 조금은 더 편안하게 군생활을 할 수 있으니 너무 걱정 마십서."

문오는 가족을 안심시켰다.

다음날, 동호의 부모가 소라에 성게젓갈과 전복을 들고 찾아왔다. 924고지에서 적탄에 맞아 죽어가던 동호를 등에 업고 살려낸 은혜에 대한 인사였다.

"아이고, 문오야. 우리 아들 살려줭 고맙다."

동호 부모는 연신 고개를 숙이며 눈물을 흘렸다.

"문오야, 죽을 때까지 은혜 갚으멍 살켜. 고맙다. 고맙다."

감사는 끝이 없었다.

"삼촌, 아니우다. 당연히 할 일을 해수다. 동호는 열심히 싸워수다. 크게 다쳐 해군병원에 있는데, 곧 퇴원해 의가사 제대할 꺼우다. 걱정 마십서."

동호의 부모가 돌아가자 문오는 아버지와 형, 큰누나 묘소를 찾아 인사를 드렸다. 친구와 선후배들을 만나 회포를 풀며 보낸 고향의 시간은 금세 흘러갔는데 혜자는 좀처럼 만나기 어려웠다.

"문오야, 너도 이제 어른이다. 부대 복귀 후 어떻게 될지 모르니 결혼을 하고 가는 게 어떻겠냐?"

휴가가 끝나갈 무렵 어머니가 조심스레 말을 꺼냈다.

"무슨 말씀이꽈. 저는 아직 결혼을 생각해 본 적이 어수다."

"혼처를 알아봤다. 문 씨 집안 큰딸인데 키도 크고 예쁘장하다. 집안끼리 얘기는 다 됐다. 휴가 온 김에 결혼허영 가라. 식이라기보다 양가가 모여 간단히 식사만 해도 되지 않허쿠냐?"

"어머니 마음은 잘 알아수다. 지금은 전쟁 중이라 결혼식보다는 제가 한 번은 만나보고 가쿠다."

"그래, 잘 생각했다. 꼭 만나 봥 가라."

어머니의 얼굴에는 안도의 빛과 한숨이 뒤섞이는 듯했다. 문오는 말은 그렇게 했지만 '아차' 싶었다. 문 씨 집안 큰딸이면 혜자 사촌언니 아닌가?

안 될 일이다. 절대 안 된다. 차라리 '혜자를 마음에 두고 있다고 말씀드릴까?' 하는 생각을 했으나 나중으로 미뤘다.

우선 혜자를 만났다. 사슴처럼 가냘픈 목덜미가 달빛 아래 백옥처럼 비쳤다. 문오는 혜자의 어깨를 끌어안았고, 혜자는 조용히 품에 안겼다. 풍만한 가슴이 닿자 풋풋한 온기가 전해졌다. 힘껏 끌어안을수록 뜨거운 입맞춤은 모든 것을 잊게 했다.

"오빠, 이제 가면 언제 또 휴가 나와?"

울음 섞인 혜자의 목소리가 마음을 울적하게 했다.

"응, 북한군을 물리치고 통일이 되면 돌아올 수 있을 거야."

"그게 언제야? 안 가면 안 돼? 어떤 군인은 탈영해 숨어 지낸다던데……. 손가락, 발가락을 다쳐 제대한 사람도 있고."

"그건 안 될 일이야. 대한민국 군인의 도리가 아니야."

문오는 다정히 타일렀다.

"걱정 마. 조금만 참으면 우리 함께 행복하게 살 날이 올 거야."

울먹이는 혜자의 얼굴을 쓰다듬으며 해줄 수 있는 말은 그것뿐이었다.

총알보다 빠르게 휴가는 지나갔다. 한 걸음 한 걸음 내딛을 때마다 이별의 시간이 다가왔다.

"어머니, 걱정맙서. 전쟁 끝나면 어머니 곁에서 가족과 함께 살아가쿠다."

작별 인사를 마치고 제주읍에 도착하니 휴가를 마치고 복귀하는 해병들이 모여 있었다. 그들은 서로 일일이 악수하며 휴가가 끝난 아쉬움을 달랬다.

10월 22일 산지항을 떠난 연락선은 23일 부산항에 닿았다. 헌병대의 인솔로 사령부에 들어가 하룻밤을 보내고 진해교육단으로 복귀해 임관식을 치렀다.

"병장 안문오. 1952년 10월 26일부로 하사관으로 임명한다."

교육단장의 명이 떨어졌다.

"필승! 하사 안문오! 하사관으로 명받았습니다. 임전무퇴의 정신으로 임하겠습니다."

1950년 8월 28일, 해병대 4기생으로 지원 입대한 지 2년 2개월 만에 병사에서 하사관으로 승진했다.

그는 이후 대도부대 전속 명령을 받아 1중대 1소대 2분대장으로 12명의 분대원을 거느리고 여도에서 근무하게 되었다.

여도는 원산항에서 20킬로미터 떨어진 섬으로, 주변의 웅도·신도·소도·대도 등이 영흥만 입구를 막고 있었다. 연합군이 원산항 봉쇄를 위해 점령 중인 전략 요충지였고, 약 3킬로미터 전방에 적진이 있었다.

여도 해안에는 해식 절벽이 병풍처럼 펼쳐져 있었고, 모래 해변은 고향 지풍게 바닷가를 떠올리게 했다. 그러나 초겨울 문턱의 날씨에 해병들은 추위 때문에 벌벌 떨며 근무해야 했다.

"이곳은 적이 기습하기 좋은 지역이다. 가까이에서 멀리, 멀리에서 가까이 훑어봐라. 좌에서 우로, 우에서 좌로. 절대 한눈 팔지 마라. 책임감을 갖고 근무해라."

분대장 문오는 매일 수시로 순찰을 돌며 해병들을 격려했다. 늘 강조한 말은 '철통 방어'였다. 해병들은 국민을 지킨다는 긍지로 불시에 대비했다.

기습 방어를 위한 지뢰를 매설하고 점검해 나갔다. 벙커 점검도 수시로 하며 최악의 상황에서 사격해야 할 위치를 교육했고, 근무 환경을 조금이라도 양호하게 만들려 애썼다. 사병 출신 부사관이라 해병들의 고충을 누구보다 잘 알았고, 지휘관의 납득하기 어려운 지시도 부드럽게 조율했다.

한번은 소대장이 해병들의 근무 태도에 불만이 있었는지, '하루에 한 개씩 입사호를 파서 보고하라'고 명령했다. 마땅한 장비도 없이 야전삽으로 얼어붙은 땅을 파면 '쨍쨍' 소리가 나고 불꽃이 튀었다. 대원들의 불만이 커졌다. 문오는 상황을 외면하지 않았다.

"소대장님, 저희 분대의 정신무장은 확고합니다. 노여움 푸십시오. 현재 운용하는 벙커 관리에 최선을 다하겠습니다. 추가 벙커는 겨울이 지난 뒤 파는 것이 좋겠습니다."

문오의 말에 소대장은 고개를 끄덕이며 '분대장의 판단에 맡기겠다'고 동의했다.

겨울이면 폭설이 잦다는 여도였지만 그해는 눈이 잘 내리지 않고 뼈가 시릴 정도의 추위만 이어졌다. 해병들은 원산 시내를 바라보며 철통같이 근무했다.

크리스마스가 지나고 1953년 새해 첫날에도 빈틈은 없었다. 1월 말이 되자 눈이 내리기 시작해 섬을 하얗게 덮었다. 벙커 입구가 눈으로 덮여 교대조차 어려웠다. 해병들은 힘을 합쳐 눈을 치웠다. 또 쌓이면 밖에서부터 길을 내야 했다. 눈 때문에 밖에 나가지 못해 용변을 보기조차 힘들 지경이었다.

혹독한 겨울이 지나고 문오는 여도 생활에 익숙해졌다. 야간 순찰을 나서기 전 잠시 난롯불을 쬐는 여유도 생겼다. 바위틈의 오래된 얼음도 따스한 햇살에 녹아 시냇물이 되어 원산 앞바다로 흘렀다. 연둣빛 새싹이 돋아나자 여도엔 생기가 돌기 시작했다.

먹을거리를 구하러 가끔 명태를 잡으러 나갔다. 깡통에 화약을 가득 넣어 던져 폭발시키면 명태가 물 위로 떠올랐다. 명태로 소금국을 끓이면 어디에 내놓아도 손색이 없었다.

날이 완연히 풀리자 마른 칡넝쿨에도 물기가 올랐다. 야전삽으로 칡뿌리를 캐 구워 먹고 삶아 먹는 재미가 쏠쏠했다.

"분대장님, 제주에서는 칡을 어떻게 먹습니까?"

전북 삼례 출신의 오 해병이 물었다. 도솔산 전투 때부터 한솥밥을 먹은 7기생으로, 그 전투에서 많은 동기가 산화했지만 그는 살아남았다. 입대 전 잠시 기자생활을 했던 덕에 종군기자 역할을 했고, 머리가 비상하고 설명이 논리적이라 신임이 두터웠다. 김포지구 후방 방어 명령으로 헤어졌다가 여도에서 다시 만났다.

"제주는 생칡을 그냥 씹어 먹지. 달큰한 즙이 허기를 달랜다. 결혼식 때는 가마솥에 칡과 당원을 넣고 푹 고아 끓이기도 해. 일명 칡차야. 맛이 최고지."

"어디나 비슷하군요."

오 해병은 웃으며 구운 칡을 질겅질겅 씹었다.

"그런데 이렇게 구워 먹는 건 처음이네요. 맛있습니다."

문오는 아침이면 일찍 일어나 대나무 낚시로 잡은 생선으로 매운탕을 끓이거나, 바닷게와 고동을 잡아 삶아 먹었다. 우의로 만든 작은 보트로 바다 위를 유영하다가 파도에 떠밀려온 고등어 떼를 발견하면 양껏 잡기도 했다.

전쟁은 소강 상태였다. 물밑 휴전회담은 이미 1951년 7월 10일부터 시작되었다. 7월 17일, 개성에서 열린 회담에서는 비무장지대 설정과 군사분계선 확정이 요구되었다. 사실상 이때부터 소강 국면의 접촉선이 군사분계선으로 간주되었고, 휴전협정 조인까지 국지전이 이어졌다. 접촉선을 중심으로 남북 각 2킬로미터, 총 4킬로미터의 비무장지대를 설치하기로 잠정 결정했으나 포로 송환 문제로 협상은 난항을 겪었다.

그러다 1953년 3월, 소련의 스탈린 사망 이후 협상이 급진전되었다. 7월 22일 군사분계선 확정, 7월 23일 비송환 포로의 중립국송환단 인계, 7월 27일 휴전협정 조인. 북한의 남침이 시작된 지 3년 1개월 2일 만에 6·25전쟁은 정전으로 매듭지어졌다.

남북 휴전협정 체결은 곧 '북진통일의 실패'를 의미했다. 더구나 한국 해병과 미 해병이 점령해 온 대도부대 관할의 대도·여도 지역이 휴전협정에 따라 북한으로 넘어간다는 소식은 병사들의 사기를 꺾었다.

"어떻게 점령하고 어떻게 지켜 왔는데, 이 섬들을 북한 놈들에게 넘겨준단 말입니까?"

해병들은 땅을 치며 분개했다.

"군인은 명령에 죽고 명령에 산다. 이 지역은 넘겨주지만, 대한민국은 다른 곳에서 많은 영토를 확보했다. 해병의 공이 크다."

중대장이 절대 떠날 수 없다고 버티는 대원들을 위로했다.

철수 명령을 받은 해병들은 탄약을 부두로 옮기고, 지뢰 제거로 퇴로를 확보했으며, 벙커 파괴 작업을 진행했다. 해는 빠르게 저물었다. 중대장의 명으로 문오는 분대원 다섯과 대도로 이동해 폭발물 제거, 벙커 파괴, 탄약 이송을 최종 확인했다.

곧 미 해병이 먼저 철수했고, 이어 대한민국 해병도 완전히 떠났다. 문오와 분대원 다섯은 마지막으로 대도를 떠난 해병이었다. 연락선을 타고 대도를 떠나 여도에 도착한 뒤 신도부대와 동행 철수했다.

여도에서 잠시 휴식한 문오와 분대원들은 7월 30일, 9개월의 도서 근무를 마치고 구축함에 올랐다. 해병들은 원산 앞바다에 솟은 대도와 여도를 바라보며 '언젠가 통일이 되면 다시 찾겠다'고 외쳤다.

해병들을 실은 구축함은 동해를 내려와 8월 1일 밤, 진해항에 접안했다. 문오는 대기 중인 차량에 올라 상남훈련대로 갔다. 본대에서 기

다리던 해병들과 반갑게 만나 서로를 위로하며 살아남았다는 안도
감에 긴장이 풀렸다. 상남훈련대 대기중대에서 무료하게 지내던 참
에 15일 위로휴가가 떨어졌다.

"휴가!"

그 한마디에 해병들은 함성을 지르며 기뻐 날뛰었다.

문오는 진해교육단에서 휴가증을 받고 부산항에서 연락선에 올랐다.
제주 산지항에 도착해 버스를 타니 고향 친구들이 보였다. 면 체육대
회 참가 유니폼을 사러 읍내에 나왔다 돌아가는 길이라고 했다.

"문오야, 무사했구나! 휴가라고? 잘 왔다. 내일 면 체육대회에 어등
마을 대표로 나가라."

문오는 '알았다'고 대답하고 헤어졌다.

뜻밖의 휴가에 어머니와 문자 누나는 놀람과 반가움으로 눈물을 쏟
아냈다. 소식을 듣고 혜자가 한달음에 달려왔다.

"잘 지냈지?"

혜자는 고개만 끄덕였다. 둘은 동네를 산책하고 늦은 밤 집으로 돌아
왔다.

다음날 면 체육대회에 나가 결승까지 올랐으나 참가자들 사이의 의
견 충돌로 경기가 중단되었다.

문오는 마을로 돌아와 친구들과 수박·참외, 그리고 술과 식사를 나누
며 모처럼 행복한 시간을 보냈다. 귀가 후 오랜만에 깊은 잠에 빠졌다.

이튿날부터 원인을 알 수 없는 열로 온몸이 펄펄 끓었다. 고열로 인
해 사흘간 먹은 것이라곤 어머니가 가져다준 수박 몇 조각뿐이었다.

며칠 쉬며 기력을 회복한 뒤, 귀대 전에 제주읍 국민학교에서 열린 해병대 입대 4주년 기념행사에 참석했다. 재향군인 60명, 현역 20명이 모였다. 동기들은 기부금 4만 원으로 해병대 4기생 출정기념비를 세우기로 하고 헤어졌다.

9월 2일, 문오는 휴가를 마치고 진해 본대에 도착했다. 배치지는 신병교육대였다. 신병을 교육하는 조교로 발령받아 5대대에서 근무를 하기 시작했다.

"해병 51기, 입교를 축하한다. 우리 해병은 전선에서 수많은 희생으로 '귀신 잡는 해병' 신화를 남겼다. 집중해 훈련 받고 선배를 본받아 훌륭한 해병이 되길 바란다. 알았나?"

"예, 알겠습니다."

목소리가 작자 문오는 눈을 부릅떴다.

"목소리 봐라, 이거. 알았나?"

"예, 알겠습니다!"

우렁찬 대답이 돌아왔다.

"나는 훈련조교이면서 형님이자 선임이다. 해병 51기에서 낙오자가 생기는 건 용납할 수 없다. 해병대는 악으로 이긴다."

강도 높은 훈련이 이어졌다. 한편으로는 신병들이 애처로울 때도 있었다. 문오는 하나하나 살피며 토닥이고 상담도 해주었다. 신경 써주는 조교가 있어서인지 이탈자·낙오자는 전무했다. 4개월간 신병을 교육한 경험은 큰 보람이었다. 자대로 간 신참들이 국가와 민족을 지키며 해병의 명예를 빛내길 진심으로 바랐다.

조교생활이 익숙해질 즈음, 문오는 상륙부대 3중대 1소대 향도하사관으로 발령되어 두 달간 근무했다. 다음은 서해부대 배속. 1954년 3월 9일 백령 용기포에 하선해 새로운 군생활을 시작했다.

진해는 벚꽃이 만개할 때였지만 백령도는 여전히 추위가 기승을 부렸다. 잠자리가 불편한 건 견딜만 했으나 오래 이어진 겨울 추위는 아무리 해도 적응이 되지 않았다. 얼어붙은 눈더미 곁에서 잠을 청하기란 쉽지 않았다.

문오는 순찰 때마다 해병들을 위로·격려하며 철저한 경계를 독려했다. 휴전이라고는 하나, 북한의 동향은 수상쩍었다. 언제 다시 쳐들어올지 알 수 없었다.

어느덧 백령도에도 봄기운이 찾아왔다. 메마른 대지에 새싹이 돋고 앙상한 나뭇가지에도 잎이 트였다. 아낙네들은 치마 차림으로 바닷가에 나와 부지런히 일했다. 파도가 치마를 적셔도 아랑곳하지 않았다.

고향에도 봄이 왔을까. 제주의 봄이라고 딱히 좋았던 기억은 많지 않았다. 일제강점기 비행장 공사에 강제 동원된 노역, 4·3의 참상, 보릿고개……. 비참한 기억이 먼저였다.

2년의 백령도 생활은 쉽지 않았다. 엄격한 규율 속에서 사건·사고가 이어졌지만 해병들은 각자의 본분을 다했다. 반복되는 일상 속에서도 문오는 훈련과 순찰에 충실했다. 백령도 근무 1년쯤 지나 심신의 피로를 풀 겸 두문진 파견을 희망했고, 마침 1955년 3월 15일자로 30일 파견 명령이 났다. 문오는 파견대장으로 4명의 해병과 함께 두문진으로 떠났다.

두문진은 '백령도의 해금강'이라 불릴 만큼 경치가 수려해 보트를 타고 찾는 이가 많았다. 여름철에는 특히 붐볐다. 병영에서 약 30리 떨어진 두문진 포구 부대에 도착해 현황을 듣고 무기 인계를 마친 뒤 임무를 교대했다.

문오는 대원들을 배치하고 집집마다 인사를 드렸다. 해안 초소는 배를 운영하는 선주들이 상주하는 곳과 가까웠다.

"선장님들, 반갑습니다. 파견대장 안문오입니다. 언제까지 근무할지 모르지만 두문진 주민분들을 도우며 잘 지내고 싶습니다."

"파견대장님, 인물이 훤하십니다. 인품도 좋을 듯합니다."

"과찬이십니다. 감사합니다."

"우리 두문진 사람들은 파견대장님만 믿고 어업에 힘쓰겠습니다. 고향은 어디십니까?"

"제주도입니다."

"정말요? 먼 데서 오셨네요. 여길 고향이라 여기고 편히 지내십시오."

"고맙습니다. 최선을 다해 주민을 돕고 어업 활동에 문제가 없도록 철통 경계하겠습니다."

초면이었지만 대화는 술술 풀렸다. 이어진 두문진 생활은 평화로웠다. 아침 기상 후 해변을 한 바퀴 돌고, 세면·식사 후 초소 내외 청소와 환경 정리를 하면 하루가 저물었다. 친한 전우가 외출로 찾아오면 함께 산책했다.

두문진 포구는 바람이 거세면 백령도 고깃배들이 모이는 곳이었다. 뱃일을 하지 않는 집이 없었고, 모든 삶이 바다에서 시작해 바다로 끝났다. 바다와 어민은 어머니와 자식처럼 서로에게 소중했다.

파견대장 생활은 명령할 상관도, 간섭도 없었다. 민간인과 지낼 수 있는 자유로운 시간이었다. 주민들이 머구리배로 해삼을 잡으러 나가면 보트로 가까이 경계하며 작업을 구경했다. 작은 섬 바위에 정박해 생굴 등 해산물을 따 먹기도 했다. 서해 해금강 구경을 온 중학생들과 놀다 해가 저물면 초소로 데려와 재우고 아침밥을 먹여 돌려보내기도 했다.

한 달이 그렇게 흘렀고, 교대 전날 새벽이 밝았다. 잠시였지만 정이 들어 문오는 동네를 돌며 복귀 인사를 했다. 사람들은 섭섭하다며 아침부터 술을 한 병씩 들고 왔다. 저녁에는 연화리 파견대장 동기생이 찾아와 식당에서 술상을 차렸다. 취해 방바닥에서 곯아떨어졌다가 깨어 보니 밤 11시 15분이었다.

초소로 돌아와 엎드린 채 새벽까지 옛 추억을 떠올리다가 깜빡 잠이 들었고, 환영이 엄습했다.

4·3에 돌아가신 아버지와 형의 얼굴이 스쳐 지나가고, 아우성치며 죽어가는 고향 사람들과 전장에서 쓰러져 피 흘리는 해병들이 보였다. 죽은 이들이 잠결에 자꾸 아른거렸다.

"문오야, 문오야…… 나를 살려줘."

시계를 보니 새벽 4시 20분. 눈을 감은 지 약 10분 사이의 일이었다. 온몸은 흠뻑 젖어 있었다. 왜 그런 환영이 보였을까 심호흡을 했지만 잠은 오지 않았다.

날이 밝았다. 주민들은 파견대원들을 보내기 아쉬워 초소 앞에 모였다. 새로 올 해병들을 맞는 자리이기도 했다.

"두문진 주민 여러분, 정 들자마자 이별이지만 정말 고맙고 행복했습니다. 자식처럼 베풀어주신 은혜 잊지 않겠습니다."

"조심히 가세요."

교대 병력이 도착해 근무를 인계하고 점심을 마지막으로 헤어졌다. 문오와 대원들은 이번엔 산길 대신 보트로 10리 바닷길을 돌아왔다.

본대로 복귀한 문오는 고향 생각이 더 깊어졌다. 얼른 전역해 어머니 곁에서 가족을 살피고, 아버지가 생전에 못다 한 일들을 이루고 싶었다.

전역 후 가장 먼저 할 일은 아버지와 형, 누나 묘지에 산담을 쌓아 소들이 접근하지 못하게 하고 비석을 세우는 것이었다. 전역을 기다리는 혜자와 혼인해 가정을 꾸리는 일도 시급했다.

지난 휴가 때 이미 여러 동기생이 제대해 고향에서 생활하고 있었고, 924고지에서 구해준 동호도 비록 발을 절긴 했지만 부모님 곁에 있었다.

둘도 없는 친구 석범도 제대해 고향에 있었다. '왜 나만 외딴 섬 백령도에서 적과 대치하며 지내야 하나' 하는 서러움이 밀려왔다. 엄격한 통제 속에 갇힌 자신을 돌아보면 군인으로서 책임감도 있었지만 회의가 고개를 들었다.

'전시에 전역을 말하는 건 이율배반이지만 지금은 휴전 상태 아닌가. 내 의사를 밝혀도 되지 않을까?'

문오는 수많은 전공을 세웠고 하사관으로 승진했으며, 해병들의 신망도 두터웠다. 중대장 역시 그를 높이 샀다.

'그래, 중대장을 만나 내 뜻을 전하자. 언제까지 우물쭈물할 순 없다.'

기회를 보다가 밤늦게 호야불을 밝힌 중대장실 문을 두드렸다.

"누군가?"

"해병 하사 안문오입니다. 드릴 말씀이 있습니다."

"말하게."

"전역하고 싶습니다."

"뭐, 전역? 안 하사관, 안 돼. 자네 전투력을 높이 사서 직업군인으로 전환시키고 중사로 승진시킬 계획이네. 한 번만 더 고민해 주게."

"중대장님, 고향에 어머님이 홀로 계십니다. 제가 모셔야 합니다. 당장 전역하겠다는 건 아닙니다. 기회가 된다면 살펴주십시오."

"지금은 제대를 운운할 때가 아냐. 알겠나?"

"예, 알겠습니다. 필승!"

문오는 방을 나섰다. 거절을 예상했지만 직접 들으니 마음이 더 먹먹했다. 그래도 자신의 의사를 분명히 전했다는 점에서 조금은 위로가 됐다.

"안문오 하사관, 1955년 6월 29일부로 해병 2사단 발령을 명한다. 수고 많았다."

"필승! 하사 안문오, 명을 받들겠습니다."

전출 명령이었다. 문오는 정든 백령도를 떠나 금천으로 향했다. 6월 30일 해병 2사단 1연대 2대대 1중대에 배속되었다. 섬이 아닌 육지에서의 군생활은 새로웠다.

'왜 제대를 안 시켜주지? 중대장은 내 의사를 상부에 올렸을까?'

입대한 지 만 6년이 다 되어가는데도 할 수 있는 건 참고 기다리는 일뿐이었다.

사단생활 1년이 가까워질 무렵, 봄꽃이 만발한 날 전령이 솔깃한 소식을 전했다.

"하사관님, 소식 들으셨습니까?"

"무슨 소식?"

"제대 소식요."

"뭐라고? 제대?"

"예. 6·25에 병으로 참전해 하사관으로 승진한 분들을 대상으로 희망 신청을 받아 제대를 시킨다는 말이 돌고 있습니다. 축하드립니다."

"사실인가?"

갑작스러운 소식에 머릿속은 까마득했지만 기쁨이 밀려왔다. 여러 중대장으로부터 직업군인 전환 제안을 받았지만 어머니를 모셔야 한다며 거절해 왔다. 문오는 숨을 고르며 말했다.

"고맙네. 본부 명령이 떨어질 때까지는 비밀로 해 주게."

전령이 나가자 기쁨을 주체하기 어려웠다. 내무반을 서성이다가 연병장으로 나가 뛰고 걷기를 반복했다.

'사단으로 보낸 것도 제대를 염두에 두신 걸까. 중대장님, 고맙습니다. 어머니, 조금만 더 기다려 주세요. 이 아들 곧 갑니다. 혜자야, 오빠가 곧 제대한다.'

절로 콧노래가 흘렀다.

'날과 날이 물러가도 잊어지리 / 달이 가고 해가 가도 잊어지리 / 나중에 꽃이 피는 노래 속에 잊어지리 / 갈 길이 너무 많아도 어지럽다 하지 않으리 / 사람들은 저마다의 일과 갈 길이 있는 것이니 / 이따금 지나가버린 세월이 서러워도 / 아롱아롱 저편에 고향이 보이고 / 아~ 피어나는 노래 속에 나는 잊어지리오 / 그때 만났던 어머니와 그대의 모습을.'

1956년 7월 23일, 마침내 그날이 왔다. 전역 명령. 6년이라는 긴 시간을 어떻게 견뎌냈는지, 수많은 전우가 죽어가는 전선에서 어떻게 살아남았는지……. 순간순간 죽음의 문턱을 넘었다. 기사회생이었다. 죽음 가까이에서 문오에게 살길을 열어준 것은 아버지와 형, 큰누나의 은덕이라 믿었다. 살아계신 어머니와 가족의 염려 덕분이었다.

금천 사단본부에서 전역식이 거행되었다. 직업군인으로 남은 동기들은 곧 중사로 승진할 예정이라 했다. 문오처럼 제대해 고향으로 돌아갈 하사들이 집결했다.

"하사, 안문오!"

"예, 하사 안문오!"

"전역증. 귀하는 1956년 8월 30일부로 전역을 명한다."

전역증을 받는 순간 모든 것이 믿기지 않아 잠시 다리가 휘청거렸다.

'이게 꿈이 아니라 현실인가. 내가 정말 살아 있는가. 살아서 어머니

품으로 돌아가는가.'

사단장은 전역 해병들을 끌어안으며 축하의 말을 건넸다.

"제대를 축하합니다. 여러분은 이 시간 이후 사회인으로, 대한민국 국민으로 돌아갑니다."

왠지 모르게 울컥했다.

"여러분이 해병대에서 쌓은 전공은 헤아릴 수 없습니다. 여러분은 '귀신 잡는 해병'의 신화를 남겼고, '무적해병·불굴의 해병, 한 번 해병은 영원한 해병'이라는 자부심을 새겼습니다. 국가를 지킨 영웅으로서 전역 후에도 해병정신을 잊지 않고 최선을 다하리라 믿습니다. 앞날에 건강과 행복이 가득하길 빕니다. 여러분을 잊지 않겠습니다. 여러분은 대한민국 해병이었습니다."

〈해병대가〉가 울려 퍼지자 전역 해병들은 눈물을 삼키며 군가를 힘차게 불렀다. 문오는 중대장과 소대장, 후배 하사관과 해병들의 환송을 받으며 사단 정문을 나섰다.

"필승! 대한민국 해병대여, 영원하라!"

뒤돌아 큰소리로 외쳤다. 금천을 떠나 서울에서 하룻밤을 보내고 부산을 거쳐 마산에서 친지와 전우들을 만나 회포를 풀었다.

배를 타고 고향에 발을 딛는 순간, 꿈이라면 깨어나고 싶지 않을 정도로 기뻤다.

"어머니, 문오가 전역하고 어머니 품 안으로 돌아와수다."

"문오야, 살아서 돌아와 줘서 고맙다. 아이구, 내 새끼."

어머니는 신발도 신지 않고 한달음에 달려 나왔다. 그간의 걱정과 기쁨의 눈물로 문오를 오래도록 얼싸안았다. 한라산 너머로 먹구름은 무겁게 드리워져 있었지만, 마당엔 맑은 햇살이 가득 쏟아지고 있었다.

고립

새로운 소송의 시작

정의롭지 않은 세상

질 수 없는 소송

세상은 정의롭지 않았다.

그래도 바꿀 수 없는 게 있다.

사람이다. 희망과 정의감을 품고 굳건히 사는 사람은

결코 절망의 구렁텅이에 빠지지 않는다.

20

새로운 소송의 시작

4·3의 참상을 견디고 충격이 가시기도 전에 6·25의 길고 혹독한 군생활을 버텨낸 아버지의 고난에 비하면, 소송의 수고와 패소의 괴로움은 비할 바가 아니었다. 민우에게 중요한 건 '포기하지 않는 것'이었고, 포기할 수도 없었다. 포기하는 순간 아버지의 고난이 불의로 더럽혀질 것만 같았고, 그건 도무지 견딜 수 없는 자책을 불러왔다. 그 마음은 김정석도 같았다.

어등마을토지진실규명위원회가 어등마을목장회를 상대로 한 소송에서 패한 지 수개월. 계절이 바뀌었다. 계양산의 얼어붙었던 골짜기에도 물길이 풀리며 바위틈을 흐르는 물소리가 봄을 알렸다.

민우는 주머니에 손을 찔러 넣고 어깨를 잔뜩 웅크린 채 지하철역을 나섰다. 계양산 자락의 한 카페에서 김정석을 만나기로 했다. 오랜만에 안부를 나누고 소송 진행에 관한 상의를 하기 위해서였다.

"잘 지내셨습니까? 형수님도요?"

"그래, 자네는? 아내하고는 좋을 리가 없지. 지난번 대법 판결 뒤에 마을에서 소송비를 부담하라고 통지가 왔어."

"네……."

"아내가 그걸 보곤 화를 내더군. '어떻게 할 거냐'고. 내가 뭐라고 했겠나. '안 낸다'고 했지."

"그랬더니요?"

"집에 압류 들어오면 어쩔 거냐고 난리야."

"돈 몇 백에 압류까지요? 설마……."

"저들이 뭘 할지 몰라. 자네는?"

"저는…… 마이너스 통장에서 빼서 지불했습니다."

"무권리자에게 빼앗긴 선친 땅을 정당하게 찾겠다고 했을 뿐인데, 졌다고 피고 측 소송비를 물어준다? 난 절대 못해. 그건 판결을 인정하는 꼴이야."

민우는 이 싸움이 얼마나 고되고 지난한지 뼈저리게 느끼고 있었다. 그러나 싸우는 사람이 지치지 않으면 언젠가는 이길 수 있다. 결연한 표정의 김정석을 보니, 자신은 너무 쉽게 비용을 냈나 하는 회의도 들었다. 그는 '부당하게 넘어간 선친 토지는 결코 포기하지 않겠다'고 마음을 다잡았다.

"알겠습니다. 형님 말씀이 옳습니다. 앞으로 어떻게 할까요?"

두 사람은 오래 머리를 맞댔다.

"민우 생각은?"

"목장회 상대 소송은 잠시 쉬는 게 좋겠습니다. 마을에서 원고 가족을 대하는 횡포도 심하고……."

"그럼?"

"금삼남을 피고로 한 개인소송을 대대적으로 진행하죠."

"금삼남을?"

"예. 그래야 금삼남 형제들이 심리적 압박을 느끼고, 목장회 건도 진실을 말할 여지가 생깁니다. 마을 사람들도 그들의 만행을 대체로 알고 있으니, 개인 소송엔 노골적으로 우릴 비난하지 못할 겁니다. 목장회 건은 조금 천천히요."

"나도 같은 생각이네. 금삼남을 상대로 들이댈 건 많지. 문제는 돈이지……."

"이 분위기에서 누가 소송비를 내겠습니까. 우리가 마련할 수밖에요."

"지난 소송만 이겼어도 지금은 쉽게 모였을 텐데……."

"그렇죠. 패소했으니 위원회 회원들도 선뜻 돈을 내지 않을 겁니다."

"좋네. 사건도 추려보고, 비용도 궁리해 보세."

"그럼 정리해서 다시 뵙겠습니다."

집에 돌아온 민우는 아내에게 자초지종을 설명할 기력도 없었다. 무슨 말을 들어도 잔소리처럼 여겨져 방문을 닫았다. 다음 주말에도 계양에 간다고만 전했다.

"저번 말씀대로 금삼남을 상대로 개인소송을 먼저 해서 민낯을 드러내고, 목장회 소송은 재검토하는 게 어떨까요?"

"그래, 나도 그게 맞다고 봐. 목장회 건은 일단 멈추고 금삼남에 집중하자."

"집중소송이요?"

"응. 자네도 알다시피, 우리 아버지는 부산에만 살고 어등마을엔 와 본 적이 없는데 이전해 간 땅이 있어. 일본으로 밀항한 뒤 귀국한 적이 없음에도 이전된 땅도 있고……. 4·3 희생자와 계약했다며 소유권이 바뀐 경우까지 몇 건이야?"

"후손들이 소송의뢰서에 도장을 찍을까요? 비용은요?"

"그게 문제지."

"건수가 여러 개면 재판부도 혼란스러워하지 않을까요? 아무튼 정해지면 후손들을 접촉하시죠. 전 덕천리 사람이 이전해 간 조부님 토지를 소송하겠습니다."

"덕천리?"

"예. 4·3에 돌아가신 조부님이 한참 후에 무덤에서 나와 덕천리 사람과 매매를 했다는 겁니다. 특별조치법이 엉망입니다."

"좋아, 그렇게 가자."

두 사람은 후손들을 찾아다니며 설명하고 소송의뢰서에 도장을 받기 위해 동분서주했다. 이야기를 들은 이들은 '이럴 수는 없다'고 하면서도 소송에 휘말리긴 부담스러워했다. 쉽게 도장을 찍어 주지 않았다.

"아이고, 우리 아버지 땅이랜 허우꽈……. 가족은 4·3에도, 6·25에도 죽고……. 아버지는 일본 간 뒤 고향에 내려온 적도 없었고, 땅이 있는 줄도 몰랐네."

"옛날부터 금 씨 삼형제가, 금이남 처남이 이장헐 때부터 금삼남이 토적이 보관된 리사무소에 들락날락허멍 먹어간 거주."

"읍사무소 직원하고도 친했고, 1980년대 특별조치법 때는 금이남의 처남이 읍장이었을걸?"

외지로 나간 후손들은 사실을 모르기도 했지만, 마을 사람들은 대체로 진실을 알고 있었다. 선친의 땅 위치를 몰랐다가 알게 된 이들은 놀라워했고, 이장들의 행태를 더 괘씸해했다.

"마을에 톨돈 탈 때 받으려고 주민 도장도 다 있는 마당에 허위 매매 계약서 도장 찍는 건 아무 일도 아니쥬. 보이면 다 먹은 거주게. 천벌을 받을 거여."

"말이 되는 소리여? 우리 아버지 땅이 여기에 이서난? 나쁜 놈들. 억울하게 돌아가신 분들 땅은 후손에게 돌려줘야지, 지들이 먹어?"

"목장땅 소송도 대법원까지 가그네 다 지였덴 들어신디, 돈은 돈대로 들고…… 금삼남 상대로 해서 이겨지커라?"

"옛날 하르방들이 매매를 했다는디 그걸 어떵 찾을 거여. 억울해도 할 수 어서."

격노해 소리치는 이도 있었고, 이길 방법이 없다며 체념하는 이도 있었다.

"예, 알아수다. 소송은 우리가 알아서 허쿠다."

민우와 김정석은 거듭 설명했다.

"의뢰서에 도장만 찍어주시면 됩니다. 비용은 우리가 부담하고, 이겨도 아무것도 요구하지 않겠습니다. 법원에 나오라 하면 지금 말씀처럼만 말씀해 주십시오.”

김정석은 최종적으로 네 건을 의뢰받아 금삼남을 상대로 소송을 제기했다. 네 건의 변론자료를 꾸리는 일만으로도 진이 빠졌다. 그래도 네 건 모두 억울한 사례였고, 그중 한 건이라도 피고가 제대로 대응하지 못하면 승산이 있다는, 일종의 ‘확률 게임’에 기대를 걸었다. 누구보다 열성적으로 준비하는 김정석의 의지를 민우는 응원하며 함께했다.

소송대리인은 과거 목장회 소송을 맡았던 K 변호사로 정했다. 역량이 탁월해서라기보다는 새 변호사가 처음부터 내용을 파악하는 것보다는 낫겠다는 생각이었다. 수임료만 우선하는 건 아닌지 불안했지만 정의와 신의를 믿고 다른 선임은 염두에 두지 않았다.

소송 준비 소문이 퍼졌다. 금삼남을 상대로 하는 건 잘했다는 응원이 나왔다. 동시에 예전 목장회를 상대로 한 원인무효소송은 잘못이었다며 인정해야 한다는 여론도 있었다.

특별조치법의 빈틈을 이용한 수탈 방식은 간단했다. 금삼남 형제는 리사무소에 보관된 토적을 통해 토지 이용 현황과 토지주 생사 여부를 파악했다. 토적에는 번지와 사망자 이름이 적혀 있어, 후손이 선대의 소유 여부를 모르는 경우를 노렸다. 목표를 정하면 그 토지에 먼저 농사를 지으며 자신의 땅인 척했다. 임야인 초지엔 경계를 넓게 잡아 밭담을 쌓고, 소와 말을 길러 자기 목장인 것처럼 속였다. 해가 갈수록 주민들은 자연스레 토지주를 금 씨 형제로 인식하게 됐다.

10년 주기로 특별조치법이 시행될 때마다 형제는 리사무소 도장을 이용해 위조한 매매계약서를 보증서류에 첨부하고 보증인 도장을 받아 읍사무소에 제출해 소유권을 이전했다. 기가 막힌 일이었다. 종이 조각 몇 장을 위조해 어마어마한 토지를 차지한 것이다. 마을 사람들은 대체로 짐작만 하고 있었다.

소송이 시작되자 금삼남은 긴장한 기색을 보였고, 그를 나무라는 주민도 늘었다.

"민우야, 잘했져."

격려의 목소리도 들렸다.

그러나 마을 유지들은 금 씨 형제를 함부로 대하지 못했다. 비위를 건드리면 목장회 토지의 보증인으로 진실을 얘기해버릴 수도 있고, 금삼남이 지면 목장회 토지 자체가 위태로울 수도 있었기 때문이다.

이러지도 저러지도 못하고 있을 때 동네 여편삼촌 한 분이 김정석을 만나고 싶다고 전해왔다. 김정석은 그 댁을 찾았다.

"김동민 씨 아들 김정석입니다. 몸이 좀 불편하시군요."

"아이고, 자네 아버지 얘기 많이 들어 알지. 일제 때 학교도 세웠다 폐교된 적도 있었고, 자네 집안 잘 안다."

"고맙습니다."

"듣자 하니 지금 소송한다며? 그 순댁이 아방 밭?"

"예."

"내 그 밭 알아. 젊었을 적 금 씨 각시가 검질 매달라 허연 가신디. 그때 '누구 밭이냐' 물으니, '일본에 문 누게 밭인디 지네한테 해먹으라'는 말도 들어서. 그 좋은 밭을 이전해 갔다니, 한 동네서 경 허민 안 되여."

"예, 맞수다. 금삼남은 후손들은 모르는 밭들을 특별조치법으로 이전해서 육지 사람에게 팔아먹기도 해수다. 정말 있어선 안 될 일이우다."

"동네 사람들 알 만한 사람은 다 알아. 내가 도울 일 있으면 도우커라. 법정 증인도 서고……. 경 허민 안 되주게."

"고맙습니다, 삼촌."

천군만마를 얻은 것 같은 마음에 김정석은 곧바로 민우에게 전화를 걸어 상세히 전했다.

금삼남도 가만히 있지 않았다. 소송이 본격화되자 금삼남은 의뢰자 집집마다 찾아가 회유를 시도했고, 거절당하면 버럭 화를 냈다.

"우리 아버지가 자네 아버지 살아 있을 때 산 땅이야. 지금 와서 뭔 난리야. 두고 봐, 가만 안 둬!"

협박도 서슴지 않았다. 마을을 휘저으며 '우리가 목장 땅을 이전시켜 마을 자산을 불려 놓았다'고 큰소리를 쳤다.

재판이 시작되고 김정석은 소송을 제기한 네 건의 변론 초안과 증거 확보에 매달렸다. 특별조치법으로 취득한 토지의 원인무효소송에서 이기려면 보증인 3인 중 1명만이라도 '허위 보증이었다'고 인정하거나, 매매가 없었다는 명확한 증거가 필요했다. 현실적으로 쉽지 않았다. 특히 보증인이 양심선언을 할 가능성은 낮았다. 매도자가 당시 사망했거나 일본·타지에 거주했다는 사실로 허위를 입증하려 했지만, 법정에선 공허한 말로 흩어졌다.

금삼남은 인우보증을 교묘히 활용했다. '그의 부친이 예전부터 경작해 온 걸 봤다', '원래 그 소유라고 들었다', '마을 사람들이 모두 알고 있는 사실이다'는 증언만으로도 법원은 받아들였다. 반면 원고가 내미는 '당시 매도자는 사망 또는 부재한다'는 증명은 번번이 힘을 잃었다. 여편삼촌의 '그 밭이 다른 누구의 소유라는 말을 들었다'는 증언도 법정에선 소용이 없었다.

한편, 민우는 조부의 토지를 이웃 마을 덕천 사람이 이전해 간 건의 원인무효소송을 진행했다. 조부가 1943년에 덕천 사람에게 팔았다며 만든 매매계약서를 근거로 이전한 경우였다. 그런데 그 계약서는 과거 양식이 아니었다. 1980년대 임대계약서를 매매계약서로 꾸며, 특별조치법 요건 서류로 둔갑시킨 것이었다. 누가 봐도 사기였다. 옛 매매계약서는 토지 위치를 지경·나무·묘 등을 기준으로 한자로 표시했지만, 이건 전혀 다른 현대식 문서였다.

결과는 금삼남과 덕천 사람을 상대로 한 소송 모두 패소였다. 김정석과 민우가 각자 맡은 개인소송은 5년 넘게 끌었지만 법원은 원고의 손을 들어주지 않았다.

금삼남은 기고만장해 마을을 돌며 떠들었다.

"이겼다! 법원이 내가 산 땅은 전부 적법한 매매라 인정했다!"

패배는 극심한 좌절을 안겼다. 두 사람은 의욕이 꺾이고 자금도 여의치 않아 항소를 포기했다. 모든 소송을 접어야 할 때가 온 듯했다. 더는 희망도 용기도 솟지 않았다. 혼신을 다했는데, 걷잡을 수 없는 절망만이 덮쳐올 뿐이었다.

민우는 소주와 사과 몇 개를 챙겨 조상 묘를 찾았다.

"조부님, 백부님……. 진실을 파헤치고 정의를 세우려 애썼으나, 다시 원점입니다. 이제 어떻게 해야 합니까. 역경을 헤쳐 갈 힘을 주십시오."

민우와 김정석은 잇따른 패소에 전의를 잃었다. 기약 없는 휴면 상태에 빠졌다. 정의와 용기는 저 멀리 밀어둔 채 그저 쉬고만 싶었다. 서로에게 전화할 기력도, 만나서 의논할 의지도 모두 사라졌다.

21

정의롭지 않은 세상

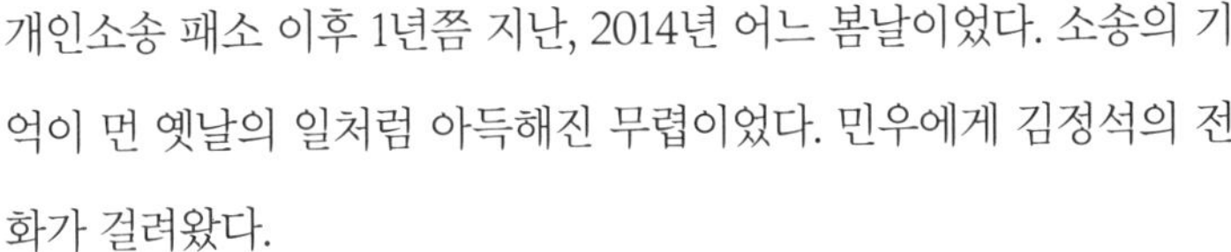

개인소송 패소 이후 1년쯤 지난, 2014년 어느 봄날이었다. 소송의 기억이 먼 옛날의 일처럼 아득해진 무렵이었다. 민우에게 김정석의 전화가 걸려왔다.

"민우야, 오랜만이다. 잘 지내지?"

"예, 정석 형님. 별일 없으시죠?"

"소송 끝나고 처음 연락하는 것 같구나."

"예, 제가 먼저 연락을 드렸어야 하는데 소송 얘기 꺼내게 될 것 같아서……. 그 생각만 하면 머리가 복잡해지고 속이 탑니다."

"그건 나도 그렇다. 아무튼 전화로 말할 수는 없고……. 고동수라는 고향삼촌이 계시다. 서울에서 만났으면 좋겠다는 연락이 왔다. 같이 한 번 만나자."

"고동수? 그 삼촌은 과거에 한 두어 번 뵌 적이 있습니다만, 무슨 일로요?"

"그분도 4·3에 돌아가신 증조부 땅을 목장회에 빼앗겼어. 이번 주말에 시간 내라. 영등포에서 같이 보자."

민우는 약속 시간에 맞춰 만나기로 한 영등포의 식당을 찾아 먼저 자리를 잡고 기다렸다. 잠시 후 김정석은 동수삼촌과 함께 들어왔다.

"안녕하십니까? 삼촌, 저 어등마을 안문오의 둘째 아들 안민우입니다."

"그래, 자네 얘기 많이 들었고 자네 부친도 너무 잘 아네. 아버님은 건강하시고?"

"예, 잘 계십니다. 제가 조금 심려를 끼쳐드려서 마음은 편치 않으십니다."

"식사하면서 얘기 좀 하세. 자네 집안이나 우리 집안이나 4·3으로 풍비박산 나면서 어렵게 지냈지……."

고동수가 과거를 떠올리는 듯한 눈빛으로 먼저 말을 꺼냈다.

"그동안 소송하느라고 수고들 많았네. 내가 내용은 잘 알고 있어……. 아무래도 이런 소송은 제주에 있는 변호사로는 어려워."

"예, 무슨 말씀인지?"

"지난 소송들은 개인 변호사에게 맡겼잖아. 아니야, 대형 로펌에 소송을 맡겨야지. 개인 변호사가 무슨 힘이 있다고……. 내가 일하고 있는 상인회의 소송을 대형 로펌이 전담하고 있어."

고동수가 눈썹을 치켜들었다.

"나도 증조부 토지를 목장회에 빼앗겼어. 이때까지 잠자코 있었지만, 아무리 생각해도 마을목장회가 너무 괘씸해서 소송에 동참하기로 결심했네. 기부는 무슨 기부를 했단 말이야. 일제강점기 밥 한 끼 먹기 어려운 시국에 어렵게 사정받은 토지를 왜 기부를 하겠나. 일제가 강압적으로 땅을 내놓으라 하니 어쩔 수 없이 토지를 내놓은 거지. 말도 안 되는 소리야.”

“예, 같은 생각입니다. 기부를 했다는 아무런 증거도 없지요. 그런데 1943년도 구좌면에서 제주도사에 제출한 목장조합에 소속된 토지이용실태조사서에 포함된 토지를 전부 기부지로 해서 이전해 갔습니다. 완전 도적놈들이죠?”

민우도 동조했다.

“기부를 했다면 개인이 기부서에 지번을 적고 서명을 했어야지요. 구좌면으로부터 각 마을의 목장 토지 현황조사를 요구해서 일괄적으로 정리 제출한 서류 근거로 기부지 인정을 했다는 것은 어불성설입니다.”

민우는 참아왔던 울분이 끓어올랐다.

“만약 기부를 했다면 그 당시에 소유권이 이전되었어야 할 거 아닙니까? 왜 50년이 지난 후에 기부지라고 해서, 그것도 특별조치법 시행 때 이전해 갔겠습니까? 나쁜 놈들의 교묘한 수작입니다.”

민우가 부당함을 거듭해서 강조했다.

“삼촌은 어떻게 했으면 좋겠습니까?”

김정석이 조심스럽게 여쭸다.

“나도 소송에 참여하겠네. 다만, 정석이 자네 증조부의 토지 중 지난번 소송에서 패소한 건 이외의 토지하고 해서 두 건으로 진행했으면 하네. 그리고 변호사는 서울에 있는 로펌으로 하고."

"예, 좋습니다. 비용 문제는?"

"소송을 하려면 비용이 많이 드니까 자네랑 나랑 반반 부담하기로 하고, 기타 비용 등은 내가 부담하겠네. 그리고 민우도 끝까지 소송 진행을 책임져 줬으면 해."

"좋습니다. 그렇게 하시죠."

고동수와 김정석은 힘껏 손을 맞잡았다. 민우도 손을 내밀었다.

집으로 돌아오는 길에 민우의 발걸음은 오랜만에 가벼웠다. 지금까지 정석 형님과 둘이서만 외롭게 진행해 오던 소송이었다. 그런데 마을에 입김 있는 삼촌이 한마음으로 힘을 실어 준다니 고마움과 함께 소송에 임할 새로운 의지가 생겼다.

그렇다고 해서 승소할 거라는 보장은 없었다. 과거의 소송 사례를 살펴보고 예상해 볼 때 특별조치법으로 이전된 토지를 회복하기는 무척이나 어렵다는 것은 그간의 소송으로 체감하고 있었다.

'그렇다고 여기서 멈출 수는 없다. 끝까지 가야 한다. 내가 가는 길은 정의를 위한 길이고, 땅에 묻힌 억울한 선조들의 명예를 회복하는 길이다. 절대 포기하거나 후회하지 않겠다.'

또다시 별건의 소송이 시작되자 마을은 기존의 변호사를 선임해 대응했다. 마을 측 변호사는 지금까지 세 건의 소송 건을 잇달아 승소했기에 피고 측으로부터 무한한 신뢰를 받고 있었다.

목장회 상대의 새로운 소송에 일부 주민은 짜증을 냈다. 지난 소송에서 대법원까지 가서 승소했는데, 또 무슨 소송이냐는 불만이었다.

"돈이 썩었나? 미친 짓들 하고 있네."

비난의 화살은 민우에게로 향했다. 공무원을 하면서 주변 사람들을 부추겨 소송을 한다는 의심의 눈초리를 보냈다. 일부 유지는 본때를 보여야 한다며 흥분하기도 했다.

이즈음 목장회의 토지 이권도 관심사로 떠올랐다. '마을목장회 토지를 잘 지키면 팔았을 때 한 집에 10억 원씩 돌아갈 수 있다'는 말이 돌았다. 그러려면 마을 사람들이 힘을 모아야 하고, 민우나 김정석도 분배를 생각해서 그만 포기해야 한다는 주장이었다.

"땅을 빨리 팔아서 나눠 먹으면 지들도 좋고, 우리도 좋은 거 아니라. 해도해도 너무 하는 거 아니라. 지네 하루방들이 기부헌 건데 무사 이제왕 내놓으랜 허는 거라. 알다가도 모를 일이라."

사람들은 속없는 소리를 했다. 민우와 김정석이 땅 욕심 때문에 하는 소송이 아님을, 그들은 이해하려 하지 않았다.

"그래도 그 사람들 조상들이 내놓은 땅인데 후손들에게는 두 배를 주는 것도 좋을 거 담다."

마치 인심을 쓰는 듯한 회유의 말까지 들렸다. 그럼에도 민우와 김정석은 아랑곳하지 않고 어등마을에 자주 내려갔다. 마을 사람들과 대화가 되었으면 좋겠다는 마음이었다.

그러나 어느 누구도 상대를 하거나 대화를 하려고 하지 않았다. 마을 유지들은 원고 측 사람과의 대화를 적들과 내통하는 것이라고 간주하고 있었다. 마을 인심은 갈수록 냉랭해졌다.

10억 원이라는 금액이 던져주는 여파는 여간 큰 것이 아니었다. 마을 사람들은 빨리 소송이 끝나고 토지를 정리해 10억 원이 손에 들어오는 날을 손꼽아 기다리며 수군거렸다.

1심 소송이 시작되었다. 피고 측 변호사는 지난 소송과 똑같은 주장을 펼쳤다. 준비서면에도 해당 사안의 변론보다 종전 소송의 삼심 판결 사항을 판례로 내세우며 몰아쳤다. 원고 측의 변론 또한 지난번 소송에서 크게 벗어나지 못했다. 어등마을목장회는 어등마을공동목장조합과 별개의 단체이므로 토지 소유권을 이전받을 권리가 없다는 취지였다. 판사는 미동조차 하지 않았다.

재판이 열릴 때마다 이전처럼 마을 주민 30~40명 정도가 집단으로 참석해 기선 제압을 했다. 동수삼촌은 재판에 참석하지 않았다. 민우와 김정석이 재판 진행 상황을 예의주시했다. 소송은 예전과 별반 다름없이 진행되었다. 결국 1심 소송에서 패소했다. 결론은 피고가 주장하는 취득원인이 진실이 아님을 의심할 만한 증거가 있다고 보기 어렵다는 것이었다.

1943년도에 구좌면에서 제주도사에 제출한 어등마을공동목장조합 관계철의 '기부지'와 '차수지' 구분을 그대로 인정했다. 1934년 당시 인가신청서에 포함된 토지에 '기부지', '차수지' 표시가 되지 않았다고 해서 기부된 것이 아니라고 단정하기 어렵다는 판결이었다. 아울러 과거의 소송에서도 동일하게 피고와 어등마을공동목장조합의 동일성이 없다고 주장했으나 1·2·3심 모두에서 이를 인정하지 않았다는 것을 근거로 목장회의 토지 반환의무가 없다고 판시했다.

민우와 김정석은 1심 결과에 크게 실망했다. 그렇다고 해서 포기하기에는 억울함이 컸다. 마음을 추스르고 다음 대책을 논의했다.

"정석 형님, 고생해수다. 법은 우리 편이 아닌 듯 싶습니다. 이런 판결이면 재기하기 어려울 것 같습니다."

"그러게 말이다. 지난번 소송에 패소한 결론을 똑같이 적용했네. 아, 정말 미치겠다. 어쩌면 좋냐?"

그러던 차에 고동수로부터 전화가 왔다. 어떻게 소식을 들었는지 패소한 결과를 알고 있었다.

"민우야, 수고했다. 서울에서 만나서 항소 여부를 판단하자. 그리고 변호사도 바꿔야지, 안 되겠다. 서울에서 보자."

그후 서울에서 민우는 김정석과 고동수를 만났다.

"소송이 어렵게 되었네. 종전 소송에서 패한 것이 결정타야. 어떻게 할까?"

"삼촌, 항소는 해야 되지 않을까요? 여기서 멈추는 것은 아닌 것 같습니다."

"무기는 있나?"

잠시 침묵이 흘렀다.

"우선 변호사 만나보고……. 로펌의 의견이 중요하다고 봅니다. 시작한 거 끝은 봐야 되지 않겠습니까?"

김정석이 입을 열었다.

"현재 제주도청에 목장관계철이 있습니다. 구좌면 관계철을 열람 청구해서 구좌면 소재 12개 마을의 목장조합에 포함되었던 토지 현황을 파악해 토지 이전 과정을 조사해야 합니다."

민우의 말에 김정석과 고동수 두 사람이 고개를 끄덕였다.

"즉 마을목장회에 넘어갔다거나, 아니면 원 토지주의 후손이 보존등기를 해서 소유하고 있는지를 살펴보아야 합니다. 토지주의 후손이 소유하고 있다면 애기는 달라지지 않겠습니까? 왜 다른 마을은 후손이 소유하고 있는데, 유독 어등마을만 마을이 소유합니까."

"후손들이 소유하고 있다면 당연히 공동목장조합의 토지는 원소유자의 토지임을 증명하는 길이겠네."

고동수가 말했다.

"정석 형님께서는 항소 의지가 강하고, 저 또한 항소까지는 가야 한다고 봅니다."

민우가 자신의 의사를 밝혔다.

"그래, 알았다. 항소하자. 정석 씨가 변호사 만나서 의지를 전달하고, 민우가 말한 구좌면 12개 마을 목장철 토지를 전수조사해서 결과를 법원에 제출하면 전화위복의 기회가 될 수 있을 것 같다."

고동수의 격려에 민우와 김정석은 힘을 얻었다.

항소심이 진행되었다. 서류 조작을 핵심으로 두고, 공동목장조합과 어등마을목장회는 별개의 조직이라는 증명을 추진하자고 협의했다. 일본 제국의 1945년 8월 15일 항복 선언과 동시에 공동목장조합의 목적은 상실되고, 〈준칙〉대로 원소유주 소유권은 그대로 있었음을 증명하자는 애기였다. 1960년도에 어등마을목장회를 만들어 어등마을공동목장조합을 승계했다고 하나, 이는 날조된 사실임을 증명하는 데 방점을 두어야 했다.

김정석은 시청 지적부서를 방문해 토지 열람을 하며 목장회관계철에 편철된 당시 구좌면의 토지를 마을별로 정리하고 있었다. 혼자서 열람하고 정리하자니 너무 힘들었지만 일일이 대조하며 분석하는 수밖에 없었다. 분석 작업을 하다가 김정석은 민우에게 전화했다.

"민우야, 기막힌 일이 벌어졌다. 몇 개 마을 토지를 확인했는데, 다른 곳들은 후손들이 보존등기를 해서 개인 소유로 관리하고 있어."

"저도 그럴 거라고 생각하고 있었습니다. 당연한 것 아닐까요? 어등마을 이놈들, 정말 화가 납니다. 나머지 마을도 정리가 되고 있나요?"

"힘들다. 자네랑 소주라도 한잔하면 좋겠는데."

"예, 형님. 저도 참 답답합니다. 주말에 내려가겠습니다. 계속해서 수고해주세요."

김정석은 최종적으로 4개 마을에 대하여 전수조사를 마쳤다. 결론은 어등마을만 빼고 4개 마을 모두 후손들 개인 소유로 되어 있는 것으로 확인되었다.

"정석 형님, 애쓰셨습니다. 고생 많이 하셨으니, 한잔하시죠."

"나쁜 놈들, 이 자료가 이번 소송에서 큰 효력을 발휘할 거야."

"저도 그렇게 생각합니다. 누누이 말하지만 완전히 땅 도둑놈들이죠. 특별조치법을 이용해 이런 짓을 했다는 게 믿어지지 않습니다."

"법원에 서면으로 제출하고 기다려보자."

김정석은 변호사에게 구좌면 관내 마을별 토지 소유자 조사 현황을 건넸다. 변호사는 이를 법원에 증빙자료로 제출했다. 기대와 두려움이 시계추처럼 오갔다.

그 사이 분주한 2015년이 저물고, 2016년 새해를 맞이했다. 민우는 육지에서 근무를 하다가 근무처를 제주도로 옮길 기회가 왔다. 잘된 일이었다. 아내와 아이들을 서울에 두고 혼자서 고향으로 내려왔다. 제주에 내려오자마자, 1월 중순쯤 제주에는 대폭설이 내렸다. 80년 만이라고 했다.

민우는 창밖에 쌓인 눈을 바라보며 어릴 적 겨울 땔감을 구하려고 어머니와 산에 갔던 기억을 떠올렸다.

"어멍, 집에 땔감도 하신디 그만허영 가게 마심. 날씨가 너무 춥수다."

"겨울보내잰허민 땔감이 하영 필요해. 소똥, 말똥에 솔잎도 이서야 되고. 죽은 나무뿌리도……. 경 헤야 구들묵에 불 지펑 또뜻허게 겨울을 보낼 수 이서."

"이렇게 하영 허민 어떵 지영가쿠꽈? 배고푸우다. 빨리 내려가게마심."

"알아서. 그만허영 짐 묶엉 가게."

어머니가 돌아가신 지도 벌써 7년이 지났다. 아버지는 마을 사람들이 쏟아내는 비난과 질타를 이겨내며 팔십대 중반의 나이를 넘어서고 있었다.

민우는 육지에 있다는 이유로, 소송에 전념한다는 이유로 어머니가 살아계실 때 잘 살펴드리지 못한 것이 늘 마음의 한이었다.

어머니는 둘째 아들이 '제일 높은 곳에 근무하고 있는 공무원'임을 늘 자랑스러워하셨다. 하지만 자주 볼 수 없다는 사실에 혼자 가슴앓이를 하다가 돌아가시고 말았다. 그런 어머니를 생각하며 민우는 아버지 만큼은 꼭 곁에서 보살펴드려야겠다고 마음먹었다.

민우가 고향집으로 내려오자 아버지의 혈색은 점점 좋아졌다. 아들과 한집에서 산다는 것만으로도 기쁘고 힘이 나시는 듯했다. 민우가 아침 식사를 준비하고 출근하면 아버지는 알아서 식사를 차려 먹었다. 아들에게 부담을 주지 않으려고 설거지도 하고, 가끔 소소한 반찬거리를 만들기도 하셨다.

민우가 시장에서 사온 식재료로 찬거리를 만들고, 아직 생존해 계신 해병대 동기들과 소주잔을 기울일 때면 아버지는 너무나 행복해 보였다. 아버지는 술을 마시며 4·3과 군대 시절을 회상하며 살아온 이야기들을 늘어놓기도 했다.

아버지는 노래를 좋아했다. 한잔하고 술기운이 오르면 어김없이 읍내에 있는 노래방에서 노래를 부르며 아픈 추억을 달랬다. 그런 아버지의 모습을 지켜보면서 출퇴근을 할 수 있어 민우는 계속된 패소에도 그나마 버틸 수 있었다. 그렇게 아버지는 추억을 되짚는 날들을 보냈고, 민우는 풀어나갈 방법을 고민했다.

민우는 재판이 열리면 조퇴라도 해서 참관하러 갔다. 재판을 참관해야만 흐름을 알 수 있고, 다음 재판을 준비하는 데 도움이 되었다. 이번은 민우가 직접 연관된 재판이 아니어도 목장회를 대상으로 한 소송이어서 최선을 다해야 했다.

재판이 열릴 때면 마을에서는 고정 인원이 나와 개정 전부터 재판정

입구에서 민우와 김정석이 나타나기를 기다리며 눈을 부릅뜨고 못마땅하게 노려보았다. 민우는 말을 섞기 싫어서 고개를 돌린 채 재판정으로 들어가곤 했다. 그럴 때마다 비꼬는 소리가 들렸고, 가만히 듣고 있기가 어려웠다.

"하루방들이 마을에 기부헌 땅인디, 무사 후손들이 나서그네 아니엔 햄신고."

"무슨 기부 말이여. 기부핸 서류 이수꽈?"

"목장관계철에 기부지에 써 있는 게 기부했다는 거 아니라?"

"일제강점기에 일본놈들의 강제에 의해 잠시 내놓은 토지인데, 그게 무슨 기부란 말이꽈?"

이 부분은 늘 싸움에서 논란거리였다.

"목장관계철에서 다른 마을 토지를 확인해 보니, 그대로 후손들 개인이 소유하고 이십디다. 이는 모든 토지가 개인 소유지이지 목장회가 독점할 수 있는 토지가 아니라는 말이우다. 알아수꽈?"

재판이 시작되자 원고 측 변호사가 증빙자료를 거론했다.

"어등마을목장회가 승계를 받아 관리하는 것이지 개인에게 갈 수 있는 토지가 아닙니다."

피고 측은 종전과 똑같은 변론을 했다.

"공동목장조합은 일본이 패망하면서 목적이 상실되었습니다. 지금은 목장에 소 한 마리 없는데, 이것 자체가 목적을 상실한 것입니다. 목장회는 아무런 권리도 없습니다. 특별조치법에 의한 소유권 이전은 무효입니다."

설전이 오가며 심리가 끝났다. 몇 번의 재판이 속행되었으나, 2심 재판부도 1심 판결을 인용하고 원고 측의 항소를 기각했다. 3심 대법원에서도 마찬가지 결과였다.

이번 소송에는 4년이 걸렸다. 민우와 김정석은 바닥이 없는 수렁 속으로 가라앉는 것 같았다. 정의감으로 시작한 소송은 어느새 15년을 훌쩍 넘어서고 있었고, 수차례의 패소로 사건의 실체는 복잡하게 얽혀만 갔다. 의욕은 떨어졌다. 소송에 들어간 비용과 시간과 노력, 무엇보다 마을 사람들로부터의 질책과 비난으로 몸도 마음도 지쳐갔다.

한동안 무력감에 시달렸다. 이번에도 먼저 연락한 사람은 김정석이었다. 민우는 미안한 감정이 들었다.

"민우야, 잘 지내지?"

"예, 정석 형님······. 형님은요?"

"그럭저럭 지낸다. 동생은 제주로 내려갔으니, 아버님도 옆에서 모시고, 그래도 나름 보람이 있겠네. 이번 주말에 제주에 내려가려고 하는데 얼굴 좀 보자."

"예, 형님. 시간을 비워두겠습니다."

제주 시내 골목 식당에서 민우와 김정석은 오랜만에 만났다. 겨울이 지나고 푸릇푸릇한 봄이 성큼 다가온 날이었다. 제비들이 돌아와 수선스럽게 재잘거리며 날아다녔다. 반가움도 잠시, 두 사람은 소주잔만 기울이다가 한참 만에야 민우가 먼저 침묵을 깼다.

"반년이 지나가는데 형님은 어떻게 지내셨어요?"

"말도 마라, 복잡한 일이 많았다. 피고 측 소송비 청구와 계속된 패소로 아내가 불안감을 느꼈는지 '소송으로 집안 말아먹겠다'는 잔소리가 심해졌어. 걱정이 아니라 자꾸 비아냥대니 견딜 수가 없었다."

"그래서요?"

"이것저것 정리하고 오피스텔에서 혼자 지내고 있다."

"예……, 그랬군요."

"이제는 혼자다. 홀가분해서 좋다."

"그래도 먹고는 살아야 하지 않겠습니까?"

함께 싸워 온 김정석이 고생하는 모습에 민우는 가슴이 답답하고 무거웠다. 그러나 걱정과 달리 평온해 보이는 김정석의 표정을 보고, 참으로 강한 사람이구나 싶었다.

"그래서 택시 면허 따고 영업용 택시 운전하고 있다. 용돈은 벌고 있어."

김정석이 빙그레 미소를 지어 보였다.

"그리고 공단에서 유압 강의는 꾸준히 해. 한 달에 5일 정도 강의하면 강의료가 쏠쏠하다. 택시 월급과 강의료면 살아가는 데는 충분해."

김정석은 걱정하지 말라는 손짓을 했다.

"형님. 앞으로 어떻게 하실 생각이죠? 다시 소송하기는 어려울 것 같습니다. 여러 건을 패소해서 유사 건으로 소송해도 승소는 어려울 듯합니다."

민우는 김정석의 의중을 물었다.

"글쎄다. 고민하고 있다. 당장의 계획은 없어. 더 고민하고 변호사들도 만나보다 보면 새로운 길이 있지 않겠나? 포기하지 말자."

세상은 정의롭지 않았다. 두 사람이 정의를 바로 세우려 15년 넘게 싸웠지만 달라진 건 없었다. 세상은 그들을 지치게 했다.

그래도 바꿀 수 없는 게 있다. 사람이다. 희망과 정의감을 품고 굳건히 사는 사람은 결코 절망의 구렁텅이에 빠지지 않는다.

22

질 수 없는 소송

민우는 포기할 수 없었다. 무너지지 않는 김정석을 보며 느끼는 바도 있었다. 세상이 뭐라 해도 옳은 길은 있다. 그는 그 길을 꿋꿋이 걸어갈 뿐이었다.

"저는 다시 소송을 진행하기로 결심했습니다."

"어떤 소송?"

"지금까지는 목장관계철에 있는 필지의 소유권 원인무효소송이었지만, 앞으로는 목장 밖 토지의 소유권을 다투는 소송을 진행하려 합니다."

"목장 밖?"

"예, 목장 밖 토지요. 목장철에 있는 토지는 기부 명분으로 이전했다고 주장하더라도 목장 밖 토지는 무슨 명분으로 이전해 갔다고 주장할지 부딪쳐 보려고요."

"잘 생각했다. 그래, 어렵지만 우리 힘을 모아보자."

"가능성이 있습니다. 이것만 잘해서 승소하면 다른 토지까지 영향을 미쳐 상황을 바꿀 계기를 마련할 수 있을 듯합니다."

김정석에게 새로운 소송을 알린 뒤, 민우는 헌법재판소 연구관으로 근무하다 개업한 M 변호사를 서울에서 만났다. TV로 본 얼굴이라 익숙했다. 인사를 마치고, 지금까지의 소송 흐름을 설명한 뒤 의뢰할 건을 논의했다.

"이번 소송은 목장철에 있는 토지가 아니라 목장철 바깥의 토지입니다."

"예."

"저희 조부님은 1948년 10월 30일, 제주 4·3사건으로 억울하게 돌아가셨습니다."

변호사는 수긍하는 표정을 지었다. 그동안 세월이 변해 4·3은 2014년 정부가 법정기념일로 지정할 만큼 국가 책임이 인정되는 분위기였고, 이제는 일반 국민도 사건의 전모를 어렴풋이나마 인식하고 있었다.

"목장철에도 없는 조부님의 토지를 1965년 3월 5일자 매매계약을 체결한 것으로 해서 특별조치법으로 이전해 갔습니다. 돌아가신 분이 어떻게 땅속에서 나와 매매계약서에 도장을 찍는단 말입니까? 저는 법률가는 아니지만, 엄연한 공문서 위조라고 봅니다."

"알겠습니다. 이길 수 있습니다."

M 변호사는 지금까지의 목장회를 상대로 한 소송을 살펴본 뒤 선뜻 사건 수임 의사를 밝혔다.

"조만간 소송에 필요한 서류를 준비해 우편으로 보내주셔도 좋고,

직접 가져오셔도 좋습니다."

민우는 제주로 내려와 소송 진행과 관련한 제반 위임서류 등을 준비했다. 그리고 2016년 5월, M 변호사 사무실에서 소송비와 승소사례금 등에 관한 사건위임계약을 맺었다. M 변호사는 성실했고 정의감도 엿보여 믿음직스러웠다.

그는 수개월에 걸쳐 준비서면을 작성하고, 법원 제출에 앞서 민우와 통화했다.

"안 선생님, 준비서면 작성이 완료됐어요. 메일로 보낼 테니 내용 살펴보시고 이상이 있으면 알려주세요."

"예, 변호사님, 수고하셨습니다. 감은 어떠신가요? 소송제기이유서를 쓰다 보면 뭔가 잡히는 게 있으실 듯해서요."

"예, 걱정 마세요. 있을 수 없는 일입니다. 타인의 조상 땅을 권리관계 없는 자들이 특별조치법을 악용해 소유한 사례예요. 승소하도록 하겠습니다."

얼마 만에 들어보는 자신감 넘치는 말인가. 새로운 소송의 출발점에서 힘이 솟았다. 그동안 안고 살아온 돌덩이 같은 체증이 그 한마디에 말끔히 내려앉았다. 민우는 준비서면을 읽어 보았다. 법률 지식이 없는 그로서도 감탄할 만했다. 전문가는 역시 다르다는 생각이 들었다. 일부 사실관계 수정만 요청하면 충분했다. M 변호사는 해당 내용을 반영해 소송제기이유서를 제주지법에 제출했다. 소유권말소등기 사건번호가 부여되고, 제출한 준비서면에 대한 피고 측 반론이 도착했다. 예상대로 유사 소송의 두 차례 대법원 판결을 근거로 피고 승소를 주장하며, 본 건도 동일하다는 논지였다.

여름이 지나 낙엽이 바스락거릴 무렵, 첫 재판이 열렸다. 원고 측은 강력히 주장했다.

"목장조합관계철의 토지는 목장 내에 있어 기부지로 이전해 갔다고 치더라도, 목장 밖 토지를 소유권 이전한 근거와 증거를 제시하라."

그러자 피고 측은 제대로 대응하지 못했다. 머뭇거리다 종전 승소 사례를 열거하며 대법원 판결만 집중 부각했다. 마을 사람들과 피고 측 변호사에게는 당황한 기색이 역력했다. 원고 측이 제시한 '사망 후 매매'의 불가능성을 반박하지 못했다. 사실상 변명거리조차 안 되는 황당한 일이었다. 1차 재판에서 원고측의 '사망 후 매매'에 대한 석명 요구에 대해 판사는 '피고는 사망 후 매매에 대하여 석명하라'고 권유하는 것으로 마무리되었다.

1차 재판 후 마을 유지들은 소송 대상이 '목장 밖 토지'라는 점에 긴장했다. 지금까지 원고 측을 미온적으로 견제했다면 이제는 직접적으로 압박을 가하기 시작했다. 1차 대상은 민우였다.

"잠깐 뵐 수 있을까요?"

문서보존 담당 직원이 민우에게 연락해 왔다.

"주무관님, 무슨 일이시죠?"

민우는 담당자 사무실로 찾아갔다.

"예, 과거에 이런 경우가 전혀 없었는데, 어등마을 이장으로부터 정보공개 청구가 왔어요."

"네? 정보공개 청구요?"

"네. 근무 실태에 관한 청구예요. 며칠 전에 자리를 비우셨는데, 조퇴인지 출장인지 정보를 공개해 달라는 요청입니다."

민우는 순간 머리가 핑 돌았다. 며칠 전 재판이 열린 날이었다.

"2시간 조퇴를 받고 다녀왔는데……."

"예, 다행입니다."

민우는 마을 사람들이 괘씸하기 짝이 없었다.

"이것은 개인정보입니다. 근무 실태는 공개 대상이 아니라고 회신해 주시는 게 어떨까요? 정말 기가 찰 노릇이네요."

그는 담당자에게 말한 뒤 사무실로 돌아오며 주먹을 불끈 쥐었다.

'이제는 완전 전쟁이네. 비열한 인간들, 어디 두고 보자'

민우는 분노가 치밀었다.

마을 사람들은 다음으로는 민우의 가족도 괴롭혔다. 아버지에게는 경로당 출입 금지, 마을 구성원으로서의 권리 박탈까지 자행했다.

"민우야, 마을 사람들 눈초리가 막 이상해졌쪄. 땅 폴앙 10억씩 받을 수 이신디, 당신 아들 때문에 못 받는다는 등……. 자식 좀 고만히 이시랜 왬져."

소송과 관련해 별말 없던 아버지가 드디어 입을 열었다.

"이왕 시작한 거, 민우가 알앙 잘허라."

아버지의 표정은 무거웠다.

"나는 노인당에 가지 않으켜. 세화리에 가도 놀 곳 하영 이신디. 내가 걱정하는 건 민우가 공무원인데, 이 일로 직장에 문제가 될까 걱정이여.”

“예, 아버지, 잘 알아수다. 제가 알앙 허쿠다. 걱정하지 마십서.”

1차 재판 이후 2차 재판은 11월에 열리기로 했다. 양측 사이에 준비서면이 오갔다. 원고 측은 집중 추궁했다.

“해당 토지는 토지주가 사망한 뒤 1965년 3월 5일자로 매매되었다고 등기되어 있습니다. 어떻게 매매계약 작성이 가능합니까?”

피고 측은 이에 대응하기보다 엉뚱한 방향으로 논점을 틀었다. 이 사건 토지를 1947년 3월경 원고의 부친 안동근으로부터 증여받았고 그때부터 목장부지에 포함시켰다고 주장했다. 그리고 원고 측이 이 내용이 사실이 아님을 증명하지 못하고 있다고 덧붙였다.

1947년 3월경이면 제주 4·3의 원인이 되었던 3·1절 기념행사가 있던 시기였다. 광복 이후 ‘단선 반대, 신탁통치 반대’ 구호가 터져 나오던 혼돈의 때였다. 미군정기에 특별한 이유 없이 목장회에 땅을 기부했다는 주장은 납득하기 어려웠다. 거짓으로 일관된 주장이었다. 그렇지만 민우는 불안을 느꼈다.

재판 속행 전 급히 상경해 M 변호사를 만났다.

“변호사님, 우리가 말려드는 것 같습니다. 등기부등본상에는 매매인데, 엉뚱하게 1947년 3월경 증여로 몰고 갑니다. 우리 보고 사실이 아님을 증명하라니, 이게 말이 됩니까?”

“너무 마음 쓰지 마세요. 피고 측은 다른 방법이 없으니까 있지도 않은 사실을 가지고 생떼를 쓰는 겁니다.”

“예, 알겠습니다. 이 부분을 강력히 변론해 주세요. 억울하고 화가 나서 살 수가 없습니다.”

“예, 알겠습니다. 얼른 서면 작성해서 보내드리겠습니다.”

“지난번 목장 내 토지 소송 때 판결했던 그 판사라 선입견을 가질까 걱정입니다.”

“그 사건과는 전혀 상황이 다릅니다. 걱정 마세요.”

M 변호사는 안심시키듯 ‘괜찮다’는 말만 반복했다.

원고 측 반박서면이 제출되고, 2차 재판이 열렸다. 원고 측의 요지는 분명했다.

“토지주가 1948년 10월 30일 작고하신 후 17년이 지난 1965년 3월 5일 매매를 했다는 것은 사자 명예훼손이며 공문서 위조입니다. 등기상 등기원인이 ‘매매’라고 적혀 있는데, 이제 와서 ‘1947년 3월경 증여로 보인다’고 변명하는 것은 공문서를 불신하는 것입니다. 이에 대한 석명이 필요합니다.”

피고 측은 ‘위 사실을 증명할 책임은 원고에게 있다는 것이 법리’라고 우겼다. 정말 말도 안 되는 논리였다. 야만에 가까운 행태였다.

‘원고 보고 증명하라고? 먹은 놈이 어떻게 먹었는지 설명해야지, 빼앗긴 사람에게 증명을 하라니……’

민우는 말문이 막혔다. 그는 혼란스러웠다. 명의이전등기에는 공신력을 부여하면서 등기 원인에는 공신력을 무시하는 게 공정한가. 과정이야 어떻든 일단 등기만 해 놓으면 된다는 뜻인가. 도무지 이해할 수 없었다. 약 10분간 양측 변론을 들은 판사는 다음 재판 기일을 정하고 휴회했다.

긴장과 걱정 속에 두 번의 재판을 치르는 동안 한 해가 넘어갔다. 민우는 제주로 내려와 업무 적응에도 어려움을 겪었고, 소송으로 인한 정신적 피로도 쌓여 갔다. M 변호사는 휴회 기간에도 제주에 내려와 『제주도지』 등을 읽으며 과거 목장 관련 서류와 제주의 역사를 살폈다. 그러나 민우의 마음은 놓이지 않았다. 소송을 할수록 아버지가 마을 사람들로부터 점점 더 심하게 손가락질을 받고 있는 현실이 그를 더 우울하게 했다. 마을 유지들과 불공정한 세상을 대하며 억울함이 점점 커졌다.

'언젠가는 진실이 밝혀질 날이 올 것이다. 그때는 어둠 속에 가려진 진실도 빛을 발하리라. 사회 정의가 살아 있음을 보여 줄 날은 온다.' 민우는 굳게 믿으며 스스로를 다독였다.

1심 두 차례 재판으로 여섯 달이 훌쩍 지나 2017년 새해가 밝았다. 수도권과 강원도를 중심으로 연일 큰 눈이 내려 교통이 두절되었다. 제주도도 예외가 아니었다. 펑펑 내린 눈은 몸과 마음을 움츠러들게 했다. 민우는 올해는 좋은 일만 있기를 간절히 기도했다. 재판 결과도 진실대로 귀결되기를 바랐다.

1심 판사가 연초 정기 인사로 바뀌길 기대했으나 인사이동 소식은 없었다. 3월이 되어 예정된 재판이 열렸다. 피고 측은 똑같은 주장을 반복했다. 이번에는 '원고 측의 부친 안문오가 특별조치법 시행 때 남의 토지를 이전해 서울 사람과 부산 사람에게 매도했다'고까지 주장했다. 참으로 기가 막힌 일이었다.

1918년에 사정받은 토지를 특별조치법에 따라 1981년 8월 11일 안문오에게 소유권을 이전하고, 같은 날 안문오가 타지 사람들에게 매매했다는 주장이었다. 서류를 확인하니 실제로 그렇게 정리되어 있었다. 민우는 분노했다. 특별조치법이 뭔지도 몰라 조상 땅도 이전하지 못했는데, 남의 토지를 이전해 팔아먹었다니 억장이 무너졌다.

사정을 알고 보니 당시 이장 금삼남이 민우의 아버지 안문오 명의를 도용한 것이었다. 특별조치법을 악용해 안문오에게 허위 소유권 이전을 한 다음, 같은 날 매매계약서를 작성해 서울과 부산 사람에게 팔아넘긴 것이었다.

어떻게 이럴 수가 있는가? 이런 일이 버젓이 자행되다니, 민우는 토지행정이 완전히 엉망이었음을 알게 되었다.

피고 측의 주장은 이랬다.

"안문오가 남의 토지를 소유권 이전해 육지 사람에게 팔아먹었는데, 자기 선친 토지를 어등마을목장회가 이전해 간 것을 이제 와서 모른다고 할 수 있겠느냐."

적반하장이었다. 소식을 들은 아버지는 노발대발했다.

"내가 육지 사람을 어찌 알 것이며, 특별조치법이 뭔지도 전혀 모른다."

민우는 당시 이장과 보증인들의 농간임을 직시했다. 반드시 진상을 규명해 명예훼손 손해배상을 청구해야 할 사안이었다. 갑론을박 끝에 원고 측은 보증 당사자 금삼남을 증인으로 세워 심문하기로 했다.

원고 측의 증인 채택 요구가 판사에게 받아들여졌다.

재판이 절정을 향하자 마을 사람들의 횡포는 결국 도를 넘었다. 마을 유지들은 목장 땅을 지키자며 주민들을 선동했다. 급기야 제주해

양연구소 일용직으로 근무하는 민우의 친형까지 회사에서 쫓아내야 한다고 주장했다.

"이번 소송은 매우 중요합니다. 반드시 우리가 이겨야 합니다. 소송 비용 때문에 마을금고 수신고가 줄고, 마을 위상도 바닥입니다. 방법을 강구해야 합니다."

어등마을 이장은 긴급 마을회의를 열고 목장회 조합장들을 부추겼다.

"무엇보다 안민우의 집안을 압박해야 합니다. 마을 주민 전체가 나서서 먼저 안민우의 형이 다니는 직장을 항의 방문해 퇴사를 요구합시다. 그래야 정신을 차립니다."

이장은 결연했다.

"옳소, 좋습니다. 그렇게 합시다. 마을을 괴롭히는 나쁜 놈들을 쫓아내야 합니다."

주민들은 호응했다.

"그러기 위해서는 조합별로 안명우 퇴사를 요구하는 탄원서에 서명을 받아 그 직장에 제출하고, 정문 앞에서 시위를 해야 합니다."

구체적 제안이 나왔고 박수가 이어졌다. 조합장들은 탄원서를 들고 조합원 집집마다 방문해 서명을 받았다. 누구 하나 반대하지 않았다. 민우네 가족은 이런 움직임을 전혀 알지 못했다.

1심 3차 재판 한 달쯤 뒤인 4월, 어등마을 주민 30~40명이 '안명우 퇴출'이라고 쓴 피켓을 들고 제주해양연구소 정문 앞으로 몰려갔다.

"퇴출하라! 퇴출하라! 안명우를 퇴출하라!"

마을 사람들이 형의 직장을 찾아가 집단 시위를 할 줄은 상상도 못했던 민우는 대응할 방법이 없었다. 당황한 형의 전화에 그는 '진정허고 참암십서'라는 말밖에 할 수 없었다.

목장회를 상대로 한 소송 때문에 마을에서 형님에게 이렇게까지 할 수 있는 것인가? 민주사회에는 직업 선택의 자유와 노동으로 생계를 유지할 권리가 있다. 마을의 이익을 내세워 마음에 들지 않는 개인의 가족을 직장에서 쫓아내라고 시위하는 건 정상적인 행태가 아니었다. 이런 일이 자유로운 대한민국에서 행해질 수 있는 일인지, 민우는 이해가 되지 않았다.

"형님, 참읍서. 당장 어떵헐 방법이 어수다. 나중에 협박죄로 고소하는 수밖에요."

"세상천지에 이런 일이 있을 수 이사? 너무 무섭다. 나더러 뭘 어떻게 하라는 건지……."

"그러게 말이우다. 인간쓰레기 같은 놈들이우다. 잘 지켜보시고, 협박 증거 같은 게 있으면 확보하고 참가자 확인도 해둡서."

"알았다. 내가 힘이 이시냐? 지켜보는 수밖에 없다만, 화가 나고 살이 떨린다."

형은 힘없이 전화를 끊었다. 민우는 분개했다. 이는 명백한 명예훼손이자 협박이었다.

확인해 보니 마을 사람들은 연구소 밖에서 집단 시위를 했다. 그러다가 연구소 책임자가 대화를 제의하자 안으로 밀고 들어왔다고 했다. 아무 이해관계도 없는 마을 사람들이 직원을 해고하라 요구하는 것은 대화로 풀 문제가 아니라 단호히 거절해야 할 사안이었다. 그런데도 그릇된 요구에 응한 연구소 책임자가 원망스러웠다.

민우는 시간적으로나 심적으로도 이를 고소할 여유가 없었다. 6월 증인심문 재판을 준비하기에도 시간이 모자랐기 때문이다.

증인은 형제들과 함께 어등마을 토지를 쥐락펴락했던 금삼남이었다. 입만 살아 뻔뻔하기가 하늘을 찔렀다. 원고 측이 '목장 밖 토지를 무슨 명분으로 이전해 갔느냐'고 집중 추궁하자, 증인은 줄곧 '매매했거나 기부했다'고 주장했다. 결정적인 대목에서는 '잘 기억나지 않는다'로 얼버무렸다. 그러던 중 그는 '어등마을목장회가 1981년에 만들어졌다'는 뜻밖의 증언을 했다. 그렇다면 그 이전에 어등마을목장회가 매매했거나 목장회에 기부했다고 하는 토지 소유권 주장은 거짓이 되는 셈이었다.

증인 심문 이후 민우는 재판이 원고 측에 유리하게 흐른다고 판단했다. 마을에서도 불리함을 느꼈는지 민우 가족을 더 대놓고 괴롭히며 재판에 영향을 주려 했다.

민우는 이런 마을 사람들을 이해할 수 없었다. 목장 밖 토지 소송에 예민하게 반응하는 이들은 총칼만 안 들었을 뿐 무법천지의 깡패와 다를 바 없어 보였다. 재판정에 들어서면 마을 사람들은 집단으로 시비를 걸었다. 이장을 비롯해 노인회·부녀회·청년회 등 많은 사람이 진을 치고 앉아 손가락질을 해댔다.

민우는 매번 혼자서 30~40명의 눈총을 받으며 재판정에 들어섰다.

"문오 아들이 공무원 한답시고 경 잘나서, 잘난 체 하지 마라. 지네 하르방이 마을에 몽땅 기부한 건데 니가 뭔데 나서서 이 난리라."

그러나 민우는 전혀 주눅 들지 않았다. 그는 자신이 하는 일이 잘못을 바로잡는 일이라는 확신이 있었다.

"욕심들 내려놓읍서. 남의 땅 먹고 잘 사는 사람, 잘 사는 마을 못 봐수다. 억울한 일이 있으면 억울함을 풀어 주는 게 마을이지, 왕따시키고 고립시키는 게 마을이꽈."

그는 큰 소리로 되받아쳤다. 옳은 길을 가겠다는 확신이 그에게 힘을 주었다. 때로는 고성이 오가고, 멱살을 잡고 잡히는 감정싸움까지 벌어졌다.

'이들이 어렸을 적 길 가다 마주치면 반갑게 인사하고 음식을 나눠 먹던 그 사람들이 맞을까? 어쩌다 여기까지 왔을까? 무엇이 사람들을 이렇게 모질게 만들었을까?'

민우의 마음은 착잡했다. 재판장 안팎은 늘 아수라장이었다.

재판에서 피고 측은 변론 방향을 틀었다.

"이 토지는 서류상 '매매'로 적시되어 있지만, 매매가 아니라 1947년 3월경 기부했을 것으로 보입니다."

피고 측 변호사의 말에 판사의 눈빛이 심상치 않게 동조하는 듯했다.

"양측의 변론이 충분히 있었고, 더 이상 재판을 통해 다툴 사항은 없는 것으로 보입니다. 다음 재판에 최종 판결을 하도록 하겠습니다. 더 증명할 사항이 있으면 서면으로 제출해 주시기 바랍니다."

판사가 법봉을 세 번 두드렸다. 재판이 끝나자 피고 측 사람들은 재판정 밖에 모여 변호사의 말에 귀를 기울이며 웅성거렸다. 원고 측 민우는 불안과 초조 속에 변호사와 상의했다.

"변호사님, 판사의 반응이 심상치 않습니다."

"저는 괜찮다고 보는데요. 너무 걱정하지 마세요."

"아닙니다. 심상치 않습니다. 1947년 기부설에 고개를 끄덕이는 듯했습니다. 그 주장을 받아들이면 패소하는 것 아닙니까? 탄원서를 제출하겠습니다. 효과가 있든 없든 판사가 읽기만 한다면 전반적인 흐름을 이해하고 진행하지 않겠습니까."

민우의 간절함에 변호사도 수긍했다.

"그렇게 합시다. 작성 후 서명해서 보내주세요."

민우는 심사숙고 끝에, 억울한 심정을 담아 장문의 탄원서를 작성했다.

| 탄원서 |

존경하는 재판장님!

저는 원고 안문오의 차자 안민우입니다. 2006년 피고인 마을을 상대로 시작한 소송 이후 어머님은 병환 때문에 돌아가시고, 원고인 아버님은 동네 사람들로부터 소외당한 채 오늘날까지 집안에서 조용히 살아오고 있습니다.

저는 오랫동안 서울에서 공무원으로 일해 왔는데 홀로 외롭게 생활하시는 연로한 아버님을 모시고자 근무지를 제주로 옮겼습니다.

저는 금번 토지 반환소송 건의 재판 과정을 쭉 지켜보면서 '이것은 아니다. 진실이 이렇게 묻혀서는 안 된다'고 보았습니다. 또한

'평생을 선하게 살아오신 아버님이 어등마을에서 파렴치한 사람으로 매장되어서는 부당하다'고 여겼습니다. '진실은 꼭 밝혀진다'는 믿음 하나로 이렇게 탄원을 하오니, 설혹 감정상의 도가 지나친 부분이 있더라도 양해하시어 꼼꼼하게 확인해 주시면 감사하겠습니다.

일제는 1931년 만주사변을 일으켜 만주 지역을 점령하고 중국 침략의 야욕을 키웠습니다. 1934년 조선총독부는 중국 침략 시 군수품을 조달할 목적으로 제주도 118개 마을에 목장을 조성하여 우마 사육에 나섰습니다. 말은 군마로, 소는 육우와 모피로 활용토록 강제하였습니다.

일제의 총칼 앞에 목장지에 토지를 제공하지 않을 수 없었지만, 그래도 이에 저항하는 세력이 있었습니다. 일제는 저항 세력을 무마하기 위하여 <준칙>을 마련하였습니다. 목장지로 귀속되는 토지의 소유주는 토지 제공의 의무가 있고, 목장이 해산하게 되면 이를 원소유주에게 환원한다는 내용입니다. 토지 소유주들은 일제의 무력에 못 이겨 응하게 되었고, 이로써 제주도 118개 마을에 목장이 조성되었습니다. 이게 바로 제가 아는 마을공동목장조합의 탄생입니다.

일제는 1937년에 중국을 침략했고, 1945년 8월 연합군에 의해 패망하여 본국으로 귀환하였습니다. 제주도 118개 마을에 조성되었던 공동목장조합의 토지는 조상 명의의 토지이기에 현재 대부분 후손들의 소유로 돌아갔는데, 유독 어등마을만 1981년 특별조치법에 의거하여 '어등마을목장회'라는 조직 명의로 이전하였습니다.

이는 마을 이장 등이 보증서를 마음대로 작성하여 특별조치법을 악용한 결과입니다. 그렇지 않았다면 토지의 원 소유주 후손들이 생존해 있는 상황에서 결코 일어날 수 없는 일입니다.

어등마을목장회가 조선총독부의 후신이겠습니까? 일제 때의 어등마을공동목장조합을 어등마을목장회가 승계한다는 법적 근거는 어디에도 없습니다. 저의 조부님은 어등마을공동목장조합의 간사이셨는데, 누가 어등마을목장회로 명칭을 바꾸고 승계 권한을 주었다는 것입니까? 구두상의 승계입니까?

어등마을목장회는 법인도 아니고 조합도 아닌, 〈정관〉마저 없는 어용 조직입니다. 이장 등이 완장을 차고 무연고 토지, 후손들이 일본에 거주하고 있는 자의 토지, 후손들이 존재 유무를 모르는 선대의 토지를 특별조치법으로 무단 이전시켰습니다.

일본이 패망해서 어등마을공동목장조합이 기능을 잃었으면 토지를 개인 소유주들에게 반환해야 마땅합니다. 왜냐하면, 원래 저희 조상들의 명의로 있었기 때문입니다. 어등마을목장회의 무단 토지 점유는 '부동산이전등기에 관한 특별조치법'이 진정한 소유자의 명의상 권리를 찾게 해 주겠다는 법률 취지를 완전히 위반한 행위입니다.

일제는 어등마을공동목장조합의 목적이 상실되면 소유주들이 제공한 토지를 환원한다고 했는데, 어등마을목장회는 아무런 규약과 근거도 없이 소유권을 이전하였습니다. 피고가 1960년 3월 1일부터 시행되었다고 제출한 규약은 날짜와 내용도 맞지 않고 가필이 거듭된 조작된 것입니다.

도대체가 말이 되는 조직입니까? 이제는 모든 것이 명명백백하게 밝혀졌다고 볼 수 있습니다. 해결의 열쇠를 쥐고 있는 피고 측 금삼남의 증인심문에서 '어등마을목장회라는 말은 1981년 특별조치법으로 토지를 이전할 때 처음 들었다'고 밝혀졌습니다. 금삼남 증인은 '어등마을목장회는 토지를 이전하기 위해서 만들었고, 그 이전에는 어등마을목장회가 없었다'고 증언했습니다. 이게 뜻하는 것이 무엇이겠습니까?

피고 측에서 주장하는 거짓은 한둘이 아닙니다. 어등마을목장회가 1960년 3월 1일 시행되었다는 것도 거짓, 1965년 3월 5일에 토지를 매수했다는 것도 거짓, 석명하라고 하니 1947년 3월 무렵에 토지 소유주가 기부했다는 것도 거짓입니다. 어등마을목장회가 특별조치법에 의거해 토지를 이전하면서 발행한 보증서의 근거인 1981년 이전의 매매니, 기부니 하는 모든 것은 조작임이 밝혀졌습니다.

현재 어등마을 주민은 542세대에 1,144명입니다. 이 중에서 어등마을목장회 회원으로 있는 일부가 똘똘 뭉쳐서 무단 소유한 토지를 이제는 팔아서 나눠 갖겠다고 합니다. 아무 권리도 없는 남의 토지를 말이죠. 이게 민주주의를 근본이념으로 표방하는 대한민국에서 가능한 경우입니까?

그것도 모자라서 목장 밖에 있는 토지까지 특별조치법으로 이전해 가서 소유권을 주장합니다. 바로 지금 진행하는 소송이 다투는 내용입니다.

저의 조부님은 1948년 10월 30일에 제주 4·3사건으로 생을 마감하셨습니다. 큰아버님과 큰고모님도 목숨을 잃었습니다. 조모님은 총상으로 후유증을 겪으시다가 돌아가셨습니다. 그 당시 저의 아버님 나이는 17살이었고, 6·25를 맞아 해병대 4기생으로 자원입대하여 군생활을 6년간 하고 1956년에 전역을 하였습니다. 고향으로 돌아와 선친의 토지가 어디에 있는 지도 모른 채 지내다가 현재와 같은 상황을 맞은 것입니다.

금번 소송 건은 1948년에 돌아가신 조부님께서 1965년 3월 5일에 무덤 속에서 깨어나서 누구인지도 모르는 어등마을목장회 회장을 찾아 가서 매매계약을 하고 다시 무덤 속으로 들어가신, 참으로 어처구니없는 일입니다. 말이 되는 소리입니까? 피고 측에 석명하라고 판사님께서 말씀하셨음에도, 이를 회피한 채 오히려 1947년 3월 직전에 기부했다고 합니다. 결국, 법원의 등기부등본상에 작성된 등기의 원인이 되는 매매라는 중대한 기록은 허위라는 말과 같습니다. 이는 대한민국 사법부의 법률 행위를 부정하는 것임에도 피고는 기부라며 거듭 허위 주장을 하고 있습니다.

제가 한번 사건 전개를 반추해 보겠습니다.

저의 조부님은 증조부의 땅을 당신 안동근의 명의로 1939년에 보존등기를 하셨습니다. 그리고 어등마을공동목장조합 간사를 맡았습니다. 8·15 해방 후 어등마을공동목장조합의 목적 상실과 토지 소유권 환원을 그 누구보다 잘 알고 계셨을 분이었습니다. 그런데 해산된 조직에 본인의 토지를 기부한다는 것이 타당하겠습니까? 미군정 시대의 극심한 사회적 혼란기에 있을 수 없는 일이었습니다.

새빨간 거짓말입니다. 피고는 아무런 증거도 제출하지 못하고 있고, 제출할 수도 없습니다. 제 부친 안문오께서 소송하는 목적은 두 가지입니다.

첫 번째는 마을 이장, 지역 유지라는 분들의 불의를 밝히는 데 있습니다. 불의를 저지른 것을 알고도 덮어버리면 그들에게 잘못된 용기를 심어줄 수 있고, 어등마을을 부정부패의 나락으로 떨어뜨리게 됩니다. 우리의 고향 마을이 그렇게 더럽혀지는 것은 막아야 합니다.

두 번째는 제주 4·3에 억울하게 돌아가신 선친의 명예를 회복하기 위함입니다. 돌아가신 선친의 명의를 도용하여 매매계약서를 작성하고 특별조치법을 악용해서 소유권을 이전한 파렴치한 행위를 바로잡아야 합니다.

죽은 자는 말이 없지만 저의 조부님께서는 거짓으로 인해 땅속에 갇힌 진실이 햇빛을 보기를 기대하고 계실 거라고 봅니다.

특별조치법 시행 당시 어등마을 이장은 어려운 주민을 살피는 임무는 외면하고 자신의 사리사욕을 위해 아래와 같은 만행을 저질렀습니다.

목장관계철에 있는 토지는 어등마을목장회로 이전시켜 토지 소유가 없던 마을 사람들로부터 환심을 샀습니다. 여타 토지는 보증인들과 담합하여 부정하게 도장을 찍은 매매계약서를 만들어 다른 마을과 서울 등 타지 사람들에게 팔아넘겨 이득을 취하였습니다. 그것도 모자라 당시 이장 형제들이 10만 평 이상의 토지를 자신들 소유로 사유지화했습니다.

후손들도 버젓이 살아 있고, 정상적인 등기 절차도 가능한 상황에서 왜 하필 특별조치법으로 이전했을까요? 세 사람의 보증인만 도장을 찍으면 되는 맹점을 노려서입니다. 이러한 사실들은 간과할 수 없습니다.

1981~1984년도에 어등마을에는 금 씨 삼형제가 특별조치법으로 토지를 이전하는 한다는 말이 돌았습니다. 세상 물정을 모른 채 대학에 다니던 저는 당시 금삼남 이장 댁에 찾아가서 마을 주민들의 소문을 따져 물었다가 욕만 듣고 밖으로 쫓겨났던 기억이 납니다. 그게 바로 이 사태의 시발일 줄을 어찌 알았겠습니까? 그때 저에게 조금만 더 관심과 지식이 있었다면 정확하게 따져 물어서 작금의 상황을 바로 잡을 수 있지 않았을까 하는 아쉬움이 남습니다.

13년째 소송입니다. 아버님은 집 밖에는 나가지도 못하고, 저 또한 마을에서 외면당한 채 살아오고 있습니다. '진실은 거짓으로 가려지지 않는다'는 믿음으로, 제가 꼭 밝혀보겠습니다. 언론이든, 방송이든, 시위든, 정부에 진정을 해서라도 반드시 악덕 이장과 측근들이 부당하게 취득한 토지가 원 소유주에게반환될 수 있도록 언젠가는 정리해 보겠습니다.

판사님, 법의 안정성도 중요하지만 모든 것을 사실에 입각해서 올바르게 판결해 주십시오. 판사님의 용기가 필요합니다. 역사 앞에 오점을 남기지 말고, 다시는 이 땅에 저희처럼 억울한 사람이 생기지 않도록 희망을 주십시오. 사실에 입각한 올곧은 판결로 사회 정의를 바로잡아 주시기 바랍니다.

민우의 탄원서는 법원에 접수되었다.

최종 선고일이 다가왔다. 민우는 초조와 떨림 속에 밤새 눈을 붙일 수 없었다.

쌀쌀한 아침, 나뭇가지의 잎사귀는 기운을 잃은 채 가을바람에 나풀거리며 하나둘 떨어졌다. 먹구름 드리운 하늘 사이로 설핏 푸른 기운이 비쳤다. 민우는 휴가를 내고 재판정으로 향했다. 마을 사람들은 고개를 돌린 채 그의 인사를 하나같이 외면했다.

드디어 재판이 열렸다. 판사가 입장하자 방청객들이 모두 일어섰다.

민우는 마지막으로 보낸 탄원서가 작은 힘이라도 되었기를 기대하며 자리에 앉았다. 곧 판결이 선고되었다.

"원고의 소를 기각한다. 소송비용은 원고가 부담한다."

선고가 끝나자 피고 측은 즉시 '와아!' 하는 함성을 터뜨리며 서로 얼싸안고 환호했다. 민우는 고개를 떨군 채 발끝에서 머리끝까지 솟구치는 울분을 감출 수 없었다. 피고 측 마을 사람들은 희희낙락하며 법정을 빠져나갔고, 민우와 M 변호사만 우두커니 남았다. 의자에 앉은 민우는 고개를 숙인 채 흘러내리는 눈물을 손수건으로 훔쳤다. 미칠 듯한 심정이었다. M 변호사가 다가와 등을 두드렸다.

"수고하셨습니다, 변호사님."

"선생님도 수고하셨습니다. 있을 수 없는 일이 벌어졌습니다. 이해할 수가 없습니다. 항소는 해야죠?"

"……."

"원고 측 주장은 하나도 받아들여지지 않았습니다. 등기부등본상 등기 원인이 '매매'로 명시되어 있는데도, 이를 부정해 '1947년경 기부'로 보인다는 점을 인정해 버렸습니다."

분노는 치밀어 오르는데 민우의 머릿속에는 아무 말도, 어떤 생각도 떠오르지 않았다. 빛이 사라지고 주변은 온통 캄캄해졌다.

"힘내세요."

M 변호사의 목소리도 멀게만 들렸다.

마을은 잔칫날 같았다. 민우 가족을 향한 야유가 이어졌다. '지금까지의 재판 비용까지 하나도 빠짐없이 청구해야 한다'는 말들이 오갔다. 민우는 고민에 잠겼다. 출근해서도 의욕이 없었다. 항소 제기 만기일이 다가오는데도 뾰족한 방도가 보이지 않았다. M 변호사는 항소를 권하면서도 소송 대리는 마다했다. 머릿속에는 '새로운 변호사를 찾아야 하지 않겠나' 하는 막연한 생각만 맴돌았다.

그러던 중 우연히 TV 토론에서 한국 사회의 현실을 적나라하게 비평하는 H 변호사를 보았다. 유튜브로 더 찾아본 뒤, 항소심을 맡길 적임자라 판단했다. 그는 망설임 없이 서울 신사역 근처 변호사 사무실을 찾아가 자초지종을 설명하고 수임을 요청했다.

"최선을 다해봅시다."

사건을 검토한 변호사는 수임을 수락하며 위로의 말을 건넸다. 이전 변호사들과 달리 친절했고, 계약과 전략 설정도 명쾌했다. 약자의 마음을 시원하게 대변해 줄 사람처럼 보였다.

민우는 사건계약을 맺고 항소를 제기했다. 항소이유서에는 원심 판결문이 인용한 '특별조치법에 의하여 마친 등기는 실체적 권리관계에 부합하는 등기로 추정되나, 그 추정은 번복될 수 있다'는 취지의 판례를 전제로 삼았다. 또한 '등기원인이 1965년 3월 5일 매매임에도, 피고가 1947년 3월 1일 무렵 기부로 취득했다고 주장하려면 당시 어등마을공동목장조합과 어등마을목장회의 조직·연속성이 현재까지 이어져야 하는데, 그렇지 않다'는 점을 적시했다.

무엇보다 어등마을목장회가 조직의 구성·운영·주요 사항을 규약에 근거해 갖추었어야 하나, 그러한 근거가 전혀 확인되지 않는 날조된 조직이라는 점을 부각했다. 피고 측은 1심과 같은 주장을 되풀이했다.

항소심 1차 재판은 2018년에야 열렸다. 재판부를 보는 순간 민우는 깜짝 놀랐다. 지금까지 자신과 김정석이 제기한 항소심을 맡았던 판사가 이번에도 동일하게 배정된 것이다. ‘이번에도 기각이구나’ 하는 절망이 엄습했다.

1차 재판은 원고와 피고가 1심 때와 같은 말을 주고받은 뒤 채 5분도 안 되어 끝났다. 의미가 있어 보인 건 원고 측이 ‘어등마을의 역대·현행 규약 일체, 총회 소집 통지자료, 총회 의사록 등을 제출하라’고 요구한 것뿐이었다.

피고 측은 다음 기일까지도 아무 자료도 내지 않았다. 준비서면만 오갔다. 2심 재판부는 이미 결론을 정한 듯 두 차례 심리 후 ‘12월 12일 판결하겠다’고 밝혔다.

“피고 측은 원고가 요구한 자료를 아무것도 내놓지 않고 있습니다. 반드시 제출이 있어야 하며, 이 상태에서 판결하는 것은 섣부릅니다.”

원고 측 변호사는 성급한 선고를 우려했다.

“등기부등본에 매매 일자가 명시되어 있는데, 느닷없이 ‘기부’라고 주장하려면 이에 합당한 증거와 석명이 필요합니다.”

계속해서 자료 제출을 요구했다.

“이미 모든 자료를 공개했고 충분히 소명됐다고 판단합니다. 조속하게 판결해야 합니다.”

피고 측의 버팀에 재판부가 손을 들어주었다.

“변호사님, 재판부 분위기가 심상치 않습니다. 이미 결정을 내린 듯합니다. 뭔가 다른 조치를 취해야 하지 않을까요?”

재판을 마치고 민우가 말했다.

“재판부 기피 신청을 합시다.”

처음 듣는 말이었지만, 다른 판사에게 재판을 받을 수 있다는 기대에 민우는 곧장 동의했다. 그러나 결과는 달라지지 않았다.

"재판부 기피 신청은 소송 지연 목적이 분명하므로 기각한다."

현 재판부가 스스로 기피 여부를 판단하는 구조였다. 당연한 듯한 결론이었다. 결국 2심도 패소로 이어질 것 같은 불안이 엄습했다.

12월 12일이 다가왔다. 민우는 이미 판결을 짐작하고 있었다. 온몸의 힘이 빠져나갔다. 이른 아침, 재판정에 갈지 말지 깊은 고민에 빠졌다. 불을 보듯 패소가 예상되는데, 피고 측의 환호를 더는 마주하고 싶지 않았다.

감정이 뒤틀리면 무슨 일이 벌어질지 자신이 없었다. 그는 출근 후 오전 내내 전전긍긍하다 점심을 먹고서야 재판정으로 향했다. 풍경은 여전했고, 판결도 예상대로였다.

"기각이다. 1심 판결은 정당하므로 원고의 항소를 기각한다. 항소비용은 원고가 부담한다."

짧은 선고 뒤 항소심 재판부는 자리를 떴다.

마을 사람들은 함성을 지르며 서로 손을 맞잡고 '수고했다'며 격려를 주고받았다. 그 광경은 민우의 눈에 씁쓸하고도 볼썽사납게 비쳤다. 그는 한동안 법정 의자에 앉아 어금니를 꽉 깨물었다. 치미는 울분과 분노를 억누르며 스스로를 다잡았다. 그리고 자리에서 일어나 마음속으로 되뇌었다.

'힘내자. 그래, 3심으로 간다.'

의지

· · · · ·

여기서 멈춰서는 안 된다

4·3 생존자, 아버지

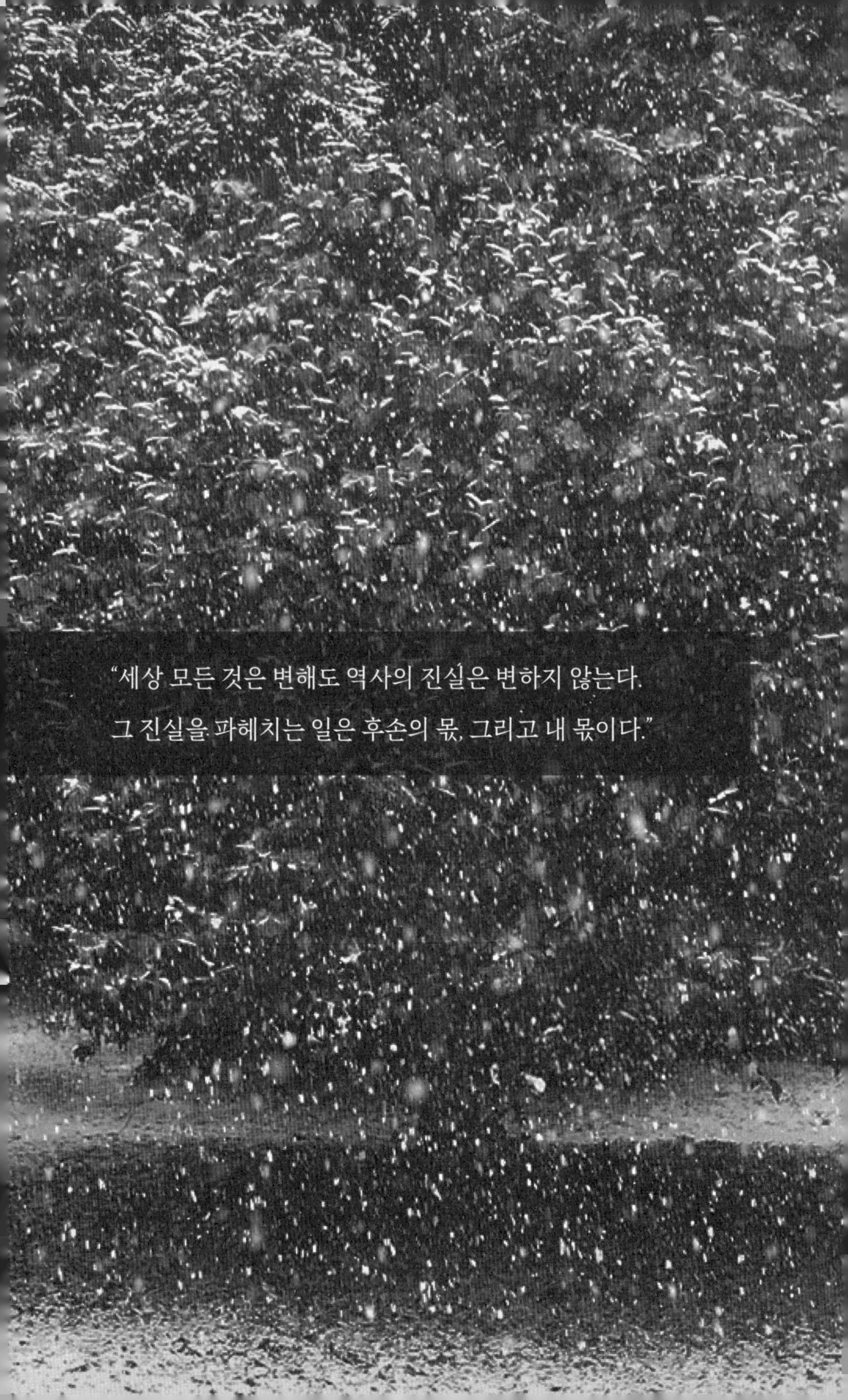

“세상 모든 것은 변해도 역사의 진실은 변하지 않는다.
그 진실을 파헤치는 일은 후손의 몫, 그리고 내 몫이다.”

23

여기서 멈춰서는 안 된다

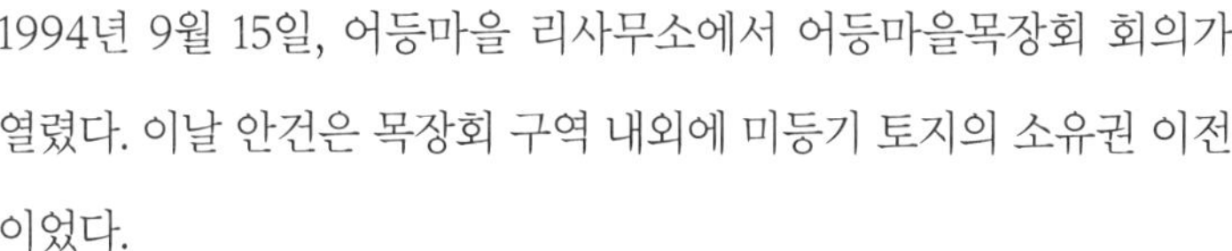

1994년 9월 15일, 어등마을 리사무소에서 어등마을목장회 회의가 열렸다. 이날 안건은 목장회 구역 내외에 미등기 토지의 소유권 이전이었다.

"오늘 회의는 어등마을목장회 회원 300명 가운데 115명이 참석하여 성원이 되었음을 선언합니다."

목장회 회장인 강석근 이장이 개회를 알렸다.

"오늘 회의 안건은 목장회 구역 내외에 아직도 개인 명의로 남아 있는 토지를 금번 특별조치법에 의거해 이전등기하고자 하는 것으로 총회 승인을 얻고자 합니다."

참석자들은 박수로 동의했다. 타 지역으로 이주했거나, 제주 4·3으로 사망했거나, 거주지가 불분명할 뿐 분명한 소유주 후손이 엄연히 있는 토지들이었다. 회원 본인들과는 소유관계가 없음에도 목장회

자산이 불어나는 데 마다할 이유가 없었다. 목장회 총회라는 명목을 빌려 남의 토지를 이전하려는 일에 동조한 셈이었다.

"이번에 목장회로 이전하고자 하는 토지는 7필지, 8만㎡입니다. 등기 비용은 목장회 경비로 충당하겠습니다. 의견 있습니까?"

"찬성합니다!"

우레와 같은 박수가 터졌다. 수법은 여느 때와 다르지 않았다. 허위 매매계약서나 기부계약서를 작성하고, 이를 근거로 3명 보증인의 날인을 받아 이전하는 방식이었다. '어디에 소재해 있는 토지인지, 후손에게 연락해 동의를 구했는지' 같은 질문을 던지는 회원은 아무도 없었다. 개인 토지를 교묘한 방식으로 손쉽게 이전할 수 있게 만든 것은 사실상 특별조치법이었고, 이를 뒷배 삼아 상식도, 옳고 그름의 판단도 실종된 총회가 진행되었다.

안문오의 부친 안동근의 토지도 같은 수법으로 소유권이 넘어갔다. 목장회 임원들은 이해관계자를 완전히 배제한 채 배임에 가까운 행위를 저질렀다. 회의 내용을 토지주 후손이 알았다면 일사천리로 처리될 수는 없었을 것이다.

민우는 보존등기까지 마친 목장 밖 토지의 존재를 해병대 전역 후 귀향한 아버지가 모르고 있었다는 이유만으로 남에게 넘어간 사실을 도저히 납득할 수 없었다. 그런데도 항고심에서 패소했다. 개별 소송을 하느라 연락이 뜸했던 김정석에게 늘 하던 푸념이라도 털어놓고 싶었다.

"정석 형님, 잘 지내시죠?"

"그래, 동생……. 소식은 들었다. 그 소송에 기대를 걸었는데, 또 이렇게 허망하게 항소심을 지다니 참담하네."

"예, 형님. 미칠 것 같습니다. 무엇보다 소송에 이겼다며 몰염치하게 구는 자들에게 매번 당하는 게 괴롭습니다. 형님은 어떻게 지내세요? 연락도 없으시고요."

"덕분에 잘 지내. 나도 소송 만큼은 끝까지 가보려고 여러 변호사를 만나 상담 중이야. 조만간 뭘 하든 다시 시작하려고 고민하고 있다."

"저도 걱정입니다. 비용도 많이 들고, 상고해도 심리 불속행으로 처리될까 두렵고요. 여기서 멈추자니 억울하고……. 그래도 상고하는 게 맞겠죠?"

"그럼. 시작한 건 끝을 봐야지. 언제 저녁이나 하자. 연금도 나오고 재정 상황도 좀 풀렸으니 한잔 살게. 서울에서 보자."

통화를 마친 뒤 민우는 상고를 결심했다.

어느덧 겨울. 쌀쌀한 날씨가 온몸을 움츠리게 했다. 패소의 불안과 긴장으로 민우의 몸은 초겨울 추위마저 견디기 힘들 만큼 쇠했다. 그러나 소송은 생활의 일부가 되었고, 민우는 충실하게 근무에 임했다. 상고심을 맡은 변호사는 상고이유서에 '특별조치법상 등기의 추정력 문제에서 법리 오해 소지가 존재한다'는 취지를 담았다. 또한 '어등마을목장회와 어등마을공동목장조합의 동일성 및 비법인 사단성 판단' 문제도 지적했다. 즉 '판단 유탈과 채증법칙 위반으로 증거 가치를 오판한 위법이 있다'는 것이었다.

민우는 더 보탤 말이 없다고 보고 수정 없이 제출했다. 특별조치법과 관련된 법정 용어도, 재판의 전개 양상도 이전과 다르지 않았다. 그는 '변호사 역량을 믿습니다'는 말 외에는 덧붙이지 않았다. 다만 심리 불속행만은 피하길 바랐다. 상고심에서 이 중대한 사건의 심리가 열리길 기대하며 변호사에게 최선을 다해 달라고 부탁했다.

피고 측도 종전과 다름없는 준비서면을 냈다. 마을의 냉대도 여전했다. 민우는 마을 사람들이 점점 보기 싫어졌고, 지나치다 만나도 외면하게 되었다. 상고이유서 제출 후에도 피고는 같은 논리로 반박을 이어갔다. 피고의 자신감이 커 보이자 민우가 변호사에게 전화를 걸었다.

"변호사님, 이대로 가다간 어렵겠습니다. 3심에서 심리도 안 하고 불속행으로 갈 듯한데요."

"그러게요. 이런 경우가 다 있나 싶습니다. 반드시 심리가 열리도록 백방으로 뛰고 있습니다."

대법관을 움직여 심리를 열도록 유도할 방법이 무엇일까. 민우는 속이 탔다.

"변호사님, 헌법소원이라도 제기해야죠? 등기원인 증명서류도 없이 보증인 확인서만으로 소유권 이전등기를 할 수 있느냐는 점 말입니다."

"아, 예. 얘기가 잘 전해지지 않았군요? 올해 2월 상고이유서 낼 때 헌법재판소에도 제출했습니다."

"예, 알겠습니다. 여러모로 바쁘시겠지만 관심 부탁드립니다."

"알겠습니다. 최선을 다하고 있습니다."

겨울이 지나 새봄이 왔다. 벚꽃이 만개했다가 지고, 잎이 돋아 푸름을 더해 갔다. 5월의 주말 아침, 민우는 고사리도 꺾고 바람도 쬘 겸 간단히 도시락을 싸서 나섰다. 봄비는 하루걸러 내렸고, 새벽비에 맺힌 물방울이 고사리를 타고 내려 발목을 적셨다.

대법원 판결이 5월 중 있을 거라 했다. 그러나 심리가 열린다면 증인이나 대리인을 부를 텐데, 그럴 기미가 보이지 않았다. 이번도 불속행으로 가는 게 아닌지 조바심이 났다. 주말 산행을 하면서 애타는 마음을 조금이라도 덜어내고 싶었다.

2019년 5월 20일, 월요일. 오전 업무를 마무리할 즈음 변호사에게서 전화가 왔다.

"안 선생님, 기각됐습니다. 불속행으로 1심과 2심 판결을 준용한 것 같습니다."

민우는 할 말을 잃었다.

"알겠습니다."

그는 휴대전화를 내려놓고 업무를 계속해 나갔다. 예견했던 터라 심리적 동요 없이 침착함을 유지할 수 있었다. 며칠 뒤 판결문이 메일로 도착했다.

'상고를 기각한다. 상고비용은 원고가 부담한다.'

원심 판결 및 상고 이유를 모두 살펴보았으나, 그에 관한 주장은 이유가 없다고 인정되므로 상고를 기각한다는 내용이었다.

예상은 했지만, 불쾌감과 패배감이 밀려와 견디기 힘들었다. 일찍 퇴근하고 술집에서 혼자 소주를 마셨다. 착잡한 마음에 소주는 쓰디썼다. 몇 병을 비웠는지 기억도 희미했다.

'세월이 지나면 모든 걸 잊게 될까? 이 땅의 진실을 믿어주는 사람이 있겠지?'

민우는 술잔을 비우며 스스로를 다독였다.

그날 이후 민우는 근무에만 몰두했다. 마을은 거듭된 승소로 기고만 장했다. 목장 밖 토지 소송에서도 이겼으니, 축제를 열어도 모자랄 판이었다. 그동안 마을을 소란스럽게 한 '안민우'를 그대로 둘 수 없다는 여론도 들끓었다. 그래도 민우는 아랑곳하지 않았다. 마을 측에서 소송비용 청구가 오자 그는 금액을 지불하고, 평소대로 일상을 이어갔다. 그렇지만 '끝나도 끝나지 않는 싸움', '끝내야 끝나지만 끝낼 수 없는 싸움'이었다.

'끝까지 간다. 언젠가는 구름을 걷어낸 햇살처럼 진실을 마주할 날이 있을 것이다. 진실은 변하지 않는다. 진실은 숨긴다고 숨겨지는 게 아니다.'

그렇게 되뇌는 사이 1년 반이 흘렀다. 잊고 있던 헌법소원 결정문이 2020년 연말에서야 메일로 도착했다. 결론은 합헌.

'무엇이 합헌이라는 말인가?'

등기원인 증명서류가 없어도 보증인 3명의 날인으로 이전등기한 토지는 특별조치법 취지상 '합헌'이라는 내용이었다. 남의 토지 소유권을 부당하게 이전해도 되는 여건을 만들어 준 특별조치법이 과연 국민과 공익을 위한 법이라는 말인가. 어처구니없고 짜증이 치밀었지만 어쩔 도리가 없었다. 이게 법이라면 이를 활용하지 못한 사람이 바보라는 얘기 아닌가.

목장 내 토지소송, 개인소송, 합동소송, 목장 밖 토지소송까지 모든 소송에서 완패한 민우는 더는 일어설 수 없을 만큼 지쳐 있었다. 실낱같이 기대했던 헌법소원마저 특별조치법의 정당성을 인정했다.

어언 20년에 가까운 소송으로 민우는 피폐한 나날을 보냈다. 마을에서 민우 가족은 철저히 고립무원이었다. 모든 발단과 책임은 '안민우'에게 있다며 손가락질이 이어졌다. 한때 동기간처럼 뜻을 같이하던 이들도 등을 돌리고 상대를 하지 않았다. 민우 가족과 가까이하는 것 자체가 마을에 누가 된다며 거리를 뒀다.

단절된 삶 속에서도 민우에게 위안이 된 건 가까운 친구들과 마을에 터를 잡고 꿋꿋이 살아가는 이주민들이었다. 어등마을에는 펜션·카페를 운영하는 이주민도 적지 않았고, 전원주택에서 노후를 보내는 이들도 있었다. 이들과의 자리에서 소송 이야기를 꺼내면 '세상에 그런 일도 있냐?'고 놀라면서 '꼭 이겨라'는 격려가 돌아왔다. 그 공감의 신호가 마음을 조금씩 가라앉혔다. 민우는 점차 마음의 평안을 되찾아 갔다.

2021년, 김정석과 오랜만에 연락이 닿았다. 민우가 먼저 전화를 걸었다.

"정석 형님, 요즘 건강은 어떠십니까?"

"별일 없어. 월남참전 고엽제환자로 등록되고, 국가유공자로 선정되어 꼬박꼬박 연금도 들어오고, 임대주택도 하나 얻었다."

"임대주택을요?"

"그래, 한번 놀러오게나."

"예, 축하드립니다. 주말에 찾아뵙겠습니다."

주말에 민우는 김정석의 임대주택을 찾았다. 멈춰야 하는지, 다른 방법이 있는지, 앞으로의 방향을 어떻게 잡을지 그와 의논하고 싶었다. 임대주택은 아담했다. 간단한 식사 도구와 TV, 냉장고, 컴퓨터, 침대가 갖춰져 있었다. 창밖으로 좁은 하천이 흐르고, 양옆 산책길에는 운동하는 사람들이 보였다. '나도 이런 곳에서 혼자 조용히 지내면 좋겠다'는 생각이 들었다. 퇴직하면 외딴곳에서 한적하게 지내고 싶은 것이 그의 오래된 꿈이기도 했다.

김정석과 인연을 맺은 지도 어느덧 20년이 되었다. 젊고 거침없던 모습은 희미해지고, 머리는 반백으로 덮였다. 걸음걸이도 예전 같지 않았다.

"앞으로 계획은요? 목장 건은 어떻게 하실 겁니까?"

"그래, 늘 머릿속에서 생각하고 있어. 지금까지의 일들을 정리하고 있지. 판사로 있다 퇴임해 변호사 개업한 분도 만났고……."

"예, 저도 20년 소송으로 몸과 마음이 많이 피폐해졌습니다. 처음의 용기와 정의를 향한 마음이 점점 사라지는 것 같고요. 벌써 저도 예순을 바라봅니다."

둘은 서로를 바라보았다. 주름은 늘었지만 눈빛은 여전히 살아 있었다.

"그렇다고 여기서 멈추는 건 애초에 시작하지 않은 것만 못하다고 생각합니다. 어떤 형태로든 끝까지 가보고 싶습니다."

"민우, 다른 방법이 떠오른 게 있나?"

“그래서 말인데요, 제 아버님이 어등마을목장회 조합원이기도 합니다. 회원 탈퇴를 하고, 목장회가 ‘조부께서 기부했다’고 주장하는 토지의 지분반환소송을 추진해 볼까 합니다.”

“나는 지분반환소송은 반대다. 조부의 기부 사실을 전제하기 때문이야. 그건 맞지 않아.”

“그럼 다른 방법이 있습니까? 대책이 있어야 하지 않겠습니까?”

“……”

“그러면 정석 형님 부친을 비롯해 7명 명의로 되어 있다가 1994년 특별조치법으로, 등기원인도 없이 ‘목장구역 내에 있다’는 이유로 소유권을 이전해 간 토지, 그걸 소송하시죠. 2명에게만 200만 원씩 주고 합의했다잖아요. 나머지 원소유주 후손들은 충분히 소송할 만합니다.”

“그렇지 않아도 그 땅 원소유주 후손 두어 분과 합동소송을 고민했고 변호사도 만나 봤는데, 기판력 때문에 어렵다더군. 그래서 재심 청구를 검토 중이야.”

“재심이라뇨? 기판력 얘기하시면서……. 재심이면 판을 뒤엎을 새로운 증거가 있어야 합니다.”

“증거는 차고 넘친다.”

“우리가 지금까지 패소한 원인이 그겁니다. 우리만 ‘증거가 차고 넘친다’고 주장하다가 여기까지 온 것 아닙니까? 법원이 인정하지 않는 우리만의 증거……”

“나도 7명 명의의 토지를 소송하는 게 맞다고 봐. 목장회에 기부하려고 7명이 공동 매입했겠나? 답은 거기에 있어. 설령 패소하더라도 가야 할 길이라고 본다.”

“가야 할 길이라면 빨리 가야죠. 정석 형님은 서울에 계시니 체감이 덜하실지 몰라도 어등마을에서 우리 집이 당하는 수모를 생각하면…….”

“나도 다르지 않다. 그런데 변호사가 수임을 안 하니 문제 아니냐?”

“정석 형님이 어려우시다면 저 혼자라도 아버님의 지분반환소송을 추진해 보겠습니다.”

“무슨 말인지 알았다. 나도 어떤 형태로든 결론을 낼 거다. 곧 연락하마.”

“알겠습니다.”

민우는 자신의 시련이 아버지에 비할 바가 아님을 잘 알고 있었다. 아직 멀었다고 생각했다. 자신이 가는 길에 아버지가 겪어온 시련을 나눠 짊어지겠다고 다짐했다.

‘여기서 멈춰서는 안 된다.’

새로운 방법을 모색하는 동안에도 민우는 업무에 성실히 임하면서 자신을 끊임없이 일으켜 세우는 주문을 되뇌었다.

24

4·3 생존자, 아버지

아버지 안문오의 귀향은 잠시의 기쁨에 그쳤다. 전쟁터에서 살아 돌아왔다는 벅찬 감정은 현실의 벽 앞에서 물거품처럼 사그라졌다.

문오가 전역해 고향으로 돌아오는 배 위에서 일기장에 남긴 글은 '해병대 찬가'에 가까웠다. 떠나며 남기는 당부였을 뿐, 앞날을 그려볼 여력은 보이지 않았다.

다시 찾아보지 못할 내 젊은 혼을 불사른 해병대여!

정든 해병 생활을 떠나 영원한 보금자리로 돌아간다.

해병대여, 내가 가는 길에 광명의 빛을 비춰주오.

6년 동안 나의 청춘을 받아 키워준 해병대여, 무적 해병이여.

그대들은 영원한 대한민국의 해병이여.

길이길이 해병대를 빛내주오.

귀향했지만 문오는 적수공권이었다. 가진 것이라곤 '해병대정신'뿐. 막상 고향에 돌아오니 어디서부터 무엇을 어떻게 하며 집안을 일으켜야 할지 막막했다.

6년 만에 마주한 고향의 산천초목은 아름다웠다. 한 걸음 내디딜 때마다 설렘과 근심이 교차했다. 문오는 친구들을 만나 막걸리를 마시며 며칠을 보냈고, 그리웠던 혜자도 만났다.

회포를 푼 뒤 어머니와 가족이 경작 중인 조밭을 둘러보았다. 조는 하늘로 쭉쭉 자라 푸른빛과 누르스름한 갈색이 빽빽이 섞여 있었다. 이삭 끝 조알더미는 알차게 영글고 있었다.

8년 전, 4·3 당시 토벌대가 숲과 동굴을 샅샅이 뒤져 숨은 이들을 무참히 살해하거나 포박해 끌고 가던 악몽 같은 시절이 떠올랐다. 수색을 피해 수수밭 속 작은 동굴에 숨어 지내던 때가 어제 일처럼 생생했다. 4·3은 1954년 한라산 통행금지가 해제되며 7년 7개월 만에 끝났다. 그 4·3의 기억 만큼은 잊고 싶었다.

문오는 아버지가 운영하던 마을 정미소로 향했다. 몇 년간 멈춰 선 정미소 내부는 사방이 거미줄로 얽혀 있었고, 기계는 녹이 슬어 움직이지도 않았다. 그때 아버지와 친분이 있던 동네삼촌이 찾아왔다. 격려를 기대했지만, 삼촌은 기계를 빨리 치우고 생전에 빌린 돈을 갚으라며 으름장을 놓았다. 정미소의 토지와 건물이 아버지 소유인 줄 알았는데, 소유주는 동네삼촌이라고 했다. 문오는 깜짝 놀랐다.

'그럴 리가……'

의심이 들었지만, 삼촌이 자기 소유라 우기니 아버지 소유였음을 어떻게 증명해야 할지 몰라 당황스러웠다.

"삼촌, 무슨 말씀이꽈?"

"군대생활하느라 고생했쪄."

"예, 삼촌. 말씀만으로도 고맙수다."

"정미소는 어떻헐 거고? 기계도 다 녹슬고, 건물은 나 꺼라. 자네 부친이 살앙 이실 때 건물 빌려주난 정미소로 써난 거라."

"하르방 땅인줄 알아나신디, 아버님도 돌아가셨고 제가 운영할 기술도 어수다. 정미소는 마을에 꼭 필요하니 다른 사람에게 세 받으멍 빌려주는 건 어떻허꽈?"

"자네 부친이 정미소 운영헐 때 내 돈도 빌려 가신디 아직 다 안 갚아서. 폐주 쓴 것도 이서. 정미소 안 할 거면 기계부터 치우라."

"아버님이 정미소 운영허멍 빚이신 건 전혀 몰라수다. 빚이 있다면 벌엉 갚우쿠다. 지금은 맨몸뿐이라 호꼼만 기다렴십서."

아버지가 공동으로 운영하던 배도 이미 남의 손에 넘어가 내 몫을 말할 처지가 아니었다.

"삼촌, 배라도 같이 타면 안 되쿠꽈?"

"무슨 소리냐. 이 배는 내 배다. 니네 아방 살아계실 때도 돈은 내가 다 냈다. 니네 지분은 하나도 없다."

야박함에 부아가 났지만 아버지가 세상에 없는 상황에서 참아 넘길 수밖에 없었다.

6·25 전장에서 국가와 국민을 위해 목숨 걸고 싸우다 6년 만에 돌아왔지만 이해관계가 얽힌 이들의 표정은 냉랭했다. 그들은 문오를 따

가운 눈초리로 대했다.

'사람이 이렇게 변하나? 아버지랑 그렇게 막역하던 분들인데…….'

섭섭함을 넘어 배신감이 밀려왔다. 그나마 '군에서 고생했다'며 격려하는 이는 이해관계가 없는 삼촌들뿐이었다.

진정 의지할 곳은 가족과 혜자뿐이었다. 혜자는 문오의 처지를 누구보다 잘 이해했고, '참고 지내다 보면 좋은 날이 온다'고 희망을 불어넣어 주었다. 문오는 혜자와 서둘러 가정을 꾸려야겠다고 마음먹었다.

전역 한 달여가 지나자 동네 사람들이 찾아오는 횟수가 부쩍 많아졌다.

"니네 아방 살아이실 때 진 빚은 어떵헐거라. 니가 갚으라. 정미소도 빚으로 운영하고, 발전기 달린 배까지."

"돈 없으면 하지 말든가. 다 돈 빌령 헌거 아니라. 이거 어떵헐거라."

빚 독촉뿐이었다.

"삼촌들, 알아수다. 살아가며 갚아 가쿠다. 호끔만 기다려 주십서."

문오는 우선 사정을 했다.

"아버지, 형님, 큰누님도 돌아가셔수다. 어머니는 목에 총을 맞아 후유증으로 일도 못하시고, 집안에 가진 것 하나 없는데 이렇게 매일 찾아오면 없는 걸 어쩌란 말이꽈. 조금만 기다려 주십서."

"군대 퇴직금은 어시냐? 6년이나 군생활을 했으면 돈도 하영 벌었을 텐데."

없던 퇴직금까지 들먹이며 매일 찾아왔다. 왜 이렇게 매정해졌는지 알 수 없었다. 어머니는 눈물만 흘리셨다.

"어머니, 걱정 마십서. 제가 집안을 일으켜 세우쿠다."

큰소리는 쳤지만, 대가족이 발 뻗고 눕기조차 어려운 초가에서 생계를 잇는 일은 벅찼다.

어머니뿐 아니라 문영 누나의 딸 순이, 4·3으로 아버지와 오빠를 잃고 외삼촌 집에 머무는 고종사촌 득순, 6·25로 남편을 잃은 문자 누나와 딸 순덕, 문학 형 생전에 혼담이 오가며 안 씨 집안에 평생을 묻겠다며 들어온 지순 형수까지……. 문오 자신을 합쳐 일곱 식구였다. 문오는 동네의 빚 독촉을 감당하면서 대식구의 살림을 책임져야 했다. '해병대정신'의 패기는 점점 흐려지고, 생존이 급해졌다. 어머니와 문자 누나는 몸이 불편했음에도 해녀일과 밭일을 멈추지 않았다. 얼마간 지난 어느 날 저녁, 농사일을 마치고 어둑해질 무렵 문오가 어렵사리 입을 열었다. 본인의 혼사 문제였다.

"어머니, 누님, 형수……. 제가 좋아하는 여자가 이수다. 집안이 어렵고 힘든 건 알지만 결혼은 해야되쿠다. 신혼집은 밖거리 움막 하나 지어 살다가 살림이 넉넉해지면 크게 지어 살아보쿠다."

"누군데, 혹시……."

"예, 눈치채셨겠지만 혜자랑 결혼허쿠다. 허락해 주십서."

"안 된다. 결혼식은 안 올렸어도 문 씨 집안 큰딸과 이미 혼인허신디, 군대 휴가 나왔을 때 사돈댁과 얘기가 오갔다."

"어머니, 난 얼굴도 잘 몰라마심. 잘 모르는 사람하고 혼인은 안 허쿠다."

"문오야, 네 마음 안다. 하지만 아방 돌아가신 뒤 가세가 완전히 기울었다. 빚 독촉이 빗발치는데 혜자 부모가 허락허쿠냐? 혜자 이모 딸과 부모끼리 혼사가 오갔던 건데……. 혜자하고도 어렵지 않허쿠냐?”

“소자가 알앙 허쿠다. 어머니, 나는 혜자 없이는 살 수 어수다.”

“알았져. 혜자 어멍아방을 혼저 만낭 오라. 허락받앙 오민 어멍도 반대 안 허켜.”

“고맙수다, 어머니.”

문오는 곧장 혜자네로 갔다. 혜자는 벌써 마당에 나와 있었다.

“내 딸하고는 결혼 절대 못허여. 알앙 보난 혜자 이모 딸이영 혼인했댄 허는디, 말이 되는 소리가? 절대 허락 못허여.”

혜자 부모는 문오를 보자마자 언짢게 말했다.

“아버님, 혜자 큰이모 따님과 결혼한 적 어수다. 부모님끼리 오간 얘기뿐이우다.”

“부모끼리 한 얘기도 언약이다. 난 절대 허락 못한다. 혜자는 잊어불라. 형편도 어려우니 다른 생각 말고 집안을 일으킬 생각이나 허라.”

혜자 아버지가 못을 박았다.

“아버지, 저는 문오 오빠와 정을 나눴고 혼인을 약속해수다. 문오 오빠 없이는 살 수 어수다. 절대 다른 데 시집 안 가쿠다. 허락해 주십서.”

혜자가 울며 매달렸다.

“절대 안 된다. 돌아가라.”

문오는 무릎을 꿇었지만, 혜자 부모는 미동도 하지 않고 먼 산만 바라봤다.

집을 나오며 문오는 걸을 힘조차 없어 길바닥에 주저앉았다. 혜자도 옷고름을 부여잡고 눈물만 흘릴 뿐 아무 말이 없었다.

'아버지, 형님, 큰누님……. 저는 어쩌면 좋습니까?'

휘청거리며 돌아온 문오는 답답한 현실이 벽처럼 느껴졌다. 일기장에 울컥거리는 심정을 옮겨 적으며 스스로를 달랬다.

밤낮 헤매어도 외로운 나그네의 신세일지어다.

집이라 찾아 들어와도 역시 고독한 몸,

누구를 믿고 피곤한 이 몸을 의지하며 살아간단 말인가.

나의 청춘의 고독함이여.

애꿎은 담배연기만이 시름 없는 양 공중으로 사라지고,

희망을 품고 살아가련만 왜 이다지도 나 홀로만이

비운에 허덕이는 몸이 되었을까,

인생이 허무하고 생각대로 되지 않은 일이 이리도 많던가.

사랑이란 마물이 이 몸을 괴롭히고

밤마다 이 가슴을 울려주는구나.

짝 없이 홀로이는 살 수 없고

사랑하는 그대를 잊으려 해도 생각처럼 마음 깊이 사라지지 않으니

내 어이 이 한 밤을 뜬눈에 새리…….

동네 사람 인사마다 이 몸을 괴롭히고,

차라리 말 못하는 벙어리가 되었으면.

인생살이 보람 없이 살아나간들 동네 사람 비웃지는 않으련만.

그러나 비웃음도 한때요, 슬픔도 한때요,

멀지 않아 내 앞에도 광명이 솟아 사랑할 수 있는 사람과

웃으며 이 세상을 즐길 날이 돌아오리.

그때는 오늘날을 추억 삼아서 남보다도 더 힘차게 살아가리다.

고통은 지나가면 쾌락이 된다고 표언에 남긴 말씀 기억하면서

남보다 더 힘차게 살아가련다.

행복이란 두 글자를 그려보면서

보람 있게 이 세상을 즐겨 보리라.

마음먹은 것과 달리 문오는 혜자를 잊기 어려웠다. 그는 집 앞에서 혜자가 지나가길 기다렸고, 혜자도 틈만 나면 문오 집 앞을 기웃거렸다. 저녁 무렵, 둘은 마주쳤다. 손을 맞잡고 지풍게 바닷가 소로길을 향해 달렸다. 소로길에 닿고서야 천천히 걸었다.

말없이 오래 걸은 끝에 발을 멈췄다. 어느 쪽이 먼저랄 것도 없이 둘은 하나처럼 껴안았다. 혜자가 먼저 입을 열었다.

"오빠, 부모님 허락은 어려울 것 같아. 어떻게 하지? 어디로 도망가서라도 살까?"

"혜자야, 너를 사랑한다. 우리 마음엔 의심이 없어. 하지만 너희 부모님 허락을 받기 어렵다는 것도 알고 있어."

"그러니…… 어디 도망이라도 가."

"더군다나 혜자 사촌언니와 나 사이에 '혼인했다'고 인정을 하고 있으니, 그 문제도 풀기 힘들어."

"……"

"우리 집안 가세가 기울어 혜자 사촌언니 쪽에서도 내가 제대한 지

다섯 달이 지나도록 아무 말이 없어. 이런 상황에서 네 부모님이 허락하실 리가 없어.”

“그럼, 어떻게 해야 돼?”

혜자가 눈물을 흘리며 문오의 품에 안겼다.

“혜자야, 우리 그냥…… 남매로 지내자. 다른 방법이 없는 것 같다. 동네 사람들 빚 독촉 때문에 집안이 엉망이야. 미안하다, 혜자야.”

문오는 바다를 보며 몸을 돌렸다. 눈물을 삼키자 바닷바람이 얼굴을 감쌌다. 더는 할 수 있는 일이 없었다. 집으로 돌아오는 길이 끝없는 지옥처럼 느껴졌다.

‘둘 사이에 나눈 정을 어찌 쉽게 떼겠는가. 하지만 세상사가 우리 뜻대로만 흘러가진 않나 보다. 너를 잊는다는 것, 남매로 지낸다는 게 어디 쉬운 일인가.’

문오는 혜자가 하루빨리 훌륭한 배필을 만나 행복한 가정을 이루길 진심으로 빌었다. 그리고 더는 방황하지 않겠다고 마음을 다잡았다.

‘4·3과 6·25 속에서도 버텨냈는데, 해병대가 못할 일이 뭐가 있겠는가? 무엇이든 할 수 있다. 정신 차리고 집안을 일으키자. 열심히 살다 보면 혜자도 잊을 수 있으리라.’

문오는 다른 길이 없다고 여겼다. 몸으로라도 빚을 갚자고 주먹을 움켜쥐었다. 가진 것이라곤 건강한 몸뿐이었다. 그날 이후 그는 자신은 알지도 못했던 아버지의 빚을 갚는 데 전념했다.

“삼촌, 빚 갚을 돈은 없고 제가 도울 일이라도 어시쿠꽈?”

“잘 왔다. 이번 태풍에 집 울담이 쓰러졌다. 튼튼하게 다시 쌓아주라.”

문오는 군에서 방호벽을 쌓던 경험이 있었다. 큰 돌을 기초로 아래에 놓고, 위로 갈수록 작은 돌을 얹는 게 요령이었다. 사이사이 틈은 잔돌이나 찰흙으로 메웠다.

"알아수다. 삼촌, 단단하게 잘 쌓아 드리쿠다."

그는 빚 독촉을 하던 삼촌 집의 쓰러진 돌담을 정성껏 쌓아 올렸다.

"아니, 이게 뭔가. 이렇게 단단한 돌담은 처음이네. 이야, 문오 대단하네. 대단해."

삼촌은 감탄하며 밥상까지 차려 주었다. 이 일을 계기로 문오는 다시금 의욕이 생겼다. 가족이 살 집도 넓혀 손봐야겠다고 마음먹었다.

'그래, 우리 집도 방 셋에 마루방, 무뚱까지 만들자. 새집 짓는 동안엔 옛 소막을 정리해 잠시 살자. 나중에 소막엔 소 한 마리 들이자.'

돌담이 차곡차곡 올라가듯 희망과 용기가 손끝에서부터 찌릿하게 솟구쳤다. 아버지와 농사 짓던 시절 누런 어미소와 송아지를 돌보던 기억도 떠올랐다. 문오는 새벽부터 마을 둘레의 돌을 집 안으로 옮기기 시작했다.

삼촌 집 돌담을 쌓은 뒤 소문이 퍼졌다. '문오의 돌담 쌓는 솜씨가 뛰어나다'는 말이 돌면서 이곳저곳에서 일이 들어왔다. 축담, 밭담, 산담, 집 경계담을 쌓아 달라는 주문이 빗발쳤다.

알음알음 부탁을 받아 일하다 보니 정작 자기 집 손보기는 자꾸 미뤄졌다. 그래도 돈이 조금씩 모였다. 어느 정도 돈이 모이자 문오는 제주 동문시장 산지천 공구가게에서 대망치·소망치·정·징·지렛대 등 돌담 작업 장비를 갖췄다.

장비를 갖춘 뒤 본격적으로 돌일을 맡아 돈을 벌었다. 마을 사람들은 그에게 '돌챙이'라는 별명을 붙였다. 그는 아랑곳하지 않았다. '제주 으뜸 돌챙이'라면 나쁠 것도 없었다.

"문오 돌담 솜씨는 어등마을 최고다. 아니, 제주도 최고다."

어르신들의 칭찬이 잇따랐다.

"찰흙집을 지으려 하는데 자네가 담을 맡아 주게."

"감사합니다, 삼촌. 돌도, 찰흙도 구해야 하니 비용은 줍서."

문오는 매번 비용을 분명히 정하고 알맞은 품삯을 받았다. 그렇게 모은 돈으로 마침내 아버지의 모든 부채를 갚았다. 이어 알뜰히 저축도 했다. 어느새 집안엔 웃음이 돌았다.

"아이고, 우리 문오 힘도 좋고, 마음도 착하고, 일도 잘하고, 참 대단해."

동네 사람들의 태도도 달라졌다.

이즈음 문자 누나의 재혼, 지순 형수의 혼사 이야기도 오갔다.

"아주버님, 드릴 말씸이 이수다."

묵묵히 지내던 지순 형수가 문오를 찾았다.

"말씸허십서, 형수."

형수는 고개만 숙일 뿐 쉽게 말을 잇지 못했다.

"형수, 저도 알고 이수다. 혼사 얘기가 오간다고, 당연히 결혼해야죠. 신랑 댁이 먼 마을이라 자주 보긴 어렵겠지만, 축하햄수다."

"아주버님, 고맙수다. 비록 출가해 나가지만 마음은 언제까지나 안문 학이 각시우다. 이 다음에 죽으면 안 씨 집안에 뼈를 묻으쿠다."

형수의 눈가에 눈물이 하염없이 흘렀다.

"고맙수다, 형수. 잘 사십서."

문오는 살포시 형수를 안아 주었다.

"형수, 고맙수다. 형님도 없는 집에서 8년이나……. 꼭 은혜 갚으쿠다, 형수."

형수가 시집간 뒤, 문자 누나에게도 청혼이 들어왔다. 신랑도 재혼이라 큰 문제는 없어 보였다. 6·25로 남편을 잃은 문자 누나도 재혼했고, 고모 딸 득순이도 김 씨 집안으로 시집갔다.

집안일이 어느 정도 정리되자 문오는 미뤄왔던 집 개조를 마쳤다. 임시 거처로 쓰던 소막도 손봐 송아지 한 마리를 들였다. 밭갈이를 하려면 소가 필수였기 때문이다.

'빚도 다 갚았고, 집 정비도 끝났고, 소까지 샀으니…… 이제 장가만 가면 되겠구나.'

전역 후 2년 만의 일이었다. 나아지는 살림에 문오의 마음은 뿌듯했다. 희망으로 가득한 날들. 마침 혼사 얘기가 나왔고, 마을삼촌이 이웃 마을 조카를 중매했다. 양가 허락을 받자 곧바로 혼례를 올렸다. 경사가 겹쳤다. 새살림을 차린 뒤 더 큰 활기가 돌았다. 아내는 다소 곳하고 예뻤으며 성격도 수더분했다. 큰딸에 이어 첫아들 명우가 태어났다. '대를 잇는' 집안의 경사였다. 조카 순덕이와 순이도 좋은 배필을 만나 시집갔다.

하지만 호사다마랄까. 기쁜 일을 충분히 누리기도 전에 어머니가 세상을 떠났다. 남편과 큰딸, 큰아들을 4·3으로 잃고도 꿋꿋하셨던 어머니였다. 총상 흉터를 가리려 하얀 목수건을 두르던 모습 그대로 눈을 감았다. 문오가 군에 있을 때 정안수를 떠놓고 하루도 빠짐없이 아들의 무사안녕을 빌던 분이었다. 끝내 본인 건강은 돌보지 못한 채 남편과 먼저 떠난 자식들 곁으로 갔다.

문오는 슬픔을 딛고 일어나야 했다. 아내와 아이들을 책임져야 했다. 문오 부부는 민우 아래로 셋을 더 낳았다. 문오는 늘 '해병대, 해병대'를 외치며 자녀들을 엄하게 가르쳤다. 굼뜬 동작을 무엇보다 싫어했다.

"확확해영 가그네 발 뻗고 쉬자."

문오의 김매기 속도는 한국 최고라 할 만큼 빨랐다. 그의 다그침에 아내조차 힘든 내색이 역력했다.

민우는 아버지를 닮아갔다. 어려서부터 공부는 뒷전이었지만 밭일과 집안일엔 소질이 있었다. 누구 못지않게 부지런했다. 콩밭·조밭·보리밭·유채밭…… 부모를 따라나서면 김매는 속도가 어머니보다도 빨랐다.

밭에 도착하면 민우는 '오늘 일헐 거 정해줍서' 하고 졸랐다. 문오는 막대기를 꽂아 구역을 표시하거나 고랑을 기준으로 좌우를 나눠 목표량을 정해 주곤 했다. 콩밭에선 콩잎에 조밥을 얹고 멸치젓을 싸 먹는 점심이 최고였다.

그런데 언제부턴가 민우는 정해진 일을 마치면 점심도 거른 채 뒤도 안 돌아보고 집으로 가버렸다.

"아이고, 벌써 다 매신가? 아이고, 빨리도 매신게. 밥은 먹엉 가라. 요기도 조금만 더 매주고 가면 안 되크냐?”

어머니가 붙잡아도 소용없었다.

“되수다, 먼저 가쿠다.”

민우는 뛰어서 집으로 향했다. 반항심이 자라기 시작했다. 사춘기임에도 그는 가끔 아버지를 따라 돌담·산담 쌓는 일을 거들었다. 제법 큰 돌담도 잘 들어 올렸고 솜씨가 남달랐다.

민우는 나이에 비해 돈이 되는 일이라면 무엇이든 했다. 달래·산마 캐기, 소라껍데기 줍기, 한약재 숨백이 여름따기……. 손놀림이 빨라 수확량은 늘 1등이었다.

특히 지네 잡기의 달인이었다. 한약재로 쓰이던 지네는 한 마리에 5원, 10원까지 나갔다. 삼양라면 한 봉지가 25~30원 하던 시절, 학생이 용돈을 벌 수 있는 가장 큰 일거리였다. 민우는 또래의 두세 배는 거뜬히 잡았다. 소몰이 중에도, 들녘에서 돌을 뒤집어도, 고구마를 캘 때도, 참깨를 털 때도 지네는 나타났다. 지네잡이는 중학교에 들어가서도 이어졌다. 그는 짬이 나면 가방을 둘러메고 금녕에서 어등 마을까지 걸으며 지네를 잡았다.

소들은 11월 말부터 이듬해 3월까지는 소막에서 기르다가, 3월 말 새 풀이 돋으면 들녘에 방목했다. 민우는 국민학교 3학년 때부터 주말마다 소를 몰아 들에서 풀을 먹였다. 4월 방목이 본격화되면 동네 열 가구가 품앗이로 당번을 정해 소몰이를 했다. 민우가 당번이면 해질 녘 아버지가 와서 함께 집으로 데려왔다.

중학교에 입학한 뒤로는 혼자서도 거뜬히 소몰이를 했다. 그런데 소들도 사람을 가리는지, 민우가 지키는 날에는 사고를 치는 일이 잦았다. 풀을 뜯다 남이 경작하는 보리밭이나 유채밭으로 갑자기 뛰어들곤 했다.

어느 날, 드세고 제멋대로인 소 한 마리가 보리밭으로 뛰어들었다. 민우가 몽둥이를 들고 달려가며 소리쳤다.

"이노무 자식, 어딜 뛰어들어! 나가, 이 자식아!"

아무리 외쳐도 꿈쩍 않더니, 그 사이 다른 소들까지 우르르 밭 안으로 들어갔다. 민우는 발을 동동 굴렀다. 큰일 났다. 어쩌지? 다행히 지나가던 삼촌이 소들을 몰아내 주었다. 그러나 이미 보리순은 엉망이 되었고 피해가 컸다.

민우는 소들이 뛰어넘은 담을 더 높여 쌓고 소떼를 다른 곳으로 옮겼다. 밭주인이 알면 난리가 나겠단 생각에 두려웠다. 아버지의 불호령이 떠올라 마음이 천근만근이었다. 삼촌이 밭 임자에게 고자질하지 않을 리 없었다.

해 떨어지기 전, 돌담으로 에워싼 들판에 소들을 몰아넣고 담장을 손본 뒤 집으로 돌아왔다. 들어서자마자 아버지의 호통이 날아들었다.

"정신을 어딜 두고 소를 봤길래 남의 밭에까지 뛰어들어!"

호통은 이만저만이 아니었다. 결국 아버지가 밭주인에게 피해를 일부 보상하면서 사건은 일단락되었다.

아버지는 제주 전역에서 석수 일에 농사까지 겸해 쉴 틈이 없었다. 돈을 많이 버는 듯했지만 자식들에게는 10원 한 장 쓰는 것도 아까워했다. 어머니께 생활비 주는 것도 인색했다. 들어온 돈을 장부에 기록하는 데는 철두철미했다. 그렇다면 그 돈은 어디에 쓰였을까. 민우는 궁금했다.

아버지는 동네 어려운 이웃을 돕는 돈은 전혀 아까워하지 않았다. 아마 거기에 많이 들어갔을 것이다. 해병대전우회 모임에는 아무리 바빠도 꼭 나갔다. 언제나 '해병대'를 외치며 〈해병대가〉를 입에 달고 다녔다. 모임에서 돌아오는 날이면 고주망태가 되어 전선에서 쓰러진 전우들을 목놓아 불렀다.

"김 해병, 문 해병, 고 해병, 전 해병……. 그대들은 영원한 해병이다."

이어서 〈전선야곡〉을 구슬피 불렀다. 노래도 잘하고 살장구도 잘 치고 술도 잘 마셨다. 그쪽 지출에는 인색함이 없었다. 사람들과 어울리기를 즐겼고, 주변에서도 아버지를 좋아했다.

마음 씀씀이가 커서였을까. 돈을 빌려 달라는 이들이 끊이지 않았다. 제주시에 양복점을 차린다며 빌려가고, 제주와 부산을 오가는 제부호 선장이 부산에 머물 집이 없다며 빌려갔다. 그런 이, 저런 이……등등이 아니어도 동네의 어렵고 힘든 집들에도 서슴없이 돈을 내주었다.

하지만 그 돈들은 나가면 돌아오지 않았다. 아버지는 못 받은 돈을 자식들을 시켜 받아오게 했다. 민우는 집집마다 찾아다녔다.

"삼촌, 아버지가 빌려준 돈 받앙오랜 햄수다. 돈 줍서."

그저 '빌려준 돈 달라'는 말을 전할 뿐이었다.

"아이고, 민우야. 나가 살기가 어려워부난 호꼼만 좋아지면 주켄허라. 미안허댄 곧고."

결국 사정만 듣고 돌아오곤 했다.

"가서 들어누워야지. 경 허민 누게가 돈을 주크니?"

아버지는 민우에게만 호되게 말했다. 훗날 알았다. 그렇게 돈을 빌려 주고도 아버지에게는 결국 좋은 소리가 돌아오지 않았다는 것을.

민우의 고등학교 선택을 앞두고 아버지는 집에서 가까운 수산계 고등학교에 가기를 바랐다. 하지만 민우는 기술계를 택했다.

"기술이 최고여."

뜻대로 되진 않았지만 아버지는 '잘됐다'며 제주시에서 교복을 맞춰 주겠다고 했다.

다음 날, 민우는 생애 두 번째로 제주시에 갔다. 고입 시험 보러 버스로 스쳐 지나간 게 전부였지, 시내를 걸어보긴 처음이었다.

어등마을에서 버스로 1시간 남짓, 제일교 사거리에서 내려 동문로터리까지 걸었다. 길에 옷집과 금은방이 늘어서 있고 높은 건물도 보였다. 아버지와 '신공사'라는 금은방에 들렀다. 시계도 파는 곳이었고, 득순의 아들이 운영하고 있었다.

"아이고, 삼촌. 오십디가."

"사발시계 하나 주라. 민우가 고등학교 들어감신디 사줘야 될 거 담다."

"민우가 벌써 다 컸구나. 축하한다."

아버지는 알람시계를 받고 차 한 잔을 마신 뒤 동문시장으로 갔다. 시장은 크고 북적였다. 국밥과 소주 한 병으로 요기를 했다.

동문로터리에선 커다란 탑을 보고 아버지가 큰 소리로 뭔가를 읽었다. 한자라 민우는 읽지 못했다. 해병대 3·4기생이 십시일반으로 세운 '해병혼탑'이었다.

"필~승!"

아버지가 한참이나 거수경례를 했다. 그의 눈가에 눈물이 맺혔다. 민우는 말없이 그 옆에서 아버지의 경례를 바라보았다. 한참 세월이 지나서야 그 눈물의 의미를 알았다.

경례를 마친 아버지는 중앙로를 지나 남문로터리로 갔다. '명성양복점' 간판이 보였다.

"아이고, 삼촌. 웬일이꽈? 온다는 말도 없이."

양복점 사장은 반가워하면서도 어딘가 부담스러워했다. 민우가 양복점 사장을 본 건 제사 지내러 어등마을에 온 그에게 빚 받으러 아버지와 같이 찾아 갔을 때가 처음이었다.

"내 아들이 기술계 고등학교에 합격했어. 교복하고 교련복, 하복까지 맞춰주게. 비용은 빌려간 돈에서 제하고, 잔액은 차용증으로 써주게."

"삼촌, 알아수다. 하복은 여름에 와서 맞추랜 헙서. 그때 오민 잘 알앙 해주커다."

그러고는 치수를 쟀다.

"일주일 후에 찾으러 오라. 다 해영 놔두크메."

"옷값은 얼마라? 빌려간 돈에서 제하고 잔액 증명서를 글로 써 주게."

민우가 대답도 하기 전에 아버지는 다그치듯이 말을 건넸다.

"알아수다."

양복점 사장은 옷값과 잔액을 계산해 알려주려 했다.

"옷값이 얼마라고? 여기 붙은 가격표는 뭐고. 왜 비싸게 받아!"

아버지는 큰소리를 치며 실랑이를 벌였다. 한참 뒤에야 잔고증명서를 받아 민우와 함께 집으로 향했다.

늘 그랬다. 아버지는 정에 이끌려 여기저기 돈을 빌려주고는 결국 제때 돌려받지 못해 얼굴을 붉히곤 했다. 한 달 뒤 월급 타서 갚겠다던 여객선 제부호 선장도 약속을 지킬 기미를 보이지 않았다. 그즈음 여편삼촌이 집에 와서 눈물을 쏟았다.

"우리 아방이 삼촌한테 빌린 돈으로 족은 각씨 만나서 두 집 살림햄수다. 어떵허민 조쿠꽈?"

여편삼촌은 도리어 아버지를 원망했다.

역사 앞의 '도리'

민우는 하소연이라도 해야 숨을 쉴 수 있을 것 같았다. 어등마을 토지 소유권소송의 진행과 판결 과정에서 겪은 억울함을 동창과 공무원 동료, 언론인들을 만날 때마다 토로하고 다녔다.

그즈음 공영방송 제주지사 기자에게서 '뵙고 싶다'는 연락이 왔다. 민우가 제기한 문제의식에 공감해 취재의 필요성을 느낀 듯했다. 약속 장소로 나가자 기자가 말했다.

"안녕하세요, 안 선생님."

"예, 안녕하세요. 제가 도울 일은……."

"지난번에 저희 다른 기자와 나누신 이야기 때문인데요. 4·3에 돌아가신 선친 토지가 특별조치법으로 마을 목장회에 이전된 건을 집중 취재해 보려 합니다."

보도가 이미 결정된 듯한 요청에 민우는 내심 놀랐다.

"고맙습니다. 보도해 주신다면 감사할 따름입니다. 다만 저는 공무원 신분이라 응하는 게 맞나 우려가 됩니다."

"그 점을 저도 생각했습니다. 다른 분이 인터뷰에 응하실 수 있다면……."

"그럼 제 친형은 어떨까요? 미리 말씀드려 놓겠습니다."

"예, 부탁드립니다."

"관련 서류와 자료도 준비해 드리겠습니다."

기자는 '꼭 보도하겠다'고 재확인했고, 다음 일정을 잡았다.

그 사이 지역 TV 정 기자에게서도 취재 요청이 왔다. 소송이 한창일 때 집중 보도가 되었더라면 얼마나 좋았을까 하는 아쉬움이 남았다. 방송사들은 민우뿐 아니라 특별조치법으로 토지 소유권을 잃은 4·3 피해 유가족들을 두루 취재했다. 그 결과물은 2021년 4·3 기념일을 앞두고 전파를 탔다.

공영방송 제주지사의 탐사보도 〈4·3 잃어버린 땅〉은 '땅을 찾아낸 재판, 어등마을', '유족 두 번 울린 부동산특별조치법', '가족에 땅까지 빼앗긴 유족들…… 진상조사 절실'의 세 편으로 제작되어 중앙 방송에도 보도되었다. 이어 지역 TV는 '조치법 분쟁…… 풀리지 않는 갈등'을 다뤘다.

민우는 방송을 보며 20년 넘게 눌려온 설움이 단숨에 가시는 듯한 통쾌함과 시원함을 느꼈다. 방송의 힘이 얼마나 큰지 새삼 실감했다. 여기저기서 전화가 쏟아졌다.

"민우야, 그런 사정이었구나. 방송 잘 봤다. 기운 내라."

일부 마을 주민들도 격려를 건넸다.

반면에 나무라는 소리도 있었다.

"너 이렇게 마을 이미지를 깎아 내려도 되겠냐? 배운 사람이 마을을 위해 봉사할 생각을 해야지, 어등마을을 도적 마을로 만드는 게 옳으냐?"

어떤 이들은 노골적인 비난 대신 눈살을 찌푸리며 지나갔다.

"삼촌, 마을의 횡포와 왕따로 쓰러져 가는 한 가족의 좌절과 아픔은 생각 안 헙니까?"

민우는 억울함에 목소리를 높였다.

많은 이가 분개했지만 '당장 어찌할 도리가 없어 참겠다'는 말도 들려왔다. 그래도 도민 사회에 큰 파장을 남겼으리라 민우는 믿었다.

'이번 기회에 「제주4·3특별법」을 고쳐 4·3 희생자의 사후 행정행위는 위법이라는 조항을 넣어야 한다. 특별조치법 피해자 명예 회복 조항도 마련해야 한다. 그래야 선조의 명예를 지키고 후손의 억울함을 풀 수 있다.'

민우는 '공무원 신분을 내려놓게 되면 반드시 관철하겠다'고 스스로에게 약속했다.

방송 이후에도 마을 유지들의 태도는 달라지지 않았다. 그들의 뻔뻔함과 횡포는 여전했다. 어느 날, 김정석에게서 급한 연락이 왔다.

"민우야, 잘 지냈지?"

"예, 형님. 별고 없으시죠?"

"난 그럭저럭. 할 건 소송 준비뿐이지."

"방법을 찾으셨습니까?"

"서울에서 부동산 전문 변호사들을 여럿 만났는데, 다들 고개를 젓더라. 그런데 최근 방송을 보고 우리 사건에 큰 관심을 보인 C 변호사를 만났다."

"다행입니다."

"민우가 올라올 날짜를 알려 줘. 변호사와 만날 약속 잡아둘게."

"토요일이 좋겠습니다."

오랜만에 서울로 올라가 광화문 근처에서 김정석과 함께 C 변호사를 만났다.

"바쁘실 텐데 사무실이 아닌 곳에서 시간을 내주셔서 감사합니다."

"아닙니다. 김 선생님께 안 선생님 이야기를 많이 들었습니다. 저도 관심이 있어 시간을 냈습니다."

"예."

"살펴보니 있을 수 없는 일입니다. 정말 오랜 세월 외롭게 애쓰셨습니다. 자신 있으니 최선을 다해 보겠습니다."

"그 말씀만으로도 고맙습니다. 믿겠습니다."

이날은 7명 명의로 된 목장회 내 토지의 소송 필요성과 재심 인용 요건을 중심으로 의견을 나눴다.

두어 달 뒤, 재심 신청 쪽으로 방향을 잡았다는 소식이 김정석에게서 왔다. 법원에 받아들여지지 않았던 자료라도 증명서류로 보완해 내면 재심이 인용될 수 있다는 변호사의 의견이었다.

"재심을 하려면 소송비가 필요하다. 내가 전액 부담하긴 어렵고, 민우도 조금 도와줘야겠다."

"예, 고민해 보겠습니다. 사정은 넉넉지 않지만 같이 해야죠."

민우는 소송비 일부를 마련해 보냈다. 그러나 무더위가 기승을 부리는 한여름이 와도 진행 소식이 없었다. 두 달 가까이 소식이 없더니 전화가 왔다.

"민우야, 잘 지내냐?"

"예, 그런데 어떻게 된 겁니까? 소송을 한다더니 소식이 없어서요."

"그래서, 좋은 소식이 있어 전화했어."

"좋은 소식이요?"

"변호사가 소송이 아닌 다른 방법을 찾았대."

"다른 방법이라니요?"

"총유재산 절차법 이행 부실을 문제 삼자는 거라는데……. 자세한 건 직접 만나 얘기하자."

"예, 그러시죠."

약속일에 맞춰 서초동 변호사 사무실로 갔다. 17층짜리 건물은 2층부터 꼭대기까지 로펌들이 차지하고 있었다. C 변호사 사무실은 의외로 좁았다. 회의실로 안내받아 들어가니 사무장과 변호사로 보이는 6명이 둘러앉아 있었다.

"안 선생님, 멀리서 오시느라 수고하셨습니다."

C 변호사가 말했다.

"특별조치법에 따라 이전된 토지의 소유권반환소송과 관련해, 덕망 있고 유능한 변호사님들을 모셨습니다."

이어 설명이 이어졌다.

"김정석 씨 건은 재심을 염두에 뒀지만, 기판력 문제로 쉽지 않습니다. 부동산 전문 변호사들과 상의한 끝에 다른 길을 찾았습니다. 이 부분을 N 변호사가 설명 드리겠습니다."

"소개받은 N 변호사입니다."

그는 서류 몇 장을 넘기며 말을 이었다.

"대법원은 목장관계철에 있는 토지는 선조가 목장회에 기부한 것으로 간주했고, 1981년에 조성됐다는 어등마을목장회는 과거 어등마을 공동목장조합을 승계했다고 보았습니다. 패소의 근거죠. 이게 뭘 뜻할까요?"

순간, 민우의 머릿속에 무언가 스쳤다.

"총유재산?"

"그렇습니다. 총유재산입니다. 총유재산의 의미가 뭘까요?"

잠시 정적이 흘렀다.

"총유재산은 매매·임대·용도변경 등 모든 행위에 구성원의 의견을 들어야 합니다. 그러나 어등마을목장회는 마을총회 안건에 올려 의결만 했습니다. 그 방식으로 재산을 관리해 온 건 절차적 정당성이 결여된 위법입니다."

N 변호사의 목소리에 힘이 실렸다.

"우리는 이 지점을 파고들 겁니다. 소송이 아닌 방법으로요."

"예? 다른 방법이라면……?"

"구성원들의 의견을 실제로 듣게 만드는 절차입니다. 유사 사건에서 승소 경험이 있습니다."

논의는 지분반환소송, 1994년 특별조치법에 따라 이전된 7명 명의 토지의 합동소송, 재심 청구, 총유재산과 관련한 절차법 위반 문제, 부존재확인소송 등으로 확장되었다.

어느 하나 쉬운 건 없었다. 그렇다고 멈출 수도 없었다. 무엇이든 하나로 결정되면 진상규명위원회는 강하게 밀어붙여야 했다.

민우는 이 싸움의 뿌리가 일제강점기와 제주 4·3에 있음을 확신했다. 돈 때문이었다면 벌써 포기하고 목장회와 합의했을 것이다. 그러나 후손으로서 그럴 수 없었다.

4·3에 돌아가신 분들의 영혼을 위로하기 위해서라도 멈출 수 없다. 「제주4·3특별법」을 고쳐 4·3 희생자의 사후 행위를 무효화하는 조항이 필요하다.

제주에는 아직 미등기 토지가 많다. 한 필지 한 필지가 피땀으로 일군 사유재산이다. 그런 땅을 아무 권리도 없는 생판 모르는 남에게 빼겨서는 안 된다. 정부가 제도적으로 후손 찾기에 나서야 한다. 무연고 토지는 어떻게 관리할지도 새로운 논의가 필요하다.

민우는 영기동산에 올랐다. 발아래 자신의 하얀 집이 보였다. 열일곱 소년이 아버지에게 떠밀려 토벌대를 피해 이곳으로 도망치던 그날을 떠올렸다.

'나라면 어땠을까. 순순히 잡혀 4·3의 희생양이 되었을까, 아니면 안

문오처럼 총구를 피해 달아나 목숨을 부지했을까. 그 뒤의 모진 세월을 버틸 수 있었을까.'

생각만 해도 오금이 저렸다.

'4·3의 진실, 토지의 진실……. 어떤 고통이 따르더라도 진실을 향한 행군은 멈출 수 없다. 이 땅에 그런 상처가 더는 되풀이되지 않도록.'

민우는 비장한 마음으로 중얼거렸다.

"세상 모든 것은 변해도 역사의 진실은 변하지 않는다. 그 진실을 파헤치는 일은 후손의 몫, 그리고 내 몫이다."

그의 눈에 수평선 너머 작은 섬이 선명하게 보였다. 아버지가 전남 완도의 여서도라 일러준 곳. 여서도가 또렷이 보이면 공기가 좋고 바다도 잔잔해 낚시하기 좋은 날이라 했다. 잔바람을 타고 온 파도가 연안 바위에 부딪히는 소리가 영기동산까지 들려오는 듯했다.

"철~썩, 처얼썩."

민우는 자신이 하는 일이 훗날 개인의 욕심이 아닌, 불의에 맞선 기록으로 남기를 바랐다. '제주도의 작은 마을에서 한 사람이 정의를 위해 살다 갔다'는 비문의 주인공이 되고 싶었다. 그 기록이 과거와 현재를 잇고, 미래의 방향을 비추는 이정표가 되리라 믿었다.

'자신감을 가지고, 끝까지 가자.'

스스로를 다독이는 민우 앞으로 멀리서 돌아 나온 파도소리가 춤을 추듯 달려오고 있었다.

33.55 진실 청구

제1판 1쇄 발행 2026년 3월 26일

지은이   안우진
펴낸이   김덕문
교열   김정성
편집   손미정
디자인   놈normmm
영업   이종률
제작   정우미디어

펴낸곳   더봄
등록일   2015년 4월 20일
주소   서울시 마포구어울마당로 130 기린빌딩 3105호
대표전화   02-975-8007 ‖ **팩스** 02-975-8006
전자우편   thebom21@naver.com
블로그   blog.naver.com/thebom21

©안우진, 2026
ISBN 979-11-92386-54-6   03810